O SACO DE VIAGEM

UM MISTÉRIO JANIE JUKE LIVRO: 1

ISABELLA MUIR

OUTSET PUBLISHING LTD

Publicado no Reino Unido por Outset Publishing Ltd

Primeira edição em português publicada em dezembro de 2022

Segunda edição em inglês publicada em junho de 2018

Primeira edição em inglês publicada em outubro de 2017

ISBN: 978-1-872889-56-6

www.isabellamuir.com

ÍNDICE

● ● ●

Numa noite de verão de 1969, numa tranquila cidade à beira-mar em Sussex, Janie Juke ouviu algo que lhe iria virar a vida de pernas para o ar...

Numa noite de verão de 1969, numa tranquila cidade à beira-mar em Sussex, Janie Juke ouviu algo que lhe iria virar a vida de pernas para o ar...

CAPÍTULO I

HAVIA OCASIÕES EM QUE me parecia que Poirot não me apreciava pelo meu devido valor.

- Sim - acrescentou, a fitar-me pensativamente -, será inestimável.

"A primeira investigação de Poirot" - Agatha Christie [edição Livros do Brasil, tradução de Fernanda Pinto Rodrigues, N.T.]

Foi a última notícia. Quando o apresentador disse o nome da Zara, nós os dois sustivemos a respiração por uns segundos. Foi um momento que depois se desvaneceu. Talvez tivéssemos imaginado, agora que o homem da meteorologia estava em frente ao mapa das Ilhas Britânicas acenando com as mãos, dizendo que viria um vento gélido de nordeste.

A reportagem não tinha dito grande coisa, mas alterou completamente o ambiente da sala. Uns minutos antes descontraíamos ao fim de um dia normal. Agora, era como se tivesse entrado uma força magnética na sala, atraindo-nos para aquele trecho de notícias. Ficámos ambos pensativos. Os meus pensamentos estavam na Zara. A reportagem tinha dito que ela ainda estava viva? Rezava para que sim, com a cabeça pendida e o olhar fixo nos joelhos. Na realidade, não estava a ver nada, apenas reproduzia as imagens que se repetiam na minha mente desde o dia em que a Zara desaparecera. A nossa amizade em adultas era muito mais forte que a ligação que tivéramos no tempo da escola e o desaparecimento dela não deixara um buraco, mas uma cratera.

Estremeci quando o Greg pôs a mão dele na minha perna.

- É bom sinal haver notícias, Janie - disse.

- Talvez não - respondi.

Ambos sabíamos o que aquilo significava. Seria inútil tentar dormir agora. A televisão continuava ligada, com as imagens a preto e branco a tremeluzirem, mas já não lhes prestávamos atenção.

- Chá? - perguntei, precisando de me concentrar em algo para preencher o vazio. - Leite quente, talvez.

Fomos para a cozinha e o Greg ficou de pé, mexendo os pés, observando-me a verter o leite na pequena caçarola e a ligar o gás.

- Não podemos fazer nada, sabes disso, não sabes? - disse.

Não respondi.

- Não te zangues comigo, estou só a dizer.

- Estás a dizer o quê? Sabes perfeitamente que a polícia desistiu do caso. Fizemos mais para a encontrar do que eles.

Abri o frigorífico e tirei a manteiga e o queijo, embora não quisesse comer nada.

- Queres uma sandes?

- Não, tu queres?

- Tenho de fazer alguma coisa, não posso ficar simplesmente sentada.

- Não há nada que tu ou seja quem for possa fazer neste momento. A polícia está a tratar do caso. Se não estivesse, então não apareceria nas notícias, não era?

- Nós os dois sabemos que a polícia local não tem propriamente a Zara no topo da lista de pessoas desaparecidas.

A forma como o Joel morrera tinha-nos chocado a todos, mas para a Zara fora como se o mundo tivesse acabado no dia em que um agente da polícia lhe comunicou, o mais suavemente possível, que o namorado tinha morrido num atropelamento e fuga.

Pensava nela todos os dias, mesmo depois do Greg me ter convencido a desistir de a procurar. Desde o dia em que a Zara desaparecera, estava determinada a não acreditar no que muitos outros acreditavam: que ela já tinha tido a sua conta. Mais do que uma pessoa sugeriu que um ano de luto poderia ter sido o quanto o seu corpo e a sua mente conseguiriam suportar.

Eu deixara o quarto de hóspedes tal como tinha ficado no dia em que ela desaparecera. Arejava-o e limpava-o regularmente, pensando tolamente que um dia ela iria regressar às nossas vidas e tudo voltaria a estar bem.

- Acordas cedo amanhã? - perguntei ao Greg só para ouvir uma voz que abafasse os sons dentro da minha cabeça.

- À hora do costume - respondeu e bebericámos o leite quente em silêncio.

As palavras do apresentador repetiam-se vezes sem conta na minha cabeça: «*Houve avanços por parte da polícia em relação ao caso de Zara Carpenter, a jovem que desapareceu há três meses na estância balnear de Tamarisk Bay.*»

Tive de me obrigar a não pegar no casaco e ir até à esquadra da polícia exigindo saber que "avanços" tinha havido. Voltei à sala, onde a televisão continuava a entreter duas poltronas vazias. O noticiário do final da noite tinha começado e o apresentador estava a reportar os últimos acontecimentos no Vietname: milhares de jovens mortos.

- O que estás a fazer? Não vejas isso, é deprimente. - O Greg estava à entrada com a mão estendida. - Desliga isso e vem deitar-te.

- Já me lembrei porque evito ver as notícias. Vou já, só um minuto.

Desliguei a televisão e pus as canecas no lava-louça. Ouvi o Greg na casa de banho a lavar os dentes e depois a ir para o quarto. Subi as escadas resolutamente, contente por estar em movimento, esperando que a ação me distraísse dos meus pensamentos. Em vez de ir para o quarto, abri a porta oposta e entrei no quarto de hóspedes. Estiquei a colcha e bati nas almofadas. As cortinas estavam abertas, deixando a luz do candeeiro do outro lado da rua iluminar a modesta mobília de madeira. O quarto que tinha servido como um santuário confortável para a minha amiga parecia agora completamente vazio.

Revistara a cómoda muitas vezes desde que ela se tinha ido embora na esperança de encontrar algo que tivesse ficado para trás, uma pista sobre para onde ela tivesse ido e porquê. Agora, abria novamente cada gaveta e o vazio espelhava a sensação oca da qual não me conseguia livrar. Ao passar a mão pelos espaços vazios tentava imaginar a Zara a começar uma nova vida noutro sítio. Mas a imagem era vaga como uma neblina matinal, bloqueando o sol e arrefecendo o ar.

O Greg já estava a dormir quando finalmente fui para a cama. Queria ter a mesma capacidade que ele de adormecer imediatamente sem necessidade de dar voltas na cama antes. Peguei no livro que estava na mesinha de cabeceira. Ia a meio, mas de momento não me conseguia lembrar sequer da história. Li algumas linhas e depois voltei a lê-las. As letras misturavam-se à frente dos meus olhos e, pela primeira vez na minha vida, as palavras eram apenas tinta na página.

Foi o rosto da Zara que vi quando fechei os olhos de madrugada. A Zara, que tinha inesperadamente voltado a entrar na minha vida para depois se ir embora outra vez nas mais estranhas circunstâncias.

CAPÍTULO 2

O SEU ROSTO TORNOU-SE, sem dúvida, um nadinha mais pálido, quando respondeu:

- Estava.

"A primeira investigação de Poirot" - Agatha Christie [edição Livros do Brasil, tradução de Fernanda Pinto Rodrigues, N.T.]

Conheci a Zara quando ela entrou na escola no 9.º ano. Tornámo-nos inseparáveis nos últimos 18 meses da escola, encontrando-nos aos fins-de-semana para ir ao café e a lojas de discos. Pouco depois da escola acabar, ela mudou-se com a família. Trocámos correspondência durante algum tempo, mas depressa os assuntos morreram e perdemos o contacto. E então, quase seis anos mais tarde, estava a andar pelo centro da cidade quando notei algo familiar na pessoa à minha frente. As costas dela puseram-me a pensar e fiz uma verificação mental. O corpo elegante à minha frente lembrava-me alguém. Porém, foi apenas quando ela parou para ver a montra de uma livraria e vi o seu perfil que finalmente tudo se encaixou.

- Zara! - chamei e depois aproximei-me e pus a mão no seu ombro. Virou-se e por um momento não percebi se estava apenas a querer ignorar-me ou se a sua memória não estava tão viva como a minha. Então, o rosto transformou-se num sorriso largo e abriu os braços para me abraçar.

- Janie - disse e abraçámo-nos.

Fomos andando com os braços entrelaçados enquanto contávamos o que tinha acontecido nos últimos anos. Contei-lhe como a nossa professora de inglês, a Sr.ª Frobisher, me tinha dado um emprego na biblioteca itinerante. Riu-se quando a recordei de como costumávamos gozar com o seu queixo peludo, quando, na verdade, queríamos que ela fosse a nossa avó. Perguntou-me pelo consultório de fisioterapia do meu pai e disse-me que tinha boas recordações de Charlie, o pastor alemão do meu pai. Mostrei-lhe o meu anel de casamento e contei-lhe do Greg. Disse-me o quão contente estava por mim.

Mais tarde, quando já estava em casa a contar o meu encontro fortuito ao Greg, apercebi-me de que ela quase não tinha dito nada sobre a sua vida. Eu tinha falado sem parar e nem lhe perguntara porque é que tinha voltado. Nem sabia se se tinha mudado de novo para aqui ou se estava apenas de passagem.

Combináramos encontrar-nos no dia seguinte para almoçar e ter uma conversa mais prolongada e, quando cheguei ao café, já tinha todas as perguntas certas preparadas. Fiquei surpreendida quando vi que a Zara não estava sozinha. Quando me aproximei da mesa, ela levantou-se.

- Janie, este é o Joel – disse, corando quando a abracei e depois sentou-se ao lado do Joel, dando-lhe a mão.

O aspeto escultural do Joel fez-me pensar se seria um modelo. O cabelo estava cuidadosamente penteado e tinha os dentes perfeitamente brancos, contrastando com a pele bronzeada.

- Prazer - disse e apertei-lhe a mão, sentindo-me um bocadinho estúpida com a minha formalidade.

- O Joel é fotógrafo - disse a Zara.

- Sabia que havia algo familiar, mas não sabia bem o quê - disse-lhe. - O teu trabalho foi exposto no Elmrock Theatre, não foi? Um grande talento, sem dúvida.

- Foste ver as exposições? Prometeram-me uma nova exposição, talvez no ano que vem - disse com entusiasmo.

- Não fui, mas li as críticas no Observer. Tens aqui uma estrela,

Zara.

Ela sorriu abertamente e não estaria mais orgulhosa caso tivesse sido escolhida para a capa da Vogue. Eram o par perfeito, um casal lindo. Todas as colegas de escola tinham invejado a pele morena e os olhos amendoados da Zara. Nessa altura, ela tinha o espesso cabelo escuro cortado num bob elegante, mas agora o cabelo caía-lhe livremente pelos ombros e pelas costas.

Explicou que se tinha mudado de Brighton recentemente.

- Como se conheceram? - perguntei.

Contou-me que entrara no estúdio de fotografia do Joel para entregar um rolo de fotografia e saíra com um convite para jantar.

- O meu dia de sorte - disse o Joel.

Disse-me que a Zara se tinha mudado para o apartamento dele por cima do estúdio e estava à procura de emprego.

- Que tipo de emprego? - perguntei-lhe. - O que fazias em Brighton?

- A Zara quer mudar o mundo - disse o Joel.

Inevitavelmente, a relação entre mim e a Zara em adultas tornou-se diferente da nossa antiga amizade. Já não éramos um par de miúdas fascinadas pela música pop e pela moda. O lado intrigante da Zara, que tinha existido na sua forma embrionária quando tínhamos 15 anos, tinha-se desenvolvido. Agora que nos reencontráramos, eu falava sem parar enquanto ela ouvia atentamente antes de me encher de perguntas. Quando falei do meu pai e o quanto ele estava ocupado com os seus doentes, ela perguntou-me que tipo de doentes ele preferia, os que tinham apenas males físicos ou os que melhoravam com o seu apoio psicológico.

- Apenas fala com eles, não é realmente um apoio psicológico - expliquei-lhe.

- Dá-lhes tempo, alguém com quem se identificar... Todos precisamos disso - argumentou.

Perguntou-me o que pensava o meu pai sobre a guerra.

- Era apenas um rapaz quando se alistou. Nunca fala sobre isso - disse-lhe.

- Morreram tantos jovens, uma geração inteira.

- Não tinham escolha, porém. O Hitler era louco, tinha de ser travado.

- Toda a guerra é louca - comentou.

As nossas conversas não me ajudaram apenas a ver o mundo de uma maneira diferente, foi mais do que isso. Era como se ela visse para além dos limites da sua vida e isso fascinou-me. Questionava tudo, tentando sempre encontrar as razões para as ações e mostrando-se preocupada com as possíveis consequências. Ao ver o mundo através dos olhos da Zara, consegui imaginar níveis de significado que nunca tinha considerado antes.

O tempo que passávamos juntas era limitado. Era natural que quisesse passar o fim de semana com o Joel, pois afinal estavam no início da sua relação. De vez em quando encontravámo-nos os quatro, mas rapidamente os homens se aborreceram pois não tinham nada em comum, o que significava que eu e a Zara tínhamos de nos esforçar para manter a conversa. O Greg adorava futebol, mas aparentemente o Joel não se interessava por nenhum desporto. Tinha mostrado galerias de arte e museus à Zara, o que para o Greg era o maior dos tédios.

Portanto, eu e a Zara encontrávamo-nos sozinhas, embora o Joel fosse tendencialmente o principal tópico de conversa. Estava encantada com ele e era fácil perceber porquê. Tinha adquirido o estúdio de fotografia há um par de anos e conseguido um grande sucesso. Ela explicou-me que ele era autodidata, embora o pai tivesse um interesse mais que passageiro pela fotografia. Depois de conhecer o Joel, comecei a prestar mais atenção aos créditos fotográficos do jornal local. Tinha já uma reputação impressionante como fotógrafo de casamentos devido ao seu estilo próprio. Em vez das fotografias tradicionais com o feliz casal a fazer poses em frente à porta da igreja, ele não tinha medo de arriscar novas abordagens. Uma das suas imagens de marca era a fotografia da noiva, dos ombros para cima, olhando o noivo pelo espelho, que a olhava por cima do ombro. Inteligente.

Quando estávamos apenas as duas, e o tempo permitia,

caminhávamos e conversávamos ao longo da London Road, pela beira-mar, parando num dos novos cafés que agora existiam aí. O meu favorito era o Jefferson. O Richie, que era quem geria o café, gostava muito de música e tinha instalado uma jukebox. Eu e a Zara escolhíamos à vez um disco, pedindo ao Richie que aumentasse o som, o que deve ter irritado o casal que vivia no apartamento por cima.

Às vezes encontrávamo-nos na cidade e íamos ver as montras das lojas de roupa, babando-nos com tudo o que queríamos comprar mas não podíamos. Os modelos da Mary Quant tinham chegado de Londres, com as boutiques locais a venderem cópias decentes, mas sem a etiqueta da marca. Mesmo as cópias estavam para além do nosso orçamento. Passávamos horas a folhear revistas de moda com a Twiggy e os seus grandes olhos, o cabelo curto e a figura à rapaz. A Zara desafiou-me a cortar o meu longo cabelo escuro e a pintá-lo, mas nunca iria ser suficientemente corajosa para isso. Em vez disso, costumávamos fingir que fazíamos poses como a Twiggy, em frente aos espelhos das lojas, ignorando os olhares duvidosos das assistentes.

Na altura da escola dançáramos ao som do Elvis e do Adam Faith, mas agora tínhamos novas preferências. Continuávamos a adorar música e tínhamos acompanhado a ascensão meteórica dos Beatles, sonhando um dia podermos vê-los ao vivo. Tal como milhares de outros fãs, ficáramos mortificadas com os rumores da sua separação e frustadas por não termos podido estar em Londres para a sua sessão improvisada no telhado do edifício da Apple. Descobrimos uma loja de discos na King's Road com cabines onde podíamos ouvir o disco escolhido sem termos de o comprar. Íamos lá tão regularmente que o rapaz que geria a loja já tinha os singles dos Beatles preparados à nossa espera quando chegávamos.

Era relativamente fácil para mim conseguir algumas horas livres durante a semana para me encontrar com ela. O meu pai recordava-se de quando ela ia regularmente à nossa casa durante o último ano da escola.

- É fantástico terem-se encontrado de novo - disse ele quando lhe contei. - O que tem ela feito durante este tempo?

Tentei puxar o assunto umas quantas vezes com a Zara, perguntando-lhe que tipo de emprego andava à procura e o que tinha feito em Brighton.

- Devias trabalhar na moda, és genial - disse-lhe. - Podias começar numa das boutiques da cidade, a aprender tudo o que há para saber. Imagina todas as montras que podias criar.

- Vou pensar nisso - era tudo o que dizia.

Perguntava-me como se desenrascava em relação a dinheiro. Imaginei que o Joel a ajudasse. O negócio corria-lhe bem, é certo, e, de acordo com o que a Zara me contava, ele parecia ser generoso.

- Vai encontrar alguma coisa quando estiver pronta - disse o Greg quando puxei o assunto uma noite durante o jantar. - Talvez os pais a estejam a sustentar.

- Duvido. Ela nunca fala deles. Talvez lhe pergunte, ver o que ela diz.

- Não interferiras. Não te vai agradecer no final. Aprecia a sua companhia e deixa-a encontrar o seu próprio caminho. Se não está preocupada com o dinheiro, então parte do princípio que está bem.

- Hum, talvez.

Quando a encontrei novamente, fiz o que costumava fazer e ignorei o conselho do Greg.

- Então, como estão os teus pais? - perguntei-lhe. - Estão bem?

- Mudaram-se para França. Não mantivemos o contacto.

- Oh, que pena.

Insistir seria já bisbilhotice, mas não consegui conter-me.

- Sei que não tenho nada a ver com isso, mas não pareces muito ansiosa para conseguires um emprego... Estás bem quanto a dinheiro?

Assim que o disse, senti que tinha passado os limites. O Greg tinha razão, não tinha nada a ver com isso.

- Tenho uma entrevista numa nova boutique na Queen's Road. É amanhã. Podes ajudar-me a escolher a roupa para a entrevista, se quiseres.

- Sim, adoraria - disse-lhe.

Fiquei a pensar se me teria contado caso não tivesse perguntado nada. Talvez tivesse entrado na loja um dia e a encontrado atrás do balcão.

Era a primeira vez que me convidava para ir ao seu apartamento, mas antes espreitou para o estúdio onde o Joel estava a atender um cliente.

- Não faz mal se levar a Janie lá acima? Vai ajudar-me a escolher a roupa para a entrevista de amanhã.

- Boa ideia. Peço desculpa pela desarrumação, mas divertimos demasiado para nos preocuparmos com trabalhos domésticos, não é, linda? - disse ele, piscando o olho à Zara. - Escolhe algo sexy e de certeza que consegues o emprego. Aquele vestido preto, o que te comprei na semana passada, fica-te mesmo bem.

- Está mesmo apanhado por ti, não está? - comentei, seguindo-a pela escada estreita acima.

- Nem acredito na sorte que tenho por o ter encontrado, Janie, ele é tudo o que podia desejar. Generoso, amável, inteligente... podia ter quem quisesse.

- No meu ponto de vista, diria que ele também tem sorte. Vocês estão mesmo bem um para o outro. Agora, que história é essa de desarrumação?

Não sabia o que esperava ver quando entrei no apartamento. Talvez tivesse imaginado quadros de bom gosto a preto e branco pendurados nas paredes, cores psicadélicas, mobília minimalista e moderna. Em vez disso, não havia nada moderno nas duas pequenas divisões, nada que reflectisse o talentoso fotógrafo e a sua namorada apaixonada por moda. A sala de estar tinha uma kitchenette a um canto com dois bicos de gás e um pequeno lava-louça, cheio de copos sujos e um par de frigideiras. Não conseguia perceber se as portas dos armários eram supostamente amarelas claras ou se estavam descoloridas devido ao fumo e à gordura. Um pequeno sofá de dois lugares estava encostado a uma parede com uma manta de retalhos por cima, que parcialmente tapava os braços manchados e puídos. Havia uma mesa desdobrável, que, supus, era usada para as refeições, e duas cadeiras de madeira colocadas ao lado de uma estante de livros meio vazia.

- Chá? - perguntou-me a Zara enquanto enchia um copo com água para ela.

- Ah, não, obrigada. Vamos vasculhar o roupeiro, então? Encontrar a roupa perfeita?

Segui-a até ao quarto. As cortinas estavam fechadas, tornando o quarto escuro e abafado. Quando as abriu, não fez grande diferença na luz sombria e no cheiro a mofo. A cama encontrava-se ladeada por dois roupeiros antiquados e num dos lados havia uma pequena cadeira cheia com o que parecia ser vários pares de calças do Joel e diversas camisas que tinham sido atiradas para ali.

- Este é o meu - disse ela, abrindo o roupeiro meio vazio e deslizando os cabides pelo corrimão. - Há este vestido preto que o Joel me ofereceu, ou então que tal este vestido preto, cujo decote parece mais adequado para uma entrevista? Ou este cinzento? O que achas?

Na altura da escola, o conhecimento que a Zara tinha sobre a moda francesa intrigara todas as que pertenciam ao nosso círculo de amigas. Até o uniforme da escola ela fazia parecer chique. O facto de ter uma mãe francesa dava-lhe um ar romântico e a sua natureza reservada apenas adensava o mistério. As raparigas da escola diziam que a Zara podia vestir um saco de papel e continuar a ter estilo e que a beleza dela nunca se desvaneceria, mas parecia que a sua confiança desaparecera. Teria ficado bem com o mais atrevido cor de rosa e o mais chocante amarelo, mas era como se ela agora quisesse tornar-se invisível com pretos e cinzentos.

- Experimenta este - sugeri, dando-lhe um vestido preto com bordas brancas no decote. - Que jóias tens? Já estou a vê-lo, com imensas contas coloridas e brilhantes e grandes brincos arrojados. Posso emprestar-te algumas, se quiseres.

Tirou algumas jóias de uma das gavetas da cómoda e quando terminou de compor o conjunto estava deslumbrante.

- Olha para ti, vais conseguir o emprego, sem dúvida. Não te esqueças de sorrir.

A Zara parecia insegura dentro daquele apartamento, já não era a rapariga que dançava ao som do Sgt Pepper ou pousava como a Twiggy. A minha amiga sorridente e colorida tinha-se tornado monocroma.

Acabou por conseguir o emprego na Boutique Q e a vida parecia estar a tomar um rumo ascendente, mas pouco tempo depois o mundo dela desmoronou-se.

CAPÍTULO 3

- CHEGOU O MOMENTO - prosseguiu, pensativo -, e não sei que fazer. Não sei o que fazer porque a jogada é muito elevada. Ninguém a não ser eu, Hercule Poirot, se arriscaria a fazê-la!

"A primeira investigação de Poirot" - Agatha Christie [edição Livros do Brasil, tradução de Fernanda Pinto Rodrigues, N.T.]

Foi por puro acaso que fiquei a saber do acidente do Joel poucas horas depois de ter acontecido. Tinha combinado encontrar-me com a Zara nessa manhã pois ela ia ajudar-me a escolher uma roupa para um casamento para o qual eu e o Greg tínhamos sido convidados. Não tinha a certeza se queria ir, mas era a filha de um dos clientes habituais do Greg que se ia casar. O Greg estava entusiasmado e eu sentia-me na obrigação de ir. Por coincidência, o Joel seria o fotógrafo do casamento.

A Zara era a pessoa perfeita para ir comigo às compras. Disse-lhe que estava completamente nas suas mãos desde que estivesse dentro do meu orçamento. O orçamento era claramente um grande desafio pois teria de incluir uma bolsa e um par de sapatos, mas pelo menos não estava a planear comprar um chapéu.

Combináramos encontrarmo-nos no café do cais às onze horas da manhã, mas quando cheguei não havia sinal dela. Pedi um sumo de laranja e sentei-me numa das mesas à janela para poder vê-la chegar. Meia-hora depois continuava a não haver sinal dela, portanto, paguei a bebida e fui-me embora. Sabia pouco sobre a Zara, mas duvidava que se esqueceria de mim ou que me desapontaria ao não aparecer de todo. Sem outra forma de a contactar, decidi ir até ao apartamento. Talvez estivesse de cama com uma virose ou algo assim.

A entrada para o apartamento do Joel ficava ao fundo de uma passagem ao lado da loja e ao cimo de uma escada de ferro. Quando me aproximei, vi um carro da polícia estacionado na rua a pouca distância do estúdio. Estavam dois polícias sentados na parte da frente, completamente distraídos a conversar, e uma mulher-polícia entrava para o banco de trás.

Subi as escadas e bati à porta, timidamente no início pois pensei que ela pudesse estar a dormir. Ao não obter respostar, bati um pouco mais forte e passados alguns segundos a porta abriu-se. Percebi que algo estava terrivelmente errado assim que a vi. O xaile de algodão nos ombros mal tapava o que imaginei ser a roupa de dormir, estava descalça e tinha o cabelo despenteando sobre o rosto. A sua aparência estava tão distante da sua habitual aparência impecável que dei um grito sufocado. Ela não disse nada, mas afastou-se da porta para me deixar entrar no corredor pouco iluminado.

- Credo, Zara, não pareces nada bem. Peço desculpa, tirei-te da cama, não foi? Foi só porque, como não apareceste... - hesitei, pensando que, naquele estado lastimoso, ela tinha-se esquecido que tínhamos combinado encontrarmo-nos. - Ias ajudar-me a escolher a roupa para aquele casamento idiota. Mas, ei, isso não tem importância. Volta para a cama e eu vou preparar-te uma bebida quente.

Continuou sem se mexer à minha frente. Era como se não tivesse ouvido uma palavra do que eu tinha dito e quase nem se apercebesse de que eu estava ali. Peguei-lhe na mão e levei-a até ao quarto o mais gentilmente possível. Ela seguiu-me sem questionar e, ao chegarmos ao quarto, pus a mão no seu ombro e obriguei-a a sentar-se na cama. Uma cama que estranhamente estava feita, esticada e arrumada.

Era difícil saber se era melhor deixá-la e ir para a cozinha ou esquecer a bebida e convencê-la a meter-se na cama. Decidi-me pela segunda opção. Abri a cama e fiz um gesto para que ela se deitasse. Nessa altura, ela começou a gritar. O som era arrepiante, como se uma parte dentro dela se estivesse a partir. Apertei-a fortemente nos braços e mantive o abraço sem saber o que fazer a seguir. Estava à espera que um vizinho batesse na porta a qualquer momento para perguntar quem estava a ser assassinado. Passado alguns segundos ela parou tão repentinamente como tinha começado.

Tinha-me sentado a seu lado e senti que ela agora estava mais calma. E então falou.

- O Joel morreu - disse numa voz sem emoção.

Depois deitou-se e puxou os cobertores por cima dela.

- Preciso de dormir agora - disse ela. - Fica comigo.

Era uma afirmação, não um pedido. Fiquei, claro, acariciando-lhe a cabeça, tentando embalá-la numa sonolência tranquila. Enquanto a olhava, uma centena de perguntas vieram-me à cabeça. Teria tomado algum tipo de droga? Amigos de amigos meus tinham experimentado LSD. Quando eu e o Greg íamos ao pub ouvíamos histórias de alucinações e comportamentos estranhos. No entanto, não conseguia imaginar que a Zara fosse suficientemente parva para experimentar algo tão perigoso.

Ela tinha um lado negro, pensamentos que nunca iria partilhar comigo. De vez em quando uma sombra passava-lhe pelos olhos e ficava distraída por momentos. Era esse lado secreto que sempre me tinha intrigado na Zara, para ser honesta. Nunca tinha conhecido ninguém como ela. Todas as minhas amigas da escola eram como eu, interessadas no lado divertido da vida, mas sem conhecimento sobre algo importante como política ou assuntos internacionais. A Zara era diferente. Uma vez entrou numa discussão por causa da crise de Cuba e eu, quando cheguei a casa vinda da escola, fui procurar Cuba num Atlas. Mas política era diferente. Não a conseguia ver a tomar drogas duras.

A Zara dormiu num sono agitado durante mais ou menos uma hora. Sentei-me numa cadeira de vime ao lado da cama, observando-a enquanto ela se contorcia e se virava constantemente. Algumas vezes falava a dormir, mas as palavras eram incompreensíveis e acalmava-se quando eu lhe acariciava a cabeça. Quando acordou, ficou surpreendida por me ver sentada ao seu lado.

- Janie, - disse - estive a dormir.

Era como se estivesse a desculpar-se por ter adormecido.

- Vou preparar-te uma bebida quente. Fica na cama, eu trago-ta.

Recostou a cabeça na almofada.

- A polícia - disse, fazendo uma pausa, como se terminar uma frase fosse para além das suas capacidades.

- Chiu, tenta descansar. Não precisamos de falar agora. Eu fico aqui contigo.

Ela anuiu e fechou os olhos outra vez. O Greg não iria ficar preocupado comigo por várias horas. Sabia bem que uma ida às compras com a Zara demorava bastante tempo.

Só já no fim da tarde é que ela finalmente contou o que a polícia tinha dito. Não acrescentou nenhuma informação, apenas disse as palavras rigidamente como se fossem deixas de uma peça de teatro que não tinha ensaiado. Tudo o que lhe tinham dito é que o Joel tinha morrido por atropelamento e que o condutor não tinha reportado o acidente. Um atropelamento e fuga. Uma expressão que sai da boca e não tem em consideração a devastação que provoca.

Quando adormeceu novamente, andei pelo quarto silenciosamente para juntar algumas das coisas dela. Havia um saco de viagem em tecido estampado ao fundo do roupeiro dela. Tirei-o e coloquei-o em cima da cadeira. Depois, só precisei de escolher algumas das saias e vestidos que tínhamos visto juntas apenas umas semanas antes. Uma das portas do roupeiro do Joel estava parcialmente aberta e, quando a puxei, a maçaneta ficou-me na mão. Tentei pô-la de novo no sítio, mas desisti, e deixei-a na mesinha de cabeceira.

Verifiquei os armários da kitchenette à procura de comida que precisasse de ser consumida ou deitada fora, mas, exceto algumas latas e dois pacotes de bolachas de água e sal, não havia nada. O pequeno frigorífico também estava praticamente vazio, apenas com meio pacote de leite e um queijo que já estava seco. Despejei o leite no lava-louça e deitei fora o queijo, fechando o saco do lixo e pondo-o ao lado da porta da rua para o levar comigo quando saíssemos.

Enquanto endireitava as almofadas no sofá, notei qualquer coisa metida na parte de trás. Enfiei a mão pela fenda e tirei um pequeno diário. Disposta a não violar a sua privacidade, não abri o diário e coloquei-o dentro do saco.

Depois de ter tudo aquilo que achei que ela iria precisar, dei uma olhadela à volta para ver se me tinha esquecido de alguma coisa. Nessa altura, lembrei-me da maquilhagem. Não tinha encontrado nada nas gavetas do quarto, portanto, pensei que ela a guardaria no armário da casa de banho. Tinha um mínimo de maquilhagem: apenas um batom, uma base, um rímel e duas sombras para os olhos. Quando nos tínhamos reencontrado, a tendência para a maquilhagem pesada dos anos de adolescência tinha sido substituída por uma aparência mais simples. Ela conseguia-o melhor do que a maioria. A mais leve sugestão de rímel e um batom claro não faziam nada para diminuir sua beleza.

Quando a Zara acordou, ajudei-a a lavar-se e a vestir-se. Mexia-se como uma criança. Pedi-lhe para levantar os braços e vesti-lhe uma t-shirt pela cabeça. Da pilha de calças em cima das costas da cadeira, escolhi um par de calças pretas de algodão que me pareceram mais ser da Zara do que do Joel. Depois, seguiu-me pelo apartamento enquanto eu verificava se tudo estava desligado. Escrevi uma nota para cancelar o leite, enrolei-a e metia-a dentro de uma das garrafas, colocando-a na parte de fora da porta. Disse-lhe de forma direta que ela ia ficar na minha casa o tempo que quisesse, sem discussões. Ela não disse nada, mas a sua concordância era evidente pela sua atitude.

O Greg abriu-nos a porta quando chegámos a casa. Sorriu abertamente, pronto para lançar comentários provocatórios sobre o que tínhamos comprado e quanto tínhamos gasto. Antes que dissesse alguma coisa, abanei a cabeça e apontei para o saco onde estavam as coisas da Zara. Enquanto seguia pelo pequeno corredor sussurrei-lhe:

- Põe a chaleira ao lume. Vou só levar a Zara lá acima.

Levantou uma das sobrancelhas como pergunta silenciosa. Abanei a cabeça em resposta e murmurei:

- Obrigada.

Assim que a instalei no quarto de hóspedes e de a ter convencido a descansar, desci até à cozinha para contar ao Greg os eventos bizarros do dia. Tinha estado em modo de ação, sem ter tido tempo para pensar bem na tragédia. Ao dar a notícia sobre a morte do Joel ao Greg, senti o acontecimento como assustadoramente real. Só poderia imaginar o que a Zara estava a passar.

- Deve estar a sentir-se como se estivesse a viver o seu pior pesadelo – disse eu ao Greg quando ele me pegou na mão. - Temos de ser fortes por ela para a ajudar a ultrapassar isto. Tenho a certeza que ainda não se apercebeu bem do que aconteceu. Como será que ela vai reagir quando cair na realidade? Como pôde isto acontecer? Como pôde alguém deixá-lo ali a morrer?

Sentia-me a corar de raiva.

- Acalma-te. Eu sei que é horrível, mas estas coisas acontecem. Talvez o condutor não se tenha apercebido...

- Estás doido? Não atropelas alguém sem te aperceberes. É mais provável que o condutor estivesse bêbedo ou em excesso de velocidade ou ambos.

- Não te zangues comigo, estou só a dizer...

- O quê? Estás a dizer o quê? Que é apenas uma coisa que acontece? Um jovem é morto e ninguém é responsável?

Foi por sugestão do Greg que fui até à cabine telefónica ao fundo da rua para telefonar à polícia. Disse ao agente que atendeu que era amiga da Zara e que ela tinha recebido más notícias, mas que não estava em condições de falar sobre isso. Ele deu-me informações gerais, basicamente o mesmo que tinha sido noticiado na televisão.

Joel Stewart, um fotógrafo de 26 anos de Sussex, foi hoje atropelado por um veículo e não resistiu aos ferimentos. O condutor não parou para informar o incidente. Quem tenha informações relacionadas com o incidente, é favor contactar a esquadra da polícia de Tidehaven.

Disse à polícia que a Zara ficaria na nossa casa, dando-lhe o nosso nome e morada. Fiquei à espera que aparecessem nessa noite para dizer que tinham encontrado o condutor, que tinha ido à esquadra da polícia cheio de culpa. Imaginei o quanto a Zara se sentisse confortada por saber que pelo menos alguém tinha sido acusado e responsabilizado por este acontecimento sem sentido que acabara com a vida do Joel. Não esperava o que aconteceu, que foi absolutamente nada.

CAPÍTULO 4

- Porque não me disse nada? Porquê?

Parecia absolutamente frenético.

- Meu caro Poirot, não me passou pela cabeça que lhe pudesse interessar! Ignorava que tivesse alguma importância.

- Importância? Tem a máxima importância!

"A primeira investigação de Poirot" - Agatha Christie [edição Livros do Brasil, tradução de Fernanda Pinto Rodrigues, N.T.]

Nas semanas seguintes, a Zara passou grande parte do tempo sentada na cozinha a olhar fixamente pela janela com vista para o pátio das traseiras. Quando não estava aí, estava no quarto ou à mesa da cozinha com a cabeça entre as mãos. A profundidade do seu sofrimento era aterrorizadora. Às vezes eu chegava a casa depois de ir à mercearia e encontrava-a enrolada no sofá com um dos meus casacos a tapá-la como se estar acordada fosse demasiado para ela. Para algumas pessoas dormir depois de sofrer um trauma era medonho pois levava a pesadelos dos quais não conseguiam escapar, para depois acordarem para o pesadelo real. Porém, para a Zara, o sono parecia ser o seu único conforto. Também não se medicou, nem por receita médica nem através de uma garrafa.

Todos as noites eu e o Greg esperávamos que ela se fosse deitar para ligarmos a televisão na esperança de obter mais informações sobre o acidente. Depois da notícia inicial, não houve muito mais.

O jornal local publicou um artigo de duas páginas sobre o Joel e o seu trabalho como fotógrafo. Além de fotografias, publicaram também cartas de clientes agradecidos. O editorial indicava que tinha tido potencial para ser internacionalmente famoso, tal era o calibre do seu trabalho.

Durante duas semanas houve artigos sobre a tragédia dos atropelamentos e fuga, dando origem a cartas ao editor sobre a falta de limites à velocidade. Numa das cartas, alguém dizia que era uma ideia insensata permitir aos jovens conduzir uma vez que todos fumavam charros e consumiam bebidas alcoólicas. Partia-se do princípio de que o condutor era jovem e irresponsável.

Os pais do Joel vieram da Escócia assim que souberam do acidente e trataram do funeral. Tentaram incluir a Zara, mas ela não estava em condições. Depois da curta cerimónia na pequena capela, o pai dele ficou junto à sepultura com um ar de quem tinha o coração partido enquanto a mãe chorava agarrada ao braço do marido. Depois do enterro, foram apertar a mão da Zara, que tinha estado connosco no outro lado da sepultura. Ela acenou com a cabeça e não disse nada.

Convenci-os a virem até à nossa casa depois do funeral, embora estivessem preocupados em nos dar trabalho. Praticamente ninguém comeu as sandes que eu tinha feito nem tocaram nas cervejas que o Greg tinha comprado. Andámos de um lado para o outro na nossa pequena sala de estar e não sei quem de nós se sentiu mais embaraçado.

- É uma amiga dedicada para a Zara, ela realmente precisa do seu apoio - disse o Sr. Stewart. - O meu filho escreveu-nos a contar sobre a sua nova namorada. Esperávamos vir a conhecê-la em circunstâncias mais felizes.

- Eles eram muito próximos - disse eu. - Não estavam juntos há muito tempo, mas via-se o quão bem estavam um para o outro.

- Ninguém deveria enterrar os seus filhos - disse o Sr. Stewart, desviando o olhar.

- O que vai acontecer ao estúdio dele? - perguntei, tentando aliviar o desconforto ao falar de outra coisa.

- Ficamos até resolver a questão do arrendamento e esvaziar o apartamento. Se a Zara quiser ficar lá, tenho a certeza que podemos encontrar uma solução.

- Não quero falar por ela, mas tenho o pressentimento que ela não vai querer voltar para lá. Demasiadas recordações.

Alguns dos clientes habituais do Joel foram ao funeral bem como a Petula, a rapariga que costumava ajudá-lo no estúdio fotográfico aos sábados. O Sr. Stewart agradeceu a todos por terem ido. A Zara preferiu não dizer nada, praticamente não dissera uma palavra desde o acidente. Eu tinha esperança que as coisas se tornassem mais fáceis para ela depois do funeral.

As semanas foram passando e pouco mudou. A Zara dormia muito e sentava-se frequentemente em frente à televisão com os olhos vidrados, sem se aperceber quando a emissão terminava. Todos os dias eu tentava fazer com que comesse alguma coisa, mas ela dizia que não tinha fome.

Contactei a Boutique Q logo depois do acidente para dizer que a Zara não iria trabalhar por tempo indeterminado. À medida que o tempo foi passando, percebi que não podiam manter-lhe o lugar indefinidamente. Quando tentei falar com ela sobre isso, apenas abanou a cabeça.

- Não consigo pensar nisso agora - era a resposta típica para a maioria das coisas.

Nunca fez perguntas ou falou sobre o acidente. Claro que fazia sentido ela tentar não pensar sobre muito isso.

E então, de repente, ao fim de seis meses de estar lá em casa, foi como se um interruptor se tivesse ligado. Agora, estava acordada a maior parte do tempo, dia e noite. Talvez o corpo tivesse acumulado sono o suficiente e estivesse agora a gastar o que tinha acumulado. Às vezes, quando o Greg tinha de acordar mais cedo por causa de um cliente, eu bebia o primeiro chá do dia com ele. Quando chegávamos à cozinha, encontrávamos a Zara lá, sentada tranquilamente, a bebericar a sua segunda ou terceira chávena de café. Quando eu voltava das compras ou da casa do meu pai, ela ia-me cumprimentar à porta como se tivesse passado o dia às voltas no corredor. Normalmente, eu e o Greg começávamos a bocejar depois das dez da noite e íamos dormir, mas ela ficava no sofá totalmente desperta como se tivesse acabado de acordar.

Continuávamos a evitar ver as notícias da televisão quando ela estava lá e apenas líamos o jornal quando estávamos fora de casa, mas na realidade não esperávamos saber mais novidades sobre o Joel. Era já muito improvável que o condutor aparecesse de repente e admitisse o crime. De qualquer forma, esperávamos e tínhamos esperança.

Os meses foram passando e pude perceber que o Greg estava a ficar cada vez mais irritado com a presença dela.

- Não fizemos já o suficiente por ela? - disse-me em surdina uma noite, depois de ela ter subido para o quarto.

- Queres que a expulse de casa? É o que estás a sugerir?

- Não, estou só a dizer. Não a estamos a ajudar a ultrapassar isto. A determinada altura ela tem de se recompor e resolver a vida dela.

- E assim fala o meu marido compreensivo. Para onde achas que ela pode ir? Não tem dinheiro, o apartamento do Joel já não está disponível e perdeu o emprego.

- Podia ir para casa dos pais. Sei que vocês as duas se tornaram muito amigas, mas a amizade deveria funcionar para ambos os lados, ou não? Parece-me que ela está a abusar da tua boa vontade.

- És muito simpático - disse e fiz questão de lhe virar as costas.

O primeiro aniversário da morte do Joel calhou a uma quinta-feira e eu estava perfeitamente consciente da importância desse dia. Tentara falar-lhe sobre o assunto o mais delicadamente possível todos os dias da semana anterior.

- Hum, queres ir a qualquer lado na próxima quinta-feira? - perguntei-lhe.

Olhou para mim com ar interrogativo como se não tivesse percebido a pergunta.

- Preferes ficar sozinha na próxima quinta-feira ou queres companhia? - foi outra abordagem.

A certa altura presumi que estivesse a planear a sua própria comemoração e que o melhor era deixá-la tranquila.

Tanto quanto sabia, ela nunca tinha ido ao cemitério. Desde que o Joel tinha morrido, eu tinha lá ido várias vezes pois era apenas um pequeno desvio no caminho de regresso da casa do meu pai. Sempre que visitava a campa, reparava que era a única a deixar flores e dei por mim a pedir desculpa ao Joel.

- Não estás esquecido, sabes, é só que ainda é demasiado doloroso para ela - sussurrei, olhando à volta de forma furtiva, rezando para que ninguém pensasse que eu era doida por estar a falar com uma lápide. - Não te vem visitar porque assim pode fingir que estás em viagem e que um dia voltas para casa.

Gostava pessoalmente desta ideia, na verdade.

Nessa quinta-feira, o Greg prometera vir mais cedo do trabalho e o meu pai ficou contente por eu tirar a tarde de folga. Depois de umas semanas com um tempo espetacular, as previsões diziam que ia piorar, portanto, eu e o Greg planeámos um piquenique e um passeio ao longo do rio. Sentámo-nos na margem do rio e falámos sobre pesca. Nenhum de nós tinha alguma vez tentado pescar e sem dúvida que nunca o iríamos fazer, mas nesse dia parecia o passatempo perfeito para uma tarde soalheira. Quando regressámos, não entrei imediatamente em pânico quando não vi a Zara sentada na sala nem a pairar pelo corredor.

- Parece que a Zara saiu. É positivo, não é? Pode ter ido ao cemitério, afinal.

Folheei os livros de culinária à procura de receitas de peixe e esperámos que ela regressasse para fazer o jantar. Acabámos por comer feijões e tostas.

Às oito da noite já estávamos os dois ansiosos. Bati à porta do quarto, com alguma esperança que estivesse enrolada e novamente em modo de dormir. Ao não obter resposta, abri a porta e fiquei a olhar com consternação para um quarto vazio. Durante o último ano, o saco de viagem que eu tinha enchido com as coisas dela tinha estado em cima da cadeira junto à janela. Era como se, ao deixá-lo aí, ela estivesse a recordar-se que o nosso quarto de hóspedes era apenas uma habitação temporária. Agora a cadeira estava vazia, tal como o roupeiro e a cómoda.

- Ela deixou alguma nota? - perguntou o Greg, tendo-me seguido até ao quarto.

- Não que esteja à vista. Para onde achas que foi?

O nó no meu estômago não tinha nada a ver com fome.

Ao fim de dois dias convenci-me que ela tinha tido um acidente. Acordei encharcada em suor depois de uma série de pesadelos com acidentes de carro e a cara ensanguentada da Zara a olhar para mim. Fui ao hospital local perguntar na receção se ela tinha sido admitida, receando a resposta.

- Ela levou o saco, com todas as suas coisas - disse eu, esperando que o Greg percebesse a importância das minhas palavras. Mas o ar dele manteve-se inexpressivo.

- Estás a ver, se ela levou todas as suas coisas significa que está bem. Ninguém faz a mala se tem a intenção de acabar com a vida - disse eu.

O seu ar impassível não fez nada para acalmar os meus receios. Não tinha dito ao Greg que, quando fizera uma nova busca ao quarto na primeira noite, tinha encontrado uma nota. Estava amarrotada no fundo de uma das gavetas, como se ela a tivesse escrito e depois tivesse pensado melhor. Tudo o que dizia era: *Não posso continuar a fazer isto.*

Contactei a polícia na noite do segundo dia. O Greg não estava muito entusiasmado com a ideia.

- Vão dizer que ela é adulta, - disse com um tom de exasperação evidente na voz – que pode ir onde quiser sem ter de dizer nada a ninguém. Seremos acusados de estarmos a fazer perder tempo à polícia.

A polícia foi compreensiva, mas disseram que não podiam fazer nada a não ser que receássemos motivos suspeitos. Sugeriram que fizéssemos a nossa própria busca, colando cartazes e falando com as pessoas que a conheciam. Portanto, lançámos a nossa campanha. O jornal local concordou em publicar um anúncio com a fotografia da Zara na edição seguinte. Imprimimos cartazes e colámo-los por toda a cidade. Afixámos um cartaz na biblioteca itinerante e eu pedia a todos os clientes que entravam para lhe prestarem atenção.

- Tem a certeza que não a viu? - perguntava a cada um deles.

Alguns dos clientes habituais deixaram de ir fazer a troca de livros semanal com receio que eu me lançasse a eles assim que entrassem pela porta. Prestava atenção a cada pessoa que passava pela carrinha da biblioteca, certa de que a iria ver a andar por ali.

Os dias e as semanas foram passando e não aconteceu nada, nem surgiram pistas. A Zara tinha desaparecido. Ligávamos a televisão todas as noites na esperança que houvesse notícias dela, com medo que ela tivesse sido encontrada ferida ou pior.

Foi o Greg que disse em voz alta o que eu pensava desde o primeiro dia.

- Se calhar, ela não aguentou mais - disse numa noite.

- Não digas isso, não quero ouvir.

- Ok, mas talvez tenhamos que colocar essa hipótese.

- Ela nunca chorou, sabes. Nunca a vi chorar.

Agora a notícia da televisão dava-nos uma réstia de esperança. Havia uma nova pista. Rezava para que isso significasse que a minha amiga estivesse viva e com saúde.

CAPÍTULO 5

- PESSOALMENTE, GOSTO DE uma boa história policial - observou Miss Howard. - Mas escrevem-se muitas tolices nesses livros. Criminosos desmascarados no último capítulo, toda a gente estupefacta... No crime a sério sabe-se logo.

"A primeira investigação de Poirot" - Agatha Christie [edição Livros do Brasil, tradução de Fernanda Pinto Rodrigues, N.T.]

Às terças e quintas vou a casa do meu pai, que é cego. Eu tinha 5 anos quando ele foi atropelado por um autocarro. Estava a atravessar a estrada para me ir comprar um donut. Tinha estado a nevar, alguns borrifos que faziam as estradas brilhar. Era bonito de se ver, mas perigoso para conduzir ou caminhar. Vi o acidente a acontecer e, como se costuma dizer sobre eventos trágicos, passou-se tudo em câmara lenta. Se fechar os olhos, consigo sentir o frio dos flocos de neve e ouvir a buzina quando o condutor do autocarro se apercebeu demasiado tarde do que ia acontecer. Reformou-se por motivos de saúde depois do encontro entre o meu pai e as rodas da frente do autocarro dele. A polícia disse que tinha sido um acidente infeliz, que o culpado era o clima, mas o pobre homem culpou-se a si próprio.

Visitou várias vezes o meu pai no hospital. Segundo as enfermeiras, sentava-se ao lado da cama do meu pai e quase não falava. Os olhos do meu pai estavam tapados com ligaduras, portanto, muitas vezes não sabia quem o visitava, principalmente se não diziam nada. Nunca mais soubemos nada dele depois do meu pai sair do hospital. Não é surpreendente que não tenhamos mantido o contacto, mas às vezes penso nele e espero que esteja bem.

Eu cantava para o meu pai nas raras ocasiões em que me foi permitido visitá-lo no hospital, sobretudo canções infantis, mas qualquer coisa que o fizesse sorrir. Às vezes as enfermeiras cantavam também. Até alguns dos outros pacientes da ala cantaram também uma vez o *"Oh, the Grand Old Duke of York"* até que veio um médico fazer a ronda e a enfermeira-chefe disse-nos para nos calarmos. Tenho a certeza que o médico teria gostado disso tanto como todos nós pois parecia uma pessoa animada tanto quanto me lembrava.

A irmã do meu pai, a Tia Jessica, mudou-se lá para casa para tomar conta de mim na altura em que a minha mãe se foi embora. Quando o robusto detetive dela se transformou num ex-polícia cego que precisava de ajuda, a minha mãe achou que essa ajuda não seria a dela.

Depois de sair do hospital, o meu pai demorou imenso tempo para se habituar a andar pela casa. Passava o tempo a ir contra a mobília e à procura dos interruptores da luz. Nunca percebi porque é que se dava ao trabalho de ligar e desligar a luz. Pensei que estar cego significava que se viveria para sempre na escuridão, independentemente de ser dia ou noite. Quando tinha idade suficiente para entender, ele explicou-me que às vezes via imagens vagas e diferentes padrões de luz e sombra. Disse-me que queria continuar como dantes e, se isso significava ligar a luz quando entrasse numa divisão, então era exatamente isso que faria.

Se tivesse que caracterizar o meu pai numa palavra seria "determinado". Durante bastante tempo éramos apenas os três: eu, o meu pai e a Tia Jessica. Depois o Charlie veio viver connosco. Foi o primeiro de uma série de lindos pastores alemães que se tornaram os olhos do meu pai. Quando o Charlie I veio viver connosco pensei que estava ali só para brincar comigo. Tinha quase dois anos e aprendera a ser um cão-guia, mas quando estava de folga tornava-se um cachorrinho como os outros. Eu e ele corríamos pelo jardim até cairmos numa exaustão prazerosa.

Quando o Charlie I tinha 7 anos e eu 10, o meu pai dedicou-se ao estudo da fisioterapia. Com a ajuda do Charlie, já dominava tudo relacionado com a vida do dia-a-dia e era já tempo de descobrir uma nova carreira.

Depois da guerra, o meu pai tinha-se tornado polícia. Estava-se a habituar a isso e, pelo que me disse, adorava tudo: a organização, as regras e o facto de estar a fazer diferença. Depois de dois anos a fazer a ronda pelas ruas, a vigiar crianças cujos piores delitos era roubar fruta, foi promovido a detetive. Era temporário no início, para lhe dar a oportunidade de aprender o básico. Mas não era para ser.

Não foram apenas os olhos que ficaram danificados com o acidente. A perna esquerda partiu-se em dois sítios. Os fisioterapeutas fizeram maravilhas e, juntamente com a persistência natural do meu pai, ele agora quase nem coxeia. Portanto, a escolha da nova carreira refletiu a sua experiência durante essas primeiras semanas depois do acidente. Transferiu todas as suas competências visuais para os dedos.

- A equipa de fisioterapia ajudou-me a perceber que existe uma diferença entre viver a vida ou simplesmente existir - disse-me muito mais tarde quando tinha idade suficiente para entender.

A Tia Jessica viveu connosco durante nove anos. Depois, quando eu fiz 14 anos, anunciou que estava na altura de ela ir explorar o mundo. Tanto quanto sei nunca se apaixonou e, na realidade, nunca soube o que ela fazia antes de vir viver connosco. Eu e o meu pai ficámos-lhe bastante em dívida. Tal como a equipa de fisioterapia, ela fez a diferença entre vivermos a vida ou apenas existirmos. Sem ela, até para existir teria sido uma luta.

Depois de ela se ir embora, recebemos postais de toda a Europa. Lia-os em voz alta para o meu pai e seguia a viagem dela pelo Atlas. Viajou de comboio por França e pela Suíça até Itália e atravessou a Grécia. Imaginava-a nas suas aventuras, prometendo a mim própria que faria o mesmo. Assim que terminasse a escola, partiria. Mas, quando chegou a altura, isso era a última coisa que estava na minha mente. Neste momento, não faço ideia onde está a Tia Jessica. A última vez que nos escreveu disse que planeava descobrir a vida de uma comuna.

Entrei pela porta da frente e gritei para anunciar que chegara. O meu pai estava a falar com o Charlie, algo sobre fazer um passeio mais tarde depois de parar de chover.

- Olá, como vão as coisas? - perguntei enquanto me dirigia para a cozinha para pôr a chaleira ao lume.

- Viste as notícias? - perguntou logo, sabendo que eu não queria conversa fiada quando algo acontecera que era mais importante.

- Sim, e tenho esperança que possas ter alguma ideia sobre o que a polícia possa estar a fazer.

- Princesa, sei que tens uma opinião muito elevada sobre mim e estou eternamente grato por isso. Mas um breve período como detetive há muitos anos atrás não significa que tenha acesso a todos os procedimentos policiais.

- Percebi. Estou a pensar ir à esquadra para tentar saber qual é a pista. A reportagem foi vaga.

- Podes tentar, mas não me parece que te vão dizer grande coisa. - O meu pai conhecia-me bem. Assim que ponho uma ideia na cabeça, não há nada que me possam dizer para a mudar. - E que tal se trabalhássemos um pouco? É suposto seres a minha assistente administrativa, não é?

Nos dois dias que não trabalho na biblioteca itinerante vou a casa do meu pai e organizo-lhe as fichas dos pacientes. Desde que adquiriu o certificado, tem estado sempre ocupado e ganhou uma reputação excelente na região. Todos os médicos o conhecem e recomendam-no aos seus pacientes. A maioria das vezes a sessão de fisioterapia de 45 minutos estende-se para uma hora pois os pacientes contam-lhe as preocupações com os filhos ou com os netos e pedem-lhe conselhos sobre um problema no trabalho. Já lhe disse que devia cobrar extra pelo apoio psicológico.

- Então, quem veio hoje? - perguntei, pegando na lista de marcações e olhando para os nomes, muitos deles já familiares para mim. - A Sr.ª Potts não outra vez! Tenho a certeza que o ombro dela já está bom e apenas vem cá para conversar.

- O neto dela conseguiu entrar em Cambridge.

- Na Universidade?

- Sim, vê lá. Está tão orgulhosa que me contou logo mal passou pela porta. Contou-me tudo sobre o exame de entrada e quão difícil é e que o Luther teve notas altas. Está convencida de que ele vai mudar o mundo.

- O próximo vencedor do Prémio Nobel, portanto? Ao contrário da tola da tua filha?

- Isso nem merece uma resposta. A biblioteca concordou com os novos livros que encomendaste?

- Aprovaram os últimos do 007 e do Alastair Mclean, mas não "O Vale das Bonecas" e não percebo porquê. Por enquanto, pelo menos, mas vou continuar a insistir. O que eu quero mesmo é o último da Agatha Christie. Já li todos os livros da prateleira de policiais duas vezes.

- O meu pequeno rato de biblioteca. Ok, vamos tomar chá e depois é melhor fazer algum trabalho.

- Er... O que se passa, pai, é que já não consigo beber chá. Estou convencida que põem alguma coisa na água. Pedi ao Greg para verificar o abastecimento de água. Já descalcifiquei a chaleira, mas nada faz diferença. O Greg disse-me para experimentar outra marca de chá. Até já comprei um chá mais caro. É o cheiro, dá-me volta ao estômago.

- Não consegues beber chá, ei? Lembro-me da tua mãe dizer a mesma coisa.

- A mãe?

Era tão raro o meu pai falar da minha mãe que fui apanhada de surpresa e fiquei sem saber o que dizer.

- Acho que não há nada de errado com a água, querida, mas talvez seja melhor marcares uma consulta no médico.

- É então um doença estranha, é isso que me estás a tentar dizer sem grande sucesso?

- Não chamaria à maternidade uma doença, embora vá fazer estragos ao teu corpo, isso é certo. Mas de uma forma agradável, ouvi dizer.

Depois do desaparecimento da Zara, eu e o Greg voltáramos à nossa rotina. Talvez fosse a tristeza implícita dos eventos recentes ou o facto de apenas nos termos um ao outro, mas fosse o que fosse ficáramos mais próximos que nunca. E ali estava o resultado. A consulta do médico confirmou. Nós os dois em breve passaríamos a três.

Esperei pelo fim do jantar para contar ao Greg. Estávamos a levantar a mesa e ele contava-me sobre o seu dia. Lavava janelas desde que tinha terminado a escola. Não era um trabalho com grande exigência intelectual, mas ele e os colegas estavam a fazer alguma coisa bem feita porque continuavam a ser contratados, com recomendações e pedidos recorrentes. Tinham uma longa lista de clientes habituais e de vez em quando iam a uma mansão chique, ou algo semelhante, como parte dos preparativos de uma festa familiar ou de uma ocasião especial. Tinha o pressentimento que o Greg gostaria de ter um novo desafio, mas sempre que lhe falava sobre isso ele dizia que tinha sorte por estar a ganhar razoavelmente bem e também qual era o interesse uma vez que não tinha nenhumas competências que o fizesse ganhar muito dinheiro.

- Então, o homem veio cá fora para se queixar? Porque não lhe disseste para ser ele a fazer já que é tão esquisito? - comentei.

- Porque ele é o cliente e tem sempre razão. Além disso, estava lá há duas horas e queria ter a certeza que me pagava.

- Tiveste de lavar outra vez todas as janelas de trás? Eu tinha-lhe atirado a água suja. Tens a paciência de um santo.

- Sim, é verdade. Casei-me contigo, não foi? - disse e puxou-me para ele, fazendo-me cócegas.

- Não, para - disse-lhe e peguei-lhe nas mãos.

- Porquê? Adoras que te faça cócegas, vá, admite.

- Er, não é isso, é que não estás a fazer cócegas só a mim.

A expressão no seu rosto foi melhor do que palavras. Era uma mistura de orgulho, euforia, reverência e carinho. Fez com que me sentasse no sofá e pôs-me os pés em cima do banquinho.

- Que estás a fazer, tontinho? Não estou doente, estou grávida.

- Vais ser mãe e eu vou ser pai.

- Hum, sim, é mesmo isso, pode ser?

- Se pode ser?! É só o melhor presente que alguma vez me podias dar. Diria que sim, pode ser, sim senhor.

Passámos o resto da noite no sofá a ouvir *"All I see is you"* repetidamente e durante umas horas a Zara não podia estar mais longe das nossas mentes. Tudo o que conseguíamos pensar era na nova vida que se iria instalar entre nós.

CAPÍTULO 6

- MEU CARO POIROT, não me incumbe impor-lhe as minhas ideias
- respondi friamente. - O senhor tem o direito de ter uma opinião
própria, assim como eu também o tenho.

*"A primeira investigação de Poirot" - Agatha Christie [edição
Livros do Brasil, tradução de Fernanda Pinto Rodrigues, N.T.]*

O dia seguinte era sexta-feira e, portanto, tive oportunidade de ir à
esquadra da polícia assim que terminei o meu turno na biblioteca
itinerante. Não tinha planeado ser bibliotecária, mas o emprego
parecia ser feito para mim. Sempre fora um rato de biblioteca e
era um daqueles alunos chatos e raros que pediam trabalhos de
casa extra, especialmente à Sr.ª Frobisher, a nossa professora de
inglês. Depois de se reformar, a Phyllis Frobisher dedicara-se a gerir
a biblioteca itinerante e eu era uma das suas clientes habituais.

Desde o acidente que os livros nos aproximaram, a mim e ao meu
pai. Quando tive idade suficiente para perceber as palavras escritas
nas páginas, comecei a ler em voz alta para ele. Era o nosso momento
especial. No recreio da escola passava o tempo a um canto do pátio,
protegida do vento, imersa no mundo das histórias. A maioria dos
professores batia as palmas e dizia-me para me levantar e correr por
ali, mas a Phyllis deixava-me em paz. Talvez lhe lembrasse ela própria
quando era nova. De vez em quando desafiava-a para me dizer o
significado de uma palavra que tinha acabado de descobrir, tentando

apanhá-la desprevenida. Ela triunfava sempre, mas podia ver que adorava o jogo intelectual.

Depois de a escola terminar, ia todas as semanas à biblioteca itinerante e seguia as recomendações da Phyllis. Falávamos sobre livros e a Phyllis guiava-me por aqueles que se relacionavam com o mar, que era a paixão do meu pai: barcos, peixes, até submarinos. Semana sim, semana não, era eu a escolher. O meu pai foi paciente comigo enquanto líamos todos os livros da Agatha Christie. Chegávamos a meio de cada uma das histórias e ele perguntava-me quem tinha cometido o crime e eu gradualmente fui aprendendo a identificar as pistas que ela deixava.

Dois anos depois de eu ter terminado a escola, a Phyllis teve um ataque cardíaco. A biblioteca itinerante não chegou à Milburn Avenue na tarde de segunda-feira, como era habitual. Na quarta-feira também não estava em Rockwell Crescent. Já estava preocupada quando chegou a sexta-feira e telefonei à biblioteca principal para ficar a saber que a Phyllis estava no hospital. Durante alguns dias não pôde receber visitas, mas depois, em vez da minha ida habitual à biblioteca itinerante, fui ao hospital, onde ela estava há três semanas. Já estava de saída quando ela me disse:

- Não vou poder fazê-lo mais.

- A biblioteca?

- Sim, os médicos dizem que tenho de descansar, pelo menos por uns meses.

- Estará em forma outra vez em breve, tenho a certeza - disse eu, a soar mais otimista do que me estava a sentir.

- Não, não me parece.

- Quem me vai ajudar a escolher os livros?

- Tu.

- O que quer dizer?

- Adoras livros tanto quanto eu e, além de ajudares o teu pai, ainda não encontraste o que gostarias de fazer, pois não?

- Admito que estou um pouco perdida, mas bibliotecária?... Está a falar a sério?

- Serás a substituta perfeita. Em breve estarei de volta, mas entretanto irei quando puder e nós as duas seremos uma equipa invencível.

- Não vão dizer que sou demasiado nova?

- Não, ficarão encantados com a minha recomendação. Confia em mim, poupo-lhes o trabalho das entrevistas. Vou falar com o Jonathan Phillpot, que é o diretor dos serviços bibliotecários, e depois digo-te o que ele disse.

E foi assim. A Phyllis manteve a sua palavra e eu comecei duas semanas depois. Tirei bastantes notas, sentada ao lado dela no hospital, enquanto ela me explicava todos os procedimentos. Não havia nada a temer, disse a mim própria, era uma substituição a curto prazo e em breve a Phyllis estaria novamente no comando. Umas quantas semanas transformaram-se nuns quantos meses e tornou-se claro que a partir de então as visitas da Phyllis à biblioteca itinerante seriam apenas como cliente. Tinha-me tornado na nova bibliotecária.

As sextas-feiras eram frequentemente dias muito ocupados na biblioteca itinerante. Embora o meu pai e o Greg brincassem comigo por ser distraída e desorganizada em casa, a biblioteca era o meu domínio e eu mantinha tudo em ordem e arrumado. A biblioteca central queria saber quantos clientes lá iam todos os dias. Suponho que era uma forma de terem a certeza que prestávamos o melhor serviço possível. Mantinha uma lista do número de pessoas que apenas iam lá ver e dos que levavam livros de empréstimo. Ao longo dos meses consegui ver um padrão e comecei a tentar perceber quais as razões para os clientes lá irem.

Normalmente as segundas-feiras eram mais calmas, com apenas uns quantos visitantes, mas sem muitas pessoas a levarem livros de empréstimo. Tinha uma teoria que contei ao meu pai, mas ele riu-se dela.

- Acho que as pessoas têm mais tempo durante o fim de semana. Portanto, quase que terminam o livro que levaram emprestado da biblioteca e depois, na segunda à noite, deleitam-se com o último capítulo. O que foi? Porque te estás a rir? É o que nós os dois sempre fizemos - disse-lhe. - Costumavas-me pedir para deixar as últimas páginas para mais tarde para que pudéssemos refletir sobre o que tínhamos lido e saborear o final.

- E achas que há outros malucos como nós por aí?

O meu pai sempre tivera um forte sentido do ridículo. Claro que podia ser apenas porque a segunda-feira era dia de lavar a roupa.

As sextas-feiras eram os dias em que eu arrumava tudo, confirmava os livros nas prateleiras, tratava da parte administrativa e verificava a nova lista de encomendas que tinha de preparar todos os meses. Como se tratava de uma biblioteca itinerante, recomendavam-nos que perguntássemos aos clientes que livros gostariam de ver adicionados à nossa seleção. Os novos títulos podiam ser trazidos da biblioteca principal ou podiam ser encomendados, desde que o orçamento o permitisse.

Conhecia todos os meus clientes habituais e estava já familiarizada com os seus hábitos de leitura. Alguns aguardavam ansiosamente o próximo livro da Agatha Christie (eu incluída), outros levavam de empréstimo livros de ação para os seus maridos. Depois havia as jovens mães que começavam pelos livros infantis e gradualmente passavam dos livros com imagens para os da Enid Blyton à medida que os pequenos cresciam.

Nos períodos mortos aproveitava para ler e, agora no meu novo estado de maternidade iminente, aproveitava para fazer alguma pesquisa. A seção de livros de referência era bastante pequena, mas encontrei um manual que me deu a informação suficiente sobre a pequena pessoa que crescia dentro de mim sem me assustar estupidamente em relação ao parto. Estava totalmente imersa no capítulo sobre como as pequenas unhas cresciam por volta das 12 semanas quando entrou uma pessoa. Os meus clientes habituais preferiam dar uma vista de olhos sem interrupções, mas nunca tinha visto este indivíduo e, portanto, pensei que ficaria grato por ajudá-lo.

- Bom dia. Se precisar de ajuda, estou ao dispor - disse-lhe. - Os livros de ficção estão neste lado, mas todos juntos. Espero que consiga encontrar o que procura sem problemas. O que vai ser?

Ficção científica, livros de ação, crime?

Sorriu e fez um aceno com a cabeça, mas não respondeu, portanto achei que era um tipo tranquilo que gostava de ser deixado em paz. Eu mantinha a carrinha quente, sobretudo porque tinha sempre frio mesmo no meio do verão. Quando os clientes entravam com os seus sobretudos pesados, muitas vezes sentiam-se abafados e por isso criei uma área perto da porta com alguns cabides. Apesar de ser julho, o tempo tinha mudado. O dia tinha despontado com um sol leitoso, que rapidamente fora tapado por nuvens de chuva empurradas pelo céu por um vento de leste. A expressão favorita da Phyllis Frobisher para este tipo de dias *era demasiado luminoso demasiado cedo*.

O homem vestia uma gabardina cinzenta escura, uma gravata vermelha de seda e um elegante chapéu Trilby cinzento, que tirou assim que entrou na carrinha. Era mais ou menos da idade do meu pai, ou seja, entre 45 e 50 anos, mas havia qualquer coisa nele que parecia deslocada em relação à nossa pequena cidade.

Andou por ali devagar, começando por ver os livros de ficção e depois passando para os livros de referência. Por fim, tirou um livro sobre a Segunda Guerra Mundial. Tomei consciência de que o observava com demasiada atenção e, portanto, voltei a minha atenção para o livro de bebés, tentando concentrar-me. Nessa altura ele começou a tossir, não do tipo de aclarar a garganta, mas daqueles ataques que é difícil fazer parar.

- Está tudo bem por aí? Quer sentar-se, beber um copo de água? - perguntei.

- Obrigada, mas não - respondeu por entre o som áspero e sibilante que tinha tomado conta da tosse.

Tinha voltado a colocar o livro no sítio e apoiava-se na prateleira com uma mão.

- Não há problema. Peço desculpa, está mesmo muito abafado aqui dentro. Vou abrir a porta para deixar entrar ar fresco - disse eu.

- Obrigada, mas tenho mesmo de ir - disse e depois pôs o chapéu na cabeça e foi-se embora deixando a porta entreaberta.

Só quando fui fechar a porta completamente é que vi que algo tinha caído do seu chapéu. Era uma pequena senha, e, quando vi com mais atenção, reparei que era de um depósito de bagagens. Saí da carrinha para ver para onde ele tinha ido, na esperança de pelo menos o chamar, mas não o vi em lado nenhum.

No fim do dia, conduzi a carrinha até ao parque de estacionamento onde passava a noite e tranquei-a. Era intimidante ir à esquadra da polícia, era como se fosse culpada de algo. Respirei fundo, endireitei-me, tentando fazer com que os meus 1,68 metros de altura esticassem mais alguns centímetros, e usei o tom mais firme que consegui junto ao Sargento que estava no balcão.

- Boa tarde. Queria falar com o responsável pelo caso da Zara Carpenter.

Não tinha propriamente preparado o começo da conversa e assim que falei apercebi-me que talvez este caso já não tivesse "alguém responsável". A Zara era adulta e tinha decidido sair da nossa casa. Não seria um caso para o Poirot.

Desde que ela tinha desaparecido, eu ligava para a esquadra da polícia de vez em quando, mas nunca passava do Sargento que atendia. Perguntava se havia novidades, ele dizia que não e ficava por ali. Agora eles tinham uma pista e a minha esperança aumentara.

- Sou amiga da Zara Carpenter, Janie Juke - disse, sabendo que provavelmente não me iam ligar nenhuma.

Levaram-me para uma sala pequena com uma mesa e duas cadeiras. A lâmpada por cima da mesa balançava, o que me fez lembrar a cena de um filme de gangsters. Era curioso imaginar quantos criminosos teriam estado naquela sala, quão hediondos teriam sido os seus crimes. Vagueei por ali por alguns instantes, perguntando-me em qual dos lados me deveria sentar, até que a porta se abriu e entrou um Detetive Sargento.

- Bom dia, Miss - disse.

- Sr.ª Janie Juke.

- Em que posso ser útil? Sou o Detetive Sargento Frank Bright.

- É sobre o caso da Zara Carpenter. Vi nas notícias que tinham uma nova pista.

Parei de falar, sem saber o que dizer mais.

- Desculpe-me, Miss, mas quem é você? Quer dizer, qual é exatamente a sua ligação a Miss Carpenter?

- Sou amiga dela. Ela vivia comigo, connosco, quando desapareceu. Interrogaram-nos na altura. Um outro Detetive, não me lembro do nome.

- Ah, sim, claro. Agora recordo-me do nome, estava nas notas sobre o caso.

Estava-me a testar, como se o soubesse desde o início.

- Então, a nova pista?...

A gravidez não tinha apenas alterado as minhas papilas gustativas, agora sempre que ficava ansiosa ou demasiado entusiasmada tinha um ataque de soluços. Estava prestes a começar um, o que seria uma distração desnecessária.

- Podia dar-me um copo de água?

Ele anuiu, saiu da sala por momentos e voltou com um copo um pouco sujo meio cheio com água. Bebi um gole e agradeci-lhe.

- Ia-me contar sobre a nova pista?... - disse eu, com esperança de que, para além da água, ele tivesse voltado com uma disposição mais prestável.

- Não podemos dar essa informação a ninguém que não seja da família de Miss Carpenter.

- E fizeram isso?

- Fizemos o quê?

Estava a ser o menos prestável possível.

- Deram essa informação à família dela?

- Não tem nada a ver com isso, pois não, Miss?

Tinha trazido um cinzeiro quando entrara na sala. Encostou-se às costas da cadeira e tirou um pacote de cigarros do bolso do casaco. Virou o pacote na minha direção, oferecendo-me um cigarro. Abanei a cabeça, rezando para que ele não acendesse um. O cheiro do fumo do cigarro sempre me tinha deixado enjoada, mas agora, no meu relativamente novo estado de futura mãe, descobri que me dava vontade de vomitar. Não seria a melhor forma de cair nas boas graças do Detetive Sargento Bright, que era o que eu queria, pois aquela era a única oportunidade que tinha de obter a informação que desejava.

Ele colocou o pacote de cigarros em cima da mesa, empurrou a cadeira para trás e levantou-se.

- Bem, Miss, se é tudo, acompanho-a à porta.

- Mas não me disse nada - disse eu, tentando não tornar a minha indignação óbvia no meu tom de voz.

- Exato, Miss. Tal como disse, não faz parte da família. Se souber alguma coisa sobre Miss Carpenter, por favor informe-nos.

- Sabe que está viva e de saúde, então? Pelo menos pode dizer-me isso? Se for esse o caso, provavelmente irá vê-la antes de mim. Afinal de contas, você é que tem a nova pista.

Estúpida, pensei assim que saí da esquadra da polícia. O meu pai ter-me-ia repreendido por tentar ser esperta com os meus comentários sarcásticos. *Isto não vai impressionar o Detetive Sargento Bright*, refleti. Mas o que estava feito, feito estava e decidi que no futuro ia dar rédea curta às minhas opiniões, principalmente quando estava a lidar com a polícia.

Saí da esquadra da polícia sabendo o mesmo com que tinha entrado e perguntei-me o que faria a seguir.

CAPÍTULO 7

- Não, MON AMI, não estou na segunda infância! Tento apenas acalmar os nervos.

"A primeira investigação de Poirot" - Agatha Christie *[edição Livros do Brasil, tradução de Fernanda Pinto Rodrigues, N.T.]*

Passara bastante tempo desde a última vez que eu e o Greg tínhamos ido dançar. Antes da Zara ter ido viver connosco íamos quase todos os sábados à noite. O Greg é um dançarino soberbo, com um ritmo natural. De facto, foi assim que nos conhecemos. Eu tinha ido a uma pequena discoteca umas duas vezes antes de ser maior de idade, carregando na maquilhagem e mostrando o meu sorriso mais doce ao porteiro. Sabia que pelo menos metade das raparigas a dançar por ali eram menores pois reconheci-as da escola. Tanto quanto o meu pai sabia eu estava na casa de uma amiga, mas fazia questão de chegar a casa às onze da noite. Tenho a certeza de que ele sabia a verdade, mas gosto de pensar que confiava em mim o suficiente para não fazer drama.

Quando completei a idade que me permitia dançar toda a noite, era exatamente isso que planeava fazer. Fiz 18 anos num sábado, o que foi perfeito e estava ansiosa por poder comprar a minha primeira bebida legalmente. Recusei a oferta do meu pai para organizar uma festa, o que provavelmente foi um alívio para ele. Umas quantas adolescentes a cantar a plenos pulmões com o volume da música alto enquanto ficavam bêbedas deveria ter sido um pesadelo para ele. Principalmente porque não podia ver o que estava a acontecer e quantas bebidas eram derramadas na carpete.

No dia do meu aniversário comecei a preparar-me cerca de cinco horas antes de sair de casa. Pintei com cuidado as unhas dos pés e das mãos, passei a ferro a roupa e depois deleitei-me com um longo banho de imersão cheio de espuma perfumada. Graças a uma sugestão da Zara, quando ainda andávamos na escola, comecei a usar uma bandolete para manter o meu cabelo rebelde para trás. Tinha uma bandolete de cada cor. Os salários do meu emprego aos sábados numa banca de jornal iam para um frasco rotulado de "Aniversário". Uma semana antes do grande dia, tirei o dinheiro do frasco, metia-o na minha carteira e fui às compras. Comprei o vestido mais elegante que podia pagar. Era um vestido evasê amarelo vivo com uma fita verde esmeralda por baixo do peito e à volta das bordas das mangas. Encontrei um lenço amarelo e verde na mesma loja, que atei à volta do cabelo em vez da bandolete. Quando fiquei pronta, vi-me ao espelho e fiquei agradada com o resultado.

- Serve - murmurei para mim mesma sem me ter apercebido de que o meu pai estava atrás de mim.

- Consigo imaginar o quão bonita estás, princesa - disse ele, o que me deu vontade de chorar.

- Não digas mais nada ou vou borrar a maquilhagem.

- Ah, bem, isso não pode ser, pois não? Estou muito orgulhoso de ti. Agora és um mulherzinha e tens a vida toda pela frente.

- É assustador, porém.

- Porquê assustador?

- Nem sei sequer o que quero fazer da minha vida.

- Tudo a seu tempo. Por agora, aprecia cada dia, especialmente o dia de hoje.

- Talvez não esteja em casa às onze da noite...

- Não espero o contrário. Na realidade, vou ficar atento para te ouvir nas escadas por volta das duas e meia da manhã.

- Vou descalçar os sapatos e tentar não te acordar.

- Não vou estar a dormir.

- Gosto muito de ti.

- Eu também. Agora, desaparece e diverte-te a potes. É assim que se diz hoje em dia?

- Provavelmente não, mas eu percebo o que queres dizer.

Algumas das minhas amigas fizeram-me uma surpresa ao dizer ao DJ que era o meu aniversário e pedindo o meu disco favorito. Dançámos ao som de todas as músicas dos Beatles que ele pôs a tocar como *"I want to hold your hand"* e *"She loves you"*. Quase nem tive tempo de beber a vodka laranja que tinha orgulhosamente pedido.

O Greg estava ao lado de uma rapariga perto da pista de dança. Se tivesse que descrever o meu homem ideal, então seria o Greg. Ligeiramente mais alto que eu, com cabelo cor de areia que caía casualmente pela testa e comprido o suficiente para chegar ao colarinho da camisa, e com uma confiança tranquila. Olhei para ele um par de vezes e depois tentei não o fazer porque era claro que tinha namorada. Portanto, quando os slows começaram no fim da noite e ele se dirigiu a mim desejei que fosse mais rápida a desaparecer para a casa de banho.

- Queres dançar? - perguntou ele.

- Hum... a tua namorada não se vai importar? - acenei com a cabeça na direção da rapariga que estranhamente estava agora a dançar com outra pessoa.

- Não, ela não é minha namorada, é minha irmã.

- Oh.

- Então, queres dançar?

Tinha a boca seca e parecia que a minha voz tinha desparecido. Então anuí e ele pegou-me na mão. Levou-me até à pista de dança e, ao som da música da Cilla *"Anyone who had a heart"*, descobrimos que gostávamos os dois de cães, de dançar e de música. Quando acabou a última música, as luzes acenderam-se e reparei que os olhos dele eram de cor de chocolate escuro. Estava apaixonada.

- Posso levar-te a casa? – perguntou-me enquanto eu me dirigia para o bengaleiro para ir buscar o casaco.

- E a tua irmã?

- A Becca fica bem, está com o Paul, que é um amigo, tenho a certeza que a vai levar a casa em segurança.

- É um caminho muito longo, posso ir de táxi.

- Poupa o teu dinheiro. De qualquer forma, eu gosto de andar.

E foi assim. Apresentei-o ao meu pai duas semanas mais tarde e alguns dos momentos mais felizes da minha vida foram passados a ouvir os dois a falarem um com o outro. O meu pai era fã da equipa de futebol de Brighton desde pequeno e agora, embora não conseguisse ver os jogos, seguia os progressos todas as semanas. O Greg ia quase sempre ver os jogos quando a equipa jogava em casa e depois ia ter com o meu pai para lhe fazer o relato ao pormenor.

No nosso aniversário de seis meses de namoro, o Greg pediu-me em casamento e eu pensei que estava a brincar.

- Ainda não tenho idade para casar - disse-lhe, tentando esconder a minha alegria e falhando miseravelmente.

- Posso perguntar de novo, então?

Não precisei de responder. O beijo, que deve ter durado pelo menos dois minutos, deve ter-lhe dito tudo o que ele precisava de saber. Pediu-me em casamento mais duas vezes, uma quando fiz 19 anos e depois, quando fiz 20 anos, já não pude esperar mais. Cada vez que me pedia a mão falava primeiro com o meu pai, o que era engraçado e antiquado, mas adorável também. Aparentemente o meu pai, brincalhão como sempre, assegurava ao Greg que estava radiante por se ver livre de mim, mas eu podia ver que estava muito feliz por ir ter um genro que seria como um filho para ele.

Celebrámos o nosso noivado no Aquarius e chamámos a atenção de toda a gente quando dançámos ao som das The Supremes enquanto elas nos diziam *"You can't hurry love"* (não podem apressar o amor).

Desde que a Zara se tinha instalado na nossa casa, a dança tinha ficado para trás. Ela estava a passar uma fase má e pensar em vestir-me de forma bonita com a minha mini-saia preferida e as unhas acabadas de pintar parecia cruel e insensível.

Mas quando o Greg chegou a casa na sexta-feira, disse-lhe que tinha uma ideia.

- Porque não vamos dançar amanhã à noite? Há séculos que não vamos e está na hora de relembrarmos os passos enquanto eu ainda posso - disse-lhe.

- Tens a certeza? Não te vai fazer mal?

- Só estou grávida, não estou doente.

- Se achas que não vai fazer mal... - disse, pousando a mão na minha barriga.

- Tenho estado a ler sobre o nosso pequenito. Agora parece mesmo um feijão. Quem poderia pensar? Como pode um feijãozinho dar-me já tantos incómodos? Afasta-me do chá, dá-me soluços e impede-me de ficar a dormir até tarde aos fins de semana. Tu, feijãozinho, tens muito que responder - disse e espetei o dedo na barriga.

- Não faças isso, vai ouvir-te.

- Acho que ainda não tem orelhas.

- Bem, vai definitivamente sentir-te, a espetá-lo dessa maneira.

- Desculpa, feijãozinho, não te vou espetar outra vez. Em compensação, dá-me uma pausa durante a manhã e deixa-me dormir até tarde, pode ser?

- Senti falta disto - disse ele, pegando na minha mão e rodopiando-me pela pista.

O Aquarius era o sítio perfeito para dançar o twist. A atmosfera estava ao rubro e a música suficientemente alta para afastar todas as minhas preocupações, pelo menos por umas horas.

- Eu também, e tu continuas a ser o melhor dançarino na pista.

- Oh, muito obrigado, Sr.ª Juke. Tu também não és nada má, especialmente para uma futura mãe.

Dançámos, rimos, descontraímos, mas ao aproximar-se a meia-noite comecei a sentir-me cansada.

- Já não consigo aguentar-me como dantes.

- Ya, bem, também já não és uma adolescente.

- Vais continuar a amar-me quando estiver velha, cheia de rugas e resmungona?

- Talvez fiques resmungona antes de ficares velha.

- Que charmoso... O que aconteceu ao meu marido cavalheiro?

- Foi à casa de banho.

- Mas a sério, vais mesmo?

- O que se passa contigo hoje? Claro que sim, porque não haveria?

- Achas que a Zara e o Joel se iriam casar um dia?

- Não era suposto termos uma noite livre da Zara?

- É difícil deixar de pensar nela, Greg, queria perceber porque se foi embora. Só quero saber se está bem.

Sentámo-nos por algum tempo a observar as pessoas.

- Vamos ver se conseguimos adivinhar quem fica com quem esta noite, vamos fazer pares - disse-lhe.

- A rapariga bonita e loura junto ao bar, a que tem as pernas compridas, e o rapaz com o corte de cabelo à Beatles. Tem estado de olho nela a noite toda.

- Parece-me que também tens estado de olho nela, Sr. Juke, e tu és um homem casado.

- Pediste-me para adivinhar. De qualquer forma, saber apreciar a beleza é um elogio para ti, significa que tenho um gosto excelente.

- Safaste-te bem agora.

A nossa conversa foi interrompida quando um rapaz alto se aproximou da nossa mesa.

- Boa noite. És amiga da Zara, não és? Janie, certo?

- Boa noite. Desculpa, mas conhecemo-nos? - perguntei-lhe.

- Owen Mowbray - disse, inclinando-se sobre a mesa.

- O meu marido, Greg - respondi, acenando em direção ao Greg. - Portanto, conheces a Zara?

- Sim, mas não a vejo há imenso tempo. Como está ela?

Eu e o Greg olhámos um para o outro e depois o Greg respondeu:

- Não sabemos. Na realidade, também não a vemos há bastante tempo.

- Posso perguntar como a conheces? - perguntei. - Na verdade, estamos preocupados com ela, por isso, qualquer coisa que nos possas dizer pode ajudar.

- Conheci-a numa marcha de protesto, há uns dois anos.

Mantivemos o contacto por algum tempo, mas depois mudei-me e estou agora de regresso para visitar os meus pais. Pensei que fosse divertido encontrá-la, mas parece que ela não está por cá de momento...

- Senta-te, é um longa história.

Contámos-lhe sobre o acidente do Joel e do desaparecimento da Zara, sem grandes pormenores. Ouviu e pouco disse.

- Acham que ela está bem? - perguntou quando acabei de falar. - Talvez tenha ido a alguma lado para recuperar?

- Não sabemos, mas sim, provavelmente qualquer coisa desse género. A propósito, como sabes que sou amiga da Zara, como sabes o meu nome?

- Ela mostrou-me uma fotografia de vocês as duas quando estivemos na marcha. Sou bom com caras e nomes. Além disso, a tua bandolete chamou-me a atenção. Tinhas uma na fotografia.

Não respondi pois estava a tentar lembrar-me da fotografia, mas então ele disse:

- Bem, foi um prazer conhecê-los.

Depois apertou a mão do Greg e foi-se embora.

- Bem, aquilo foi estranho - disse eu enquanto nos dirigíamos para o bengaleiro para ir buscar os casacos.

- Porquê estranho?

- Não sei, é estranho ele ter aparecido assim. Porque é que a Zara nunca falou dele se eram assim tão bons amigos?

- Lês demasiados policiais, estimulam ainda mais a tua imaginação fértil. Vamos lá para casa, tu e o jovem feijão.

O Greg adormeceu antes de eu me despir, deixando-me a contorcer e a virar de um lado para o outro na cama a tentar perceber porque é que fiquei tão desconcertada com o Owen Mowbray.

CAPÍTULO 8

- ESTÁ ABORRECIDO, NÃO é verdade? - perguntou, inquieto, ao atravessarmos o parque.

- De modo nenhum - respondi secamente.

"A primeira investigação de Poirot" - Agatha Christie [edição Livros do Brasil, tradução de Fernanda Pinto Rodrigues, N.T.]

Na manhã seguinte, o Greg levantou-se antes de mim. Pude ver que estava chateado com alguma coisa pela forma como andava de um lado para o outro na cozinha, batendo com a chaleira no bico de gás e fechando bruscamente a gaveta dos talheres.

- Estás bem? - perguntei-lhe.

- Nem por isso.

- Demasiado tarde ontem à noite? Não dormiste bem?

- Não é isso, estou só preocupado.

- Com o quê? Com o trabalho?

- Não, contigo, se queres mesmo saber.

- O que é que eu fiz? Pensei que nos tínhamos divertido. Devíamos fazer isso mais vezes, não deixar passar tanto tempo.

Levei o chá lá para cima e vesti-me, mas quando voltei à cozinha o Greg continuava chateado.

- O que é que ela tem? - perguntou.

- Quem?

- Quem é que achas? A Zara.

- O que queres dizer?

- Porque é que te sentes tão responsável?

- É nossa amiga, não é? O que aconteceu tão de repente? Ontem à noite, foi só quando apareceu aquele tipo do Owen que falámos dela.

- Por aquilo que vejo, conheceste-a na escola, mas não muito bem. Depois, não a viste durante anos e de repente estava a viver connosco. Fizemos tudo o que podíamos por ela durante uma fase má da vida dela e a seguir ela decide pirar-se. É bom, não é? Talvez se tenha sentido forte o suficiente para começar de novo.

- Como é que sabes que ela começou de novo? Pode estar morta num sítio qualquer.

- Estamos a pensar positivo, então.

- Porque é que estás a ser tão horrível? Porque é que não me deveria preocupar?

- Achas que ela fazia o mesmo por ti, se desaparecesses?

- Sim, por acaso acho.

- O que quero dizer é que estás demasiado envolvida nisto. Estamos demasiado envolvidos nisto.

- Vou sair - disse e não esperei pela resposta dele.

As palavras do Greg incomodaram-me e não sabia se era porque estava certo ou porque estava errado. Perguntei-me o quão zangado ficaria se descobrisse até que ponto eu pensava envolver-me no caso. Não tivera intenção de sair e, portanto, agora precisava de ter um destino. O meu pai ficava sempre contente por me ver, mas não estava com disposição para falar e ouvir, só queria andar e pensar.

Havia poças de água por todo o lado e só me apetecia saltar para cima e para baixo nelas como fazia quando era pequena, quando me deleitava a fazer os maiores salpicos possíveis, mesmo quando não tinha galochas. A Tia Jessica raramente me repreendia. Tenho a certeza de que queria fazer exatamente a mesma coisa. Agora que já sou crescida, consigo perceber como ela se sentia.

Caminhei pela cidade em direção ao Fortune Park. Foi uma longa caminhada, mas era o que precisava para clarear a cabeça. A primeira área do parque fervilhava de atividade ao fim de semana, cheia de famílias com bebés e pessoas a passear o cão. Sentei-me num banco com vista para o parque infantil e fiquei a observar as crianças a correrem entre o escorrega, os baloiços e o carrossel. A certa altura, dois rapazitos começaram a empurrar-se na pressa de irem para um dos baloiços que uma rapariga graciosa de rabo de cavalo tinha acabado de deixar livre.

Eu e o Greg nunca falámos sobre se preferíamos uma rapariga ou um rapaz. Acho que tanto fazia para qualquer um de nós, embora imaginasse que o Greg iria gostar mais de brincar com um filho. Iriam ao futebol ou jogariam à bola no jardim. Se o Feijão fosse uma rapariga, iria ser tão próxima do Greg como eu era do meu pai? Uma onda de tristeza atingiu-me quando me lembrei que o meu pai nunca iria ver a cara do meu filho. Seria mais uma etapa que teríamos de superar.

O meu casamento tinha sido o último evento significativo onde eu e o meu pai tiveramos de fingir muito bem. Descrevi-lhe em pormenor o meu vestido de noiva antes dele me tomar o braço e levar-me até ao altar. Não sei se foi mais difícil para mim ou para ele. Ele não viu a sua única filha a casar-se e eu senti-me triste por não poder ver o orgulho estampado no rosto dele ao ver-me tão crescida.

A minha mãe foi ao casamento, mas manteve-se rígida na fila da frente, claramente embaraçada com o facto de ser eu a guiar o meu pai até ao altar quando deveria ter sido ao contrário. O seu riso falso titilou constantemente durante o copo d'água enquanto socializava com toda a gente, evitando discussões profundas. Depois, quando levei o meu pai para a pista de dança, foi mais do que ela pôde aguentar e via-a desaparecer em direção à casa de banho.

Mais tarde, antes de eu e o Greg irmos para a nossa noite de núpcias, esperei que viesse falar comigo. Tinha esperança de ouvir as palavras de sabedoria que sempre imaginei que uma mãe diria à sua filha no seu dia especial. Em vez disso, tudo o que fez foi apertar-me a mão e dizer "Sê feliz" como se duvidasse que isso fosse possível.

Poupámos todo o dinheiro que pudemos e, com a ajuda do meu pai, conseguiramos dar a entrada para uma pequena casa. O casamento foi o mais modesto possível e, em vez de uma grande lua de mel, apenas passámos duas noites num hotel rural. Quando regressámos, a minha mãe já se tinha ido embora, para a vida que ela tinha feito para si própria.

Portanto, tinha sido eu e o meu pai e o Greg, e tinha sido perfeito. Mas quando a Zara voltou a fazer parte da minha vida, adorei os momentos só de mulheres que tínhamos as duas. Desde que a escola tinha terminado, mantivera o contacto com algumas amigas, mas não tinha muito em comum com nenhuma delas. Com a Zara era diferente, ela trouxe ao de cima uma parte de mim que eu não sabia que existia. Até ser amiga da Zara, tinha dado o meu melhor para ser uma filha prestável e uma esposa amorosa, mas ela fez-me sentir que ser a Janie Juke também era importante.

- Estava a pensar no Owen - disse eu.

As nossas discussões nunca duravam muito tempo e quando cheguei a casa estávamos ambos dispostos a fazer as pazes.

- Há alguma coisa que me queiras dizer? Ficaste de olho nele, foi?

- A sério, estava a matutar sobre o que ele disse, sobre como me tinha reconhecido.

- Ya, de uma fotografia que a Zara lhe mostrou.

- Não achas isso estranho? As únicas fotografias que a Zara teria eram da altura da escola.

- Não mudaste muito. Provavelmente menos acne agora.

Ia espetar-lhe o dedo nas costelas, mas ele esquivou-se a tempo.

- É um bocado rebuscado, não é? Viu-me numa fotografia com 16 anos e depois consegue reconhecer-me numa discoteca quase às escuras? - comentei.

- Já aconteceram coisas mais estranhas.

- Talvez esteja a mentir.

- Porque é que mentiria?

- Pode tê-la visto mais recentemente...

- Já chega, caso contrário vamos discutir de novo e eu já estou farto deste assunto. Aceita o que ele te disse e esquece.

- Desculpa, provavelmente tens razão.

Mas não ia esquecer. Precisava de ter a certeza e perguntei-me como podia encontrar de novo o Owen Mowbray. Não sabia nada dele, exceto que os pais viviam na região e que ele tinha vindo visitá-los. Provavelmente ele já tinha voltado para o sítio de onde tinha vindo.

- Há uma oportunidade de emprego na construtora que fica na Wiley Avenue - anunciou o Greg quando nos sentámos para jantar na segunda-feira à noite.

- Tu tens um emprego.

- Eu sei, mas é só isso. Se entrar no setor da construção civil vou poder aprender.

- Aprender o quê?

- Não sei, alvenaria ou canalização.

- É isso que queres?

- No início não vou fazer muito dinheiro, mas também não estou a desistir de uma carreira. Assim que aprender o ofício terei um salário melhor e podemos finalmente começar a pagar a dívida ao teu pai.

- Ele não está à espera disso.

- Eu sei, mas ele já fez tanto por nós, a entrada desta casa, o carro... E aposto que ele te paga muito mais do que é normal pelos dois dias que trabalhas para ele.

- Não estás a sugerir que não mereço cada cêntimo, pois não? Porque, se estás, há o perigo de veres o teu jantar a escorrer-te pela cabeça...

- Só estou a dizer que gostava de aprender um ofício. Se aprender alvenaria posso construir uma casa para nós.

- Temos uma casa.

- Não era suposto apoiares-me, ficares contente por ser ambicioso?

- Desculpa, estou a ser má. Sim, é uma boa ideia. Serias um ótimo pedreiro e adoraria que nos construísses uma casa. Gostavas mesmo disso então?

- Vou lá, só para perguntar, ver o que o que estão a oferecer. Queres vir?

- Conta comigo. Quando vais?

- Logo de manhãzinha, os construtores começam cedo. Sete e meia está bom para ti? Depois posso ir logo trabalhar e nem dão pela minha falta. Se formos de carro, posso deixar-te na casa do teu pai, se quiseres.

O Greg levava o carro para ir e voltar do trabalho e a maioria das vezes eu ia a pé até à casa do meu pai ou para ir buscar a carrinha da biblioteca. De vez em quando fazia batota e apanhava o autocarro, mesmo sabendo que eram apenas duas paragens. Significava mais cinco minutos na cama e, depois de uma noite irrequieta, cinco minutos faziam diferença.

O Greg não gostava que conduzisse a biblioteca itinerante por aí, o que, esperava, tinha mais a ver com a preocupação dele por mim do que inveja. O Greg já tinha passado no exame de condução quando o conheci. O pai dele tinha-lhe pago as aulas e levou-o para praticar no Ford Cortina deles. Claramente o meu pai não podia fazer o mesmo por mim e jurei nunca me sentar atrás de um volante. Talvez fosse a memória do acidente do meu pai que me turvava as ideias.

- Porquê ir de carro quando podemos ir de bicicleta? É mais tranquilo, mais barato e mais divertido - disse ao Greg quando me perguntara, pouco tempo depois de começarmos a namorar.

- À chuva?

- Há sempre o autocarro.

- Tens medo?

- Porque é que havia de ter medo? Por aquilo que sei não é assim tão difícil, embora ajude já ter um carro.

Pouco depois de termos casado, o Greg anunciou que chegaria a casa um pouco mais tarde que o costume e que eu deveria esperar antes de começar a fazer o jantar.

- Quando vamos comer, então? Se vais ao pub então mais vale eu comer sozinha e deixar a tua parte do fogão.

- Não vou ao pub. Confia em mim e para de fazer tantas perguntas - foi tudo o que disse antes de sair para ir trabalhar.

Então, por volta das seis da tarde, quando estava a fazer chá para mim e pensando se deveria comer qualquer coisa, ouvi uma buzina lá fora. O barulho era persistente e bastante alto e perguntei-me se tinha havido um incidente qualquer.

Assim que saí lá para fora, descobri o culpado. O Greg estava orgulhosamente de pé ao lado de um Morris Minor azul pálido, com a porta do condutor aberta e a mão na buzina.

- Já chega! - gritei-lhe. - Daqui nada está aí a polícia a multar-nos por perturbação da paz ou possivelmente por roubo de carro. O que estás a fazer?

- A mostrar-te o nosso carro novo. Queres ir dar uma volta?

Uma hora mais tarde estava pronta para retirar tudo o que tinha dito sobre carros.

- Foi fantástico! É mesmo nosso? Podemos pagá-lo?

- Sim e sim. Além disso, vou ensinar-te a conduzir, começamos amanhã.

- Ou és corajoso ou estúpido.

- Digo-te qual deles depois da tua primeira aula.

Tenho a certeza de que até o Geg concordaria que aprendi bastante rápido e, assim que passei o exame, conduzir tornou-se num dos meus passatempos preferidos. Presumi que o meu pai tivesse contribuido generosamente para os fundos do nosso carro, dizendo ao Greg que não havia pressa em pagar a dívida. Durante a semana era o Greg que levava o carro para e do trabalho, mas aos fins de semana geralmente era eu quem conduzia quando íamos a algum lado.

Portanto, quando a Phyllis me disse para trabalhar na biblioteca itinerante, a condução era a última das minhas preocupações. O Greg, por outro lado, ficava sempre com ar inseguro quando me via a fazer as manobras.

- Lembra-te que não é o nosso Morris Minor. Não corras riscos e presta atenção aos autocarros.

- Espero que os autocarros prestem atenção a mim. Queres que te lembre quem passou o exame à primeira?

Brincava com o Greg desde que descobrira que ele só passara à terceira.

- Tiveste sorte - disse ele. - O meu examinador não gostava de mim, estava de mau humor. Tudo o que tiveste de fazer foi mostrar o teu sorriso lindo e ele ficou mansinho. Quando me apercebi que era um assunto delicado para ele não voltei a falar disso.

A Wiley Avenue ficava a pouca distância de carro da nossa casa e a entrada da construtora ficava entre duas casas geminadas. O pátio estava cheio de tijolos, areia, cimento e várias ferramentas e equipamento, mas organizado, com tudo devidamente empilhado e uma grande vassoura convenientemente colocada à porta de um contentor pré-fabricado, que supus ser o escritório. Um homem baixo e robusto estava a carregar um pequeno camião com tábuas de madeira quando nos aproximámos. O Greg foi até lá e ajudou o homem a levantar uma das tábuas maiores e, depois de a ter posto no camião, estendeu-lhe a mão.

- Bom dia, sou o Greg. É o dono?
- Sou. Obrigado pela ajuda, rapaz, muito agradecido.
- Ouvi dizer que há uma oportunidade de emprego, é verdade?
- Ouviste bem. Qual é o teu ofício, rapaz?
- Sou lavador de janelas, mas estou interessado em aprender um ofício a sério como alvenaria ou canalização. Trabalho no duro.
- Alvenaria é um bom ofício para um rapaz jovem e forte como tu. Há muito que aprender, se não te importares de começar por baixo. Muita coisa para carregar e transportar, trabalhar no exterior com todo o tipo de tempo, embora isso não seja novidade para ti. Claro que se trata de fazer uma construção permanente com tijolos, seja o muro de um jardim ou toda uma casa. Um trabalho para a vida, é o que é. Pena o meu filho não reconhecer isso.
- O que preciso fazer para me candidatar? Há muitos interessados?
- Dou-te um formulário, escreves algumas informações e depois devolves-mo. Estou a ver que estás entusiasmado, o que é sempre bom sinal. Pago um salário justo para um justo dia de trabalho. Três semanas de férias ao ano e preciso que trabalhes sábado sim sábado não. Muitos jovens acham que têm direito a dinheiro sem fazer nada, basta aparecerem. Bem, a Mowbray e Filho acredita em dar o melhor, por isso é que os clientes nos voltam a contactar. Tenho uma boa

equipa, que trabalha no duro, mas também gostam de rir, desde que seja apenas durante as pausas.

- Obrigado, Sr. Mowbray, grato pela oportunidade. Esta é a minha mulher, a Janie.

- Não estás à espera que lhe dê um emprego também, pois não, rapaz? - O Sr. Mowbray sorriu e estendeu a mão para apertar a minha. - Simpático da sua parte em tê-lo acompanhado, muitas mulheres não se dão ao trabalho. Especialmente porque nós os construtores começamos muito cedo. Toma bem conta dela, acho que tens aqui um tesouro. E não esperes que ela te faça as sandes. Eu faço as minhas, tenho-as feito durante toda a minha vida profissional.

- Sim, vou fazer, faço - disse o Greg com um ar atrapalhado.

- Na verdade, a Sr.ª Mowbray nunca põe manteiga suficiente para o meu gosto - disse, piscando-nos o olho.

O Greg quase que saltava no regresso para a paragem do autocarro.

- Que homem encantador - disse eu. - Gostou de ti, não foi? Está já nas minhas boas graças, só por dizer para tu fazeres o teu almoço. Pena não te ter dito para passares a ferro também.

No início não me apercebi, provavelmente porque ainda estava meio a dormir, mas no caminho de regresso fez-se luz. *Mowbray e Filho*. Um nome pouco comum, sem dúvida. Por um vez, o destino estava no meu lado, ou os deuses estavam a olhar por mim, ou ambos.

CAPÍTULO 9

- ACAUTELE-SE! AI DO detetive que diz: «É muito insignificante... não tem importância. Não se conjuga. Não pensarei mais nele.» Esse é o caminho para a confusão! Tudo tem importância.

"A primeira investigação de Poirot" - Agatha Christie [edição Livros do Brasil, tradução de Fernanda Pinto Rodrigues, N.T.]

Parecia que os meus clientes habituais tinham passado as noites a ler durante os últimos dias chuvosos porque no dia seguinte apareceram todos na biblioteca, trazendo os livros emprestados e querendo levar outros. Havia tanta gente dentro da carrinha que eu estava a ponto de sugerir que fizessem uma fila ordenada. No fim, agruparam-se e misturaram-se entre eles e todos pareciam satisfeitos.

Não levantei os olhos quando as duas últimas pessoas entraram, pois estava ocupada a calcular as taxas de atraso da Sr.ª Candy, *Candy* como doce. De facto, era tão doce como o nome sugeria, mas raramente conseguia trazer os livros dentro do prazo.

- Apenas três dias de atraso desta vez - disse-lhe quando me entregou o livro *"Alice no País das Maravilhas"*. - Esteve a lê-lo para os seus netos? Gostaram?

- O que disse, querida?

A audição da Sr.ª Candy já não era o que costumava ser.

- Três dias - disse, tentando não perturbar os outros clientes.

- Há este também - disse ela, tirando outro livro de dentro de um bolso interior da sua gabardina. - Tinha-me esquecido que o tinha. Sabe, este foi o primeiro livro que aprendi a ler.

Entregou-me um exemplar esfarrapado do livro *"O Vento nos Salgueiros".*

- Este não pertence à biblioteca, talvez seja seu - disse, devolvendo-lhe o livro.

- O que disse, querida?

A paciência que tinha com a cegueira do meu pai estava-me a falhar ao lidar com a Sr.ª Candy e as suas dificuldades auditivas. Enquanto pensava no que poderia fazer ou dizer, um homem aproximou-se. Olhei para cima e reparei que era o mesmo cliente que tinha tido um ataque de tosse na última vez que tinha vindo.

- Ah, Sr. ... Em que posso ser útil?

- Escreva - disse ele.

- Desculpe?

- Escreva o que quer que ela perceba. É mais rápido e mais silencioso a longo prazo.

- Boa ideia.

Ficou ali a ver-me escrever uma nota curta à Sr.ª Candy e a entregá-la. Enquanto ela a lia, voltei-me para o senhor.

- Penso que deixou cair qualquer coisa na última vez que cá veio.

- Não, não me parece.

- Oh, ok. É que encontrei uma senha de um depósito de bagagens e pensei que fosse sua.

- Não, não é minha. Levo este, quando estiver despachada - disse ele e entregou-me um livro da Segunda Guerra Mundial do Winston Churchill juntamente com o cartão de leitor.

- Com certeza, Sr. Furness. Aqui tem - disse, pondo o carimbo no livro e entregando-lho.

Por esta altura, já a Sr.ª Candy tinha posto das moedas no balcão, pegado no exemplar do "O Vento nos Salgueiros", e dirigia-se para a porta.

- Está tudo bem? - gritei-lhe enquanto ela se ia embora, antes de me aperceber que era inútil.

Tinha uma caixa de cartão debaixo do balcão onde punha todos os itens esquecidos na esperança que fossem reclamados. Tinha acumulado muitos objetos interessantes ao longo do tempo. Havia os inevitáveis guarda-chuvas, que não cabiam na caixa, mas que deixava no chão ao lado do balcão. Desde que tinha começado a trabalhar na carrinha, já tinha encontrado duas luvas sem par, uma de lã e outra de pele, uma caixa de óculos, um alfinete de chapéu e um broche de camafeu antigo. Uma das coisas mais estranhas a entrar nos meus perdidos e achados foi uma meia. Seria compreensível se tivesse sido um par de meias, mas era apenas uma meia cor de rosa pelo calcanhar, tamanho de adulto, e recentemente usada. Aguardava ansiosamente que alguém viesse reclamá-la para perceber como podia ter sido deixada na biblioteca sem o seu par. Mas nunca veio ninguém.

Tirei a caixa debaixo do balcão, olhei novamente para a senha da bagagem e depois coloquei-a dentro de um envelope para não se perder e voltei a colocá-la na caixa. Era estranho que o Sr. Furness não a tivesse perdido, mas talvez eu já tivesse lido demasiados policiais e estivesse a ver mistérios em todo o lado.

- Posso levar o formulário por ti, se quiseres - disse ao Greg ao fim desse dia.

- Bolas, estás entusiasmada. Ainda nem sequer olhei para ele.

- Só precisas de preencher a informação, não é complicado. Bate enquanto o ferro está quente e tudo isso. Só estou a dizer para não deixares isso a cargo dos correios. Posso passar por lá quando for a casa do meu pai amanhã.

- Não vou fazer isso esta noite. Preciso de tempo para pensar no assunto.

- Pensar no quê? Queres o emprego, não queres? O Sr. Mowbray pareceu ser simpático e vai-te ensinar o ofício. Tenho a dizer-te que tenho estado a planear a nossa casa. Podemos ter duas casas de banho?

- És doida. Lembra-me, porque é que me casei contigo? O Feijão já será crescido quando tivermos juntado dinheiro suficiente para construir uma casa. Duas casas de banho significa duas vezes o gasto de água quente. Demasiado caro. A minha mãe teve de se contentar a dar-me banho na pia, a tua provavelmente também.

- Sim, bem, estamos em 1969 e os tempos estão a mudar. Também estou de olho numa máquina de lavar dupla, portanto, vê se pões os tijolos certinhos e talvez ele te dê um bónus. Queres ajuda com o formulário?

Ainda estava a pensar no que dizer quando entrei no pátio da construtora Mowbray na manhã seguinte. O Sr. Mowbray estava na parte da frente a carregar o camião com ferramentas e materiais e acenou-me quando me viu.

- 'Dia, miúda, mais uma madrugada para si. Como vai o seu marido? Já pensaram sobre o emprego? Ele vai-se adaptar bem aqui, tenho a certeza.

- Bom dia. Obrigada, sim. Na realidade, é por isso que estou aqui. O Greg está muito interessado e já preencheu o formulário que lhe deu.

Entreguei-lhe o envelope selado, que ele meteu no bolso do casaco.

- Mowbray e Filho?

Apontei para o tabuleta por cima da porta do seu escritório improvisado.

- Era suposto. Comecei o negócio assim que o Owen nasceu. Pensei que seria genial ele trabalhar ao lado do pai.

- Ele não trabalha, então? Consigo, quero dizer.

- Não, não gosta de sujar as mãos. Um rapaz das letras, prefere livros a tijolos. Saiu de casa assim que pôde, raramente volta.

- Que pena. Deve sentir saudades dele. O senhor e a Sr.ª Mowbray. Faz muito tempo desde que o viu pela última vez?

- 3 meses e nem um pio, nem mesmo um postal. E há uns dias apreceu assim de repente, sem grandes explicações. Diz que precisa de ficar na nossa casa por uns tempos. Parece que perdeu o emprego. Nem fala com a mãe sobre isso.

- Miúdos, ei - disse, sentindo-me estúpida porque o Owen era mais ou menos da minha idade. Felizmente o seu pai não prestou atenção ao meu comentário tolo e inapropriado.

- Bem, minha querida, não posso continuar a divagar, preciso de ir para o estaleiro, os rapazes estão à minha espera. Aproveitem o bom tempo, nunca se sabe quando vai mudar.

Estava a dar voltas à cabeça para saber como continuar a conversa.

- Parece que o Owen está a passar um mau bocado. Não deve ser fácil voltar quando as coisas não resultaram como esperávamos.

- Precisa de uma boa conversa, se quer saber o que eu acho. Não que alguém o vá fazer.

- Eu e o Greg podemos levá-lo a sair, se acha que pode ajudar.

Tentei não falar de forma suplicante e mantive os dedos em figas bem firmes atrás das costas enquanto falava.

- Simpático, miúda. Não sei se precisa de festas, acho eu. Está na altura de saber o que é um dia duro de trabalho.

- Bem, a oferta mantem-se.

À medida que ele se dirigia para a parte da frente da carrinha, eu via as minhas hipóteses a diminuírem.

- Hum... onde o podemos encontrar, caso ele quiser juntar-se a nós?

Era um tiro no escuro, mas resultou.

- Leighton Street, n.º 23, mesmo na esquina por trás do Hotel Dorsetshire, no centro da cidade. A minha mulher costuma estar em casa, exceto se for às compras. O Owen provavelmente está a dormir, que é tudo o que faz desde que regressou a casa.

O Greg tinha razão, estava a deixar a situação tomar conta de mim. Não fazia ideia o que fazer a seguir, ou se devia mesmo fazer alguma coisa. Não havia garantias. Estaria o Owen preparado para falar comigo e, se o estivesse, o que diria eu? Tinha-nos dito que não via a Zara há um par de anos. Se me tinha visto com a Zara recentemente, porque mentiria? Quanto mais pensava nisso, mais convencida ficava que havia mais sobre o Owen do que parecia à primeira vista.

No fim desse dia, saí da casa do meu pai mais cedo do que o costume. As notas dos pacientes não tinham demorado muito a datilografar e desculpei-me dizendo que queria fazer um jantar especial para o Greg, o que realmente planeava fazer. Mas não antes de fazer uma tentativa de falar com o Owen.

Encontrei a casa sem dificuldade, mas fiquei surpreendida por ver que se tratava de uma modesta propriedade ao estilo eduardino. Imaginara uma moradia grandiosa e imponente que mostrasse toda a competência da Mowbray e Filho. Talvez o meu sonho de uma casa com duas casas de banho não tivesse assim tantas hipóteses.

Uns segundos depois de ter tocado à campainha, uma mulher rechonchuda, com o cabelo apanhado num carrapito e umas mechas de cabelo rebeldes a emoldurarem-lhe a cara corada, abriu a porta.

- Desculpe, querida, estou a meio de uma fornada de bolos - disse, acenando com duas mãos cheias de farinha antes de as limpar ao avental que ainda tinha mais farinha.

- Oh, estou a incomodá-la, peço desculpa. Chamo-me Janie Juke. Queria saber se o Owen estava por aí.

- Prazer em conhecê-la, querida. É amiga do Owen, é? Bem, isso é bom. Não conhecemos muitos amigos dele. Entre, vou fazer chá.

A sua pronúncia tinha uma clara cadência galesa. Fez-me um gesto para a seguir pelo corredor estreito até à pequena cozinha que ficava na parte de trás da casa. A mesa da cozinha estava cheia de formas, algumas cheias, outras untadas e à espera. Aromas maravilhosos de baunilha e especiarias saíam do forno onde a próxima fornada de bolos estava em andamento.

- As tarteletes com doce ainda estão quentes. Chegou mesmo a tempo. Quer uma juntamente com uma chávena de chá?

- É muito amável, obrigada. Mas não quero dar trabalho.

- Não dá trabalho nenhum, sente-se. Vou chamar o Owen, ele está a dormitar. Não se tem sentido muito bem, por isso vai ficar contente por ver uma cara amiga.

- Se tem a certeza, mas não quero chá, obrigada. Porém, vou experimentar uma das suas tarteletes deliciosas, se puder ser.

Saiu da cozinha e, ao fundo das escadas íngremes, gritou:

- Owen, está aqui alguém para ti.

Não houve resposta e não se ouviu movimento vindo de cima.

Estava a começar a arrepender-me de ter vindo quando de repente ele apareceu vindo da porta traseira.

- Estava lá fora na parte de trás, mãe. Oh, Janie, olá. Desculpa, não tinha percebido que tu...

- A tua mãe acabou de me oferecer uma das suas tarteletes de doce fresquinhas. Tive muita sorte de vir no dia certo.

- Mas como é que... ?

- Foi uma coincidência, na verdade. O Greg está a pensar em se candidatar a uma emprego na empresa do teu pai e uma coisa levou à outra. Não tinha percebido que ainda estavas na cidade.

- Não, bem...

- O Owen está a viver connosco por algum tempo - disse a mãe dele, continuando a encher as formas que estavam à espera.

- Fantástico, bem, só quis passar por cá. Mas, se quiseres, podemos sair à noite ou beber uma bebida a qualquer altura - disse eu.

- Sim, parece-me bem.

- Vivemos perto dos Maze Gardens. Vou anotar a morada, sim? Ficamos em casa a maioria das noites. Serás bem-vindo quando não tiveres nada para fazer.

- Vou fazer isso. É simpático da tua parte, Janie, deveras.

Agora, só precisava de me preocupar em explicar isto ao Greg, quando ou se o Owen aparecesse.

CAPÍTULO 10

- Queira repetir o que ouviu da discussão.
  - Francamente, não me lembro de ter ouvido nada.
  - Pretende dizer que não ouviu vozes?
  - Oh, sim, ouvi as vozes! Mas não ouvi o que diziam.
  "A primeira investigação de Poirot" - Agatha Christie [edição Livros do Brasil, tradução de Fernanda Pinto Rodrigues, N.T.]

Embora estivesse em forma e com saúde, e o Feijão estivesse bastante contente, o médico recomendou-me ir à clínica pré-natal. Sem uma mãe para me aconselhar e sem amigas que recentemente tivessem tido bebés, era tudo uma grande novidade para mim, mas queria muito fazer tudo bem. O Greg estava desesperado em vir comigo à clínica, mas disseram-nos que os pais não podiam ir de maneira nenhuma. Era como se a gravidez e o parto fossem algo secreto e prodigioso, algo que apenas as mulheres podiam entender e, embora os homens fossem necessários para iniciar o processo, certamente não faziam falta em nenhuma nas etapas posteriores.

Estranhamente estava bastante nervosa quando cheguei à porta lateral que dava acesso à clínica de maternidade. A Briarsbank Maternity Home tinha aberto recentemente, no que antes tinha sido um hospital especializado em cirurgia torácica. A fachada do edifício era austera, mas a entrada era acolhedora, com as paredes acabadas de pintar e o chão de linóleo acabado de ser limpo. Tinha duas alas, uma sala de partos e uma grande área de entrada que servia como clínica pré-natal. A fim de resguardar as mães, a área da clínica estava dividida em cubículos com cortinas, que davam privacidade para os exames necessários.

A clínica era gerida por parteiras, mas havia um médico em prevenção caso fosse necessário. As futuras mães eram aconselhadas a não ter o bebé em casa, como sempre tinha sido e como tinha sido no caso da minha mãe e provavelmente no caso da minha avó. Já tinha uma brochura que trouxera do centro de saúde, que descrevia os equipamentos modernos disponíveis bem como os métodos para aliviar a dor, o que, na minha opinião, era o melhor de todos os recentes progressos médicos.

A Briarsbank ficava a cerca de 15 minutos a pé da nossa casa e, embora tenha saído de casa a tempo, acabei por acelerar o passo com receio de chegar atrasada. Quando entrei, estava sem fôlego e um pouco corada em parte por ter acelerado o passo e em parte devido aos nervos. Estavam seis mulheres sentadas numa fila de cadeiras de madeira, o que me fazia lembrar a escola. Tinha visões de uma parteira intransigente a dizer-me para me endireitar e não desleixar a postura. Também tinha perfeita consciência de que os meus sapatos precisavam de ser engraxados e sorri para mim mesma quando me recordei do Greg a dizer-me que estava a ser ridícula. O cheiro a antisséptico estava em todo o lado e não ajudava nada ao meu estado de permanente enjoo.

Duas das mulheres tinham crianças pequenas que não tinham intenção de estar sossegadas ou silenciosas. As crianças perseguiam-se uma à outra por todo o lado até que uma delas tropeçou e caiu, desatando a chorar. A outra criança chorou também, talvez por solidariedade com o novo amigo. Parecia que as mães nem se tinham apercebido do sucedido e continuaram a falar umas com as outras. A certa altura as crianças pararam de chorar e foram ter com as respetivas mães. A ideia de lidar com um novo bebé e ao mesmo tempo esforçar-me por controlar uma criança pequena encheu-me de pavor. Agradeci aos céus em silêncio por apenas ter o Feijãozinho com que me preocupar.

Não conhecia nenhuma das outras mães e, portanto, sentei-me numa cadeira vaga e sorri para a rapariga com sardas que estava sentada ao meu lado.

- Olá, sou a Nikki - disse ela. - O tempo de espera é bastante grande. Parece que não têm um sistema propriamente dito, acho que lhes falta pessoal.

- Janie - disse eu e sorri de novo.

- É o primeiro? - perguntou a Nikki, apontando com a cabeça para a minha barriga.

- Sim. Também?

- Sim. Assustador, não é? Não me importo com a ideia de estar grávida e tudo isso, exceto o parto. A ideia de um ser humano a sair de um buraco do tamanho de um gargalo de garrafa de leite enche-me de pavor. Às vezes penso que gostaria de o mandar de volta, de mudar de ideias.

Apesar das sardas, tinha uma tez pálida.

- O pior até agora é estar quase sempre com soluços - disse eu.

- Muito chato, aposto.

- E constrangedor. Vêm cada vez que estou nervosa ou muito entusiasmada e depois continuo a soluçar independentemente da quantidade de água que beba. Levam que tempos a desaparecer. E beber chá era uma das minhas coisas preferidas e agora só o cheiro me agonia. Ficas também agoniada com alguma coisa? - perguntei-lhe.

- Com quase tudo, na realidade. Basta-me olhar para uma torrada e tenho vontade de vomitar. A única coisa que consigo comer sem grandes problemas são batatas fritas com montes de sal e vinagre. A maior parte do tempo a nossa casa parece uma loja de batatas fritas, mas o Frank parece não se importar.

Continuámos a conversar enquanto esperávamos que a parteira nos chamasse. Fiquei a saber que a Nikki se tinha mudado para cá vinda da região de East Anglia. Ela vivia perto de mim e combinámos irmos juntas de regresso a casa quando a consulta terminasse.

- Eu e o Frank acabámos de nos mudar para uma das casas novas em Goldhill Estate – disse-me enquanto caminhávamos. - O meu marido foi transferido. É Detetive Sargento na esquadra de

Tidehaven. Ele foi promovido, por isso, valeu a pena a mudança. Apesar disso, tem sido um grande transtorno, com o bebé a caminho e tudo isso.

Era difícil de imaginar a Nikki com o Detetive Sargento Bright, *Bright* como brilhante. Devia ter pelo menos mais 10 anos do que ela. Talvez fosse um segundo casamento? Ela era delicada, como um pássaro, com uma atitude esperançosa: brilhante de nome e de natureza. O DS Bright, por seu lado, era corpulento, tinha papada e cabelo a cair, e não havia nada de esperançoso nele. Talvez, passado algum tempo, o trabalho de detetive estilhaçasse a fé nas pessoas ou podia ser que ele fosse apenas o tipo de pessoa que visse o copo meio vazio.

Conversámos sobre os nossos maridos, os bebés e os traumas de mudar de casa e, enquanto falávamos, comecei a delinear um plano.

- Que tal fazermos qualquer coisa juntas depois da consulta da próxima semana? - perguntei-lhe quando chegámos ao fundo da rua onde nos iríamos separar. Umas das parteiras disse-nos que todas as semanas havia uma palestra ou uma demonstração a que podíamos assistir.

- Sim, vamos. Não tomar chá, porém - disse ela, lembrando-se do que eu lhe tinha dito.

- Ou comer torradas - disse eu.

Na semana seguinte fiz questão de chegar cedo à clínica. Guardei um lugar para a Nikki ao meu lado e acenei-lhe quando a vi chegar. Não havia tantas mães ou crianças como na última vez e uma das parteiras estava a distribuir um panfleto sobre os benefícios do biberão versus amamentação.

- Não consigo perceber porque é que alguém iria preferir o biberão - disse a Nikki enquanto via o panfleto. - Deve dar um trabalhão, com a esterilização e tudo isso. Temos tudo o que precisamos aqui - disse, puxando o peito para cima e rindo.

- Achas que dói? - perguntei. - Diz aqui no panfleto que algumas pessoas podem ter problemas com os canais. Parece desagradável.

- É a forma natural, porém. As nossas mães nem sonhavam em

usar biberões, aposto.

Segundo o meu pai, a minha mãe ficou radiante quando o leite em pó ficou disponível depois da guerra, mas achei que não era a altura para o dizer. Meti o panfleto no bolso, já tendo decidido que o biberão serviria muito bem a mim e ao Feijão.

Depois da consulta ter terminado, comprámos uns refrigerantes e sentámo-nos em Tensing Gardens durante algum tempo. O verão tinha voltado e estávamos gratas pela sombra oferecida pela copa da árvore que ficava por cima de um dos bancos. O jardim estava tranquilo, com poucas pessoas por ali exceto algumas a passear os cães. Conversámos sobre a maternidade iminente e ambas prometemos que nada ia mudar.

- Disse ao Frank que talvez vá procurar um emprego quando o bebé for mais velho, quando andar na escola. Foi aos arames. Às vezes pergunto-me se é a polícia que o torna como é, mas, vai daí, o pai dele também é antiquado e nunca deixou a mãe dele ir trabalhar. O lugar da mulher é em casa e toda essa treta.

- Percebo o que queres dizer. O Greg tem visões de nós com uma pequena equipa de futebol, gosta de me ver como uma mãe-terra, mas pode continuar a sonhar. Não é ele que tem de passar pelo parto, certo? Ou pela gravidez.

- E humores. Tenho dado por mim rabugenta o tempo todo. Dou com o Frank em doido. Acabamos a discutir pelas coisas mais parvas. Ele adora falar sobre o trabalho, embora não deva contar nada a ninguém, nem mesmo a mim. Ao início interessava-me, mas agora não quero saber. É tudo tão deprimente...

Arrastei os pés por ali enquanto terminava a minha bebida.

- Mas deve ser entusiasmante quando fazem uma grande descoberta. Sempre achei que o trabalho da polícia devia ser bastante divertido... bem, não divertido propriamente, mas todos os dias com algo novo.

Mantive a minha voz o mais estável possível.

- Devia mostrar um pouco mais de interesse, eu sei - disse a Nikki. - De facto, na outra noite, não o conseguia fazer calar porque estava tão empolgado. Talvez saibas algo sobre o caso, uma rapariga local que despareceu.

O meu coração começou a bater descontroladamente no meu peito e respirei fundo para evitar os soluços.

- Er, sim, lembro de qualquer coisa sobre isso. Há já algum tempo, porém, não foi?

- Sim, aparentemente ela desapareceu depois do namorado ter sido morto num atropelamento e fuga. Muito triste. O Frank disse-me que quem estava inicialmente responsável pelo caso achava que ela devia ter decidido acabar com a vida, por causa do sofrimento. Um choque daqueles... nem podemos imaginar.

- Bolas - comentei, concentrando-me em chutar as folhas que se tinha acumulado debaixo do banco.

- Mas nunca encontraram o corpo nem souberam mais nada dela. Tenho a certeza de que se fosse eu teria querido sair da região. Demasiadas recordações. Mas o Frank não quer saber a minha opinião. O que é que eu sei, sou apenas uma dona de casa.

A imagem que a Nikki estava a dar do marido deixou-me desconfortável.

- Seja como for, o meu Frank está responsável pelo caso agora. Disseram que precisavam de um par de olhos novos e com ele a mudar-se para cá e recentemente promovido... É uma grande responsabilidade, mas ele estava mortinho por consegui-lo.

Pisquei os olhos com a escolha infeliz das palavras, mas continuei a olhar para outro lado de forma a garantir que não me denunciava.

- Bem, ele leu todas as notas do caso e disse que não conseguia ver nada de novo. E depois, assim de repente, alguém foi até à esquadra da polícia. Afinal era o tal Sr. Peters.

- Peters? Não me parece que o conheça.

- Bem, provavelmente não devia dizer isto, mas é o fulano que comprou a banca de jornais na Waterstone Avenue.

- Queres dizer, aquela que fechou quando o casal que a geria ficou sem dinheiro?

- Não sei nada sobre isso, não foi do meu tempo.

- O Frank contou-te isso?

- Não, foi uma coincidência, na verdade. Tinha ido à esquadra para entregar o almoço ao Frank porque ele se tinha esquecido de o levar e eu não queria que a comida se estragasse. E ali estava eu, à espera na entrada, quando entrou um homem atarracado com cerca de 50 anos. Queria falar com o agente responsável pelo caso da Zara Carpenter. Cerca de uma semana depois fui à banca de jornais pagar uma conta e lá estava ele, o mesmo homem. Foi assim que soube. Quando o Frank chegou a casa nessa noite, perguntei-lhe. De facto, ele tinha-lhes dado informações novas.

- Meu Deus, o que será que ele sabe?

- Claro que o Frank não me pôde dizer mais nada. Podia custar-lhe o emprego.

- Absolutamente - disse eu e mudei de assunto.

Já tinha o que precisava.

CAPÍTULO II

- Bem, considero muito injusto ocultar-me factos.

- Não estou a ocultar-lhe factos. Todos os factos que conheço são também do seu conhecimento. Pode extrair deles as suas próprias conclusões. Desta vez é uma questão de ideias.

"A primeira investigação de Poirot" - Agatha Christie [edição Livros do Brasil, tradução de Fernanda Pinto Rodrigues, N.T.]

Os deuses estavam mais uma vez do meu lado. O Greg tinha concordado em fazer um teste para entrar na equipa de dardos do pub local. Há meses que andavam a tentar convencê-lo a entrar na equipa, mas ele estava sempre a arranjar desculpas. Só quando insisti no assunto é que ele admitiu que era imprestável nos dardos.

- Então, diz-lhes. Eles não vão querer alguém inútil na equipa.

- Não percebes. Não vou admitir que não sou bom em algo tão simples. Toda a gente sabe jogar dardos, não é preciso grande ciência.

- É preciso saber alguma coisa ou então não terias problemas. E estás enganado, nem toda a gente sabe jogar. Eu não sei.

- Quero dizer, homens. Pergunta a qualquer um e ele diz-te.

- Então, das duas uma: ou és honesto e dizes-lhes que és imprestável ou vais e surpreendes-te a ti próprio. A prática faz a perfeição, como se costuma dizer.

Quando ouvi alguém a bater à porta, pensei que ele chegara mais cedo mas que se tinha esquecido das chaves e ia pronta para me solidarizar com ele. Em vez disso, ao abrir a porta, fiquei sem reação quando vi o Owen ali parado.

- Olá - disse eu.

- Janie, espero que não te importes.

- Gosto em ver-te, entra. O Greg foi ao pub. Há que tempos que andam a chagá-lo para que entre na equipa de dardos. Não devia dizer isto, mas tenho o pressentimento de que se vão arrepender. Digamos que é muito improvável que ele vá contribuir para ganharem um troféu. Mas vai divertir-se, que é o mais importante. Chá? Café? Sumo de laranja natural?

Enquanto falava sem parar, o Owen mantinha-se de pé no corredor com um ar muito estranho.

- Entra e senta-te na sala. Queres beber alguma coisa?

- Chá, com dois cubos de açúcar, se puder ser.

Pensei que tinha ido ali para conversar, mas não sabia como começar. Não sabia como havia de quebrar o gelo de forma segura, mas ele fez isso por mim.

- Vim para pedir desculpa.

- Pedir desculpa? Do quê?

- Não fui completamente honesto contigo.

Dei-lhe o chá e vi que tinha as mãos ligeiramente a tremer quando pegou na chávena.

- Disse que não via a Zara há dois anos... Bem, isso não é bem verdade.

- Não?

Por um momento quis que o Greg estivesse ali, de forma a não ter de lhe dizer *eu disse-te*. Embora, dependendo das revelações, havia uma grande possibilidade de não dizer uma palavra sobre isto ao Greg, nem sobre a visita inesperada do Owen nem da confissão que agora estava ansiosamente à espera.

- És amiga dela e acho que te devo dizer a verdade - disse ele.

- Ah, sim?

Sentei-me no sofá enquanto o Owen se remexia na cadeira à minha frente. Enquanto falava, olhava para baixo, para as mãos que estavam firmemente apertadas uma contra a outra.

- Eu e a Zara éramos mais que amigos. Namorámos por algum tempo. Mais do que um tempo, na verdade, cinco meses e seis dias.

- Oh, certo, estou a ver.

Pela atitude do Owen era óbvio que não tinha sido uma relação casual, pelo menos para ele.

- Conheci-a numa reunião de protesto anti-nuclear. O orador foi brilhante e todos o aplaudimos de pé. No fim da reunião, eu e a Zara tentámos chegar à frente para conseguir falar um pouco com ele. Começámos a falar ao mesmo tempo e desatámos a rir por causa disso. Quando acabámos de pedir desculpa um ao outro, o orador já tinha saído pela porta do lado e tínhamos perdido a nossa oportunidade. Começámos a falar um com o outro e, bem...

- Namoraram por algum tempo, mas não resultou...

- Éramos perfeitos um para o outro, não era só nas opiniões políticas que tínhamos em comum. Gostávamos dos mesmos livros, da mesma música, e falávamos por horas. Ela era uma grande defensora da justiça e da igualdade.

Tinha uma expressão intensa no rosto enquanto falava, com o queixo cerrado e os olhos a brilharem.

- Deve ter sido maravilhoso descobrirem que tinham tanto em comum. O que aconteceu? Foram-se afastando um do outro?

Ele parou de falar e bebericou o chá. Depois levantou-se e foi até à janela. Estava claramente com dificuldade em escolher as palavras e eu perguntava-me o que seria que ele ia dizer a seguir.

- Não sei o que ela viu no Joel.

Recordei-me de uma conversa que tinha tido com a Zara numa noite de verão. Tínhamos estado a caminhar ao longo da beira-mar e depois fomos andando pela praia, atirando pedras às ondas suaves.

- O Joel é tão talentoso, Janie - dissera ela. - Conseguia facilmente arranjar emprego em Londres. Há pessoas lá que pagam fortunas por aquilo que ele faz.

- Londres, bolas. Também ias? Se ele se mudasse para Londres, mudavas-te com ele?

Apenas sorrira e baixara a cabeça.

- A ambição dele é abrir a sua própria galeria de fotografia - dissera ela. - Vai consegui-lo, tenho a certeza.

- Retratos?

- É apenas o início para ele, os casamentos e isso. A sua verdadeira paixão é contar uma história através das fotografias. Pode ir longe, sabes, fazer com que as pessoas vejam o mundo através das suas lentes. É emocionante.

Voltei a prestar atenção ao Owen.

- Conheceste o Joel? - perguntei-lhe.

- Sim, quer dizer, ouvi falar dele. Nunca falei com ele, mas pude ver como a Zara mudou assim que ele apareceu.

- Terminou contigo para ficar com o Joel?

Não se tinha voltado a sentar e estava agora a andar de um lado para o outro pela sala parecendo cada vez mais agitado. Pressenti que se estava a recordar dos tempos que vivera com a Zara e perguntando-se o que me poderia contar. Olhou vagamente na minha direção, sem me ver, e disse:

- Cometi um grande erro. Pedi-lhe para escolher. Pensei que voltasse a ver a razão e lhe dissesse para se afastar, mas em vez disso...

- Deve ter sido difícil para ti.

- Eu amava-a, estás a ver, ainda a amo. Quando a Zara terminou comigo, a minha vida desmoronou-se. Tinha arrendado uma casa em Brighton e queria que ela se mudasse comigo. Não quis. Disse-me para a esquecer, que se ia mudar para casa do Joel. Foi tudo tão repentino, e por isso voltei a Tamarisk Bay. Precisava de a ver, de a convencer a não fazer isso. Não era o homem certo para ela, deves ter visto isso. Estiveste com os dois algumas vezes, certo? Tu e o Greg?

Estava a esforçar-me por processar tudo o que o Owen estava a dizer. A Zara tinha vivido em Brighton antes de se mudar para a casa do Joel, mas nunca me tinha falado do Owen. Recordei-me do dia em que pus as coisas dela dentro do saco de viagem e coloquei o diário lá dentro. Talvez houvesse pistas nesse diário, mas agora era tarde demais, o diário tinha desaparecido no mesmo dia que a Zara.

- O fim de uma relação nunca é fácil - disse eu.

Lembrei-me de um artigo de revista que tinha lido onde uma pessoa desconhecida tentava resolver os dilemas das relações apresentando soluções simples para os problemas mais complexos. Tive de morder o lábio para não rir.

- O que aconteceu?

- Só a vi mais uma vez. Vim visitar os meus pais num fim de semana e pus-me em frente ao apartamento do Joel na esperança de apanhar a Zara sozinha.

- Conseguiste?

- Sim, mas não durante muito tempo. Saíram juntos do apartamento, era hora de almoço. Cada um foi para seu lado e eu aproximei-me dela perto da Flay.

- A mercearia?

- Sim.

- O que aconteceu? Deve ter ficado surpreendida por te ver.

- Fomos beber café e foi então que ela me contou sobre ti, que te tinha reencontrado ao fim de tantos anos e o quão contente estava por te ter como amiga.

Queria ter ali um caderno para apontar tudo o que ele me estava a dizer e perceber a cronologia. Tinha o pressentimento que isto era mais do que apenas o fim de um namoro e quanto mais ele falava mais eu ficava nervosa.

- Como me reconheceste? Na discoteca, na outra noite...

- Ela disse que eras responsável pela biblioteca itinerante. Fui lá uma ou duas vezes. Tive esta ideia maluca de te pedir para intercederes por mim, para lhe falares sobre o Joel, convencê-la a deixá-lo. Ela podia ter-te dado ouvidos.

- Quando estiveram no café, perguntaste-lhe sobre o Joel? Se era feliz com ele?

- Ia perguntar, mas depois...

- O que aconteceu?

- Perdi as estribeiras.

- Como assim?

- Disse-lhe que estava a ser estúpida, que o Joel não era homem para ela, que ele ia magoá-la um dia. Homens como o Joel... Bem, vê-se logo que só se interessam por uma coisa.

Levantei uma sobrancelha.

- Tenho a certeza de que ele realmente gostava dela. Percebo que tenhas ficado chateado por ela ter preferido ficar com ele, mas o Joel era um bom homem. Estava sempre a comprar-lhe presentes, a levá-la para sair. Eram felizes.

- Posse. Ele queria tê-la como se fosse um troféu, só isso.

- E disseste-lhe isso?

- Sim, ficou chateada comigo.

- Posso imaginar.

- Enfim, discutimos, ela disse que eu não tinha nada a ver com isso e para a deixar em paz. E foi então que o fiz.

- Fizeste o quê?

- Bati-lhe.

Deve ter visto que sustive a respiração. Esforcei-me por não me afastar dele e, em vez disso, sentei-me sobre as minhas mãos e examinei-lhe o rosto.

- Bateste-lhe?

- Não estou orgulhoso disso. Não sei o que me deu, deve ter sido por a ouvir falar comigo daquela maneira, sabendo que o tinha escolhido a ele em vez de a mim.

- O que é que ela fez?

- Levantou-se e foi-se embora. Nunca mais a vi.

- Oh, Owen.

Não sabia o que havia de dizer. A minha mente esforçava-se por absorver tudo o que ele me tinha dito e perceber se estaria ligado ao desparecimento da Zara. Não conseguia pensar bem com ele ali à minha frente, com ar de quem ainda estava mortificado com o que tinha feito. Baixou a cabeça e escondeu a cara entre as mãos.

- E as pessoas no café? Alguém te abordou por causa disso?

Ele abanou a cabeça e não respondeu. Fiquei sentada, muito quieta, durante uns instantes a reproduzir a cena na minha cabeça. Pensei no Greg, não apenas na sua natureza amável, mas também no facto de em breve ir ser contratado pela família de um rufia, de alguém que bate nas mulheres.

- Não digas a ninguém - disse ele, quase num sussurro. - Não consigo suportar a ideia de as pessoas ficarem a saber. Imagino o que as pessoas pensariam de mim.

Perguntei-me se os pais dele saberiam da relação dele com a Zara e sobre as dificuldades que o filho tinha em se controlar.

- Achas que a Zara vai voltar? - perguntou.

- Neste momento nem sei para onde ela foi, mas vou fazer os possíveis para a tentar encontrar.

Sentou-se e pegou na chávena de chá frio, rodando-a entre as mãos, aparentemente sem qualquer intenção de o beber.

- Viste o artigo no jornal sobre o desaparecimento da Zara? - perguntei. - Tens a certeza de que não sabes mais nada que me possa ajudar a encontrá-la?

- Não, tal como disse, não a vejo desde esse dia. Li sobre o acidente do Joel no jornal Brighton Argus e estive tentado a voltar para ver se podia ajudar, para a confortar.

- Talvez não tivesse sido uma boa ideia...

- Continuo a amá-la.

- Sim, dá para ver, mas foi muito difícil para ela aceitar a morte do Joel. Independentemente da tua opinião sobre o Joel, a verdade é que a Zara gostava dele.

Não havia mais nada a dizer e queria que ele se fosse embora antes do Greg chegar.

- Se te lembrares de mais alguma coisa que possa ajudar-me a encontrá-la, volta e falamos de novo - disse. - Embora seja melhor ires à biblioteca itinerante, lá encontras-me de certeza. Não quero que percas a viagem.

Parou à porta de entrada.

- Obrigado - disse ele.

- Do quê?

- Nunca o tinha feito antes, sabes. Bater numa mulher daquela maneira. Espero que a encontres.

- Eu também.

A noite já ia avançada quando tive tempo de refletir em tudo o que o Owen me tinha dito. Estava grata por ele ter conseguido ser honesto comigo, mas tinha a sensação de que não me tinha dito tudo. As suas revelações semearam um pensamento na minha mente que preferia arrancar. Talvez o Owen tivesse mais do que apenas batido na Zara. Desejei profundamente que estivesse errada.

CAPÍTULO 12

POIROT ENVOLVEU-ME NUM OLHAR que exprimia surpreendida comiseração e a sua noção do total absurdo de tal ideia.

"A primeira investigação de Poirot" - Agatha Christie [edição Livros do Brasil, tradução de Fernanda Pinto Rodrigues, N.T.]

A irmã do Greg, a Becca, é a jóia da família Juke. Prosseguiu os estudos depois de terminar a escola obrigatória e já tinha mais qualificações do que aquelas com que eu poderia sonhar. Ficara agora a saber que tinha conseguido entrar na Universidade de Sussex. Os pais não falavam de outra coisa. A Bcca, por seu lado, estava surpreendentemente calada sobre o assunto.

Os pais do Greg estavam a planear uma festa para celebrar, o que a mim me parecia mais como uma oportunidade de exibir a filha inteligente aos conhecidos e vizinhos. O Jimmy Juke a a Nell Juke não eram maus sogros, mas deixavam-me frequentemente desconfortável quando exprimiam a sua visão preconceituosa da vida de forma demasiado óbvia. Nunca disse uma palavra sobre isso ao Greg, sabendo que saltaria logo em sua defesa, o que era perfeitamente compreensível. Criticar os nossos próprios familiares é fácil, mas tornamo-nos animais ferozes a proteger as crias quando alguém fora da família o faz.

O Jimmy Juke era boa pessoa, muito parecido com o Greg, aliás: prático, trabalhador e justo. Mas tinha a sensação que a Nell achava que o mundo lhe devia muito mais do que aquilo que lhe dava. Teve um contexto familiar bastante banal, por aquilo que sei, mas havia algo ambicioso nela. Tenho a certeza de que quando conheceu o Jimmy, que era empregado bancário nessa altura, visualizou uma rápida promoção a gerente e com isso uma vida confortável de classe média. Infelizmente, a guerra intrometeu-se. Depois da sua passagem pelo exército, o Jimmy voltou ao seu emprego no banco, mas nunca foi além de funcionário de balcão. Quando o Greg e a Becca nasceram, a Nell teve todas as desculpas que precisava para não procurar um emprego. Mas com apenas um ordenado, as suas esperanças de uma vivenda imponente nos subúrbios ficaram fora de questão.

A sua modesta casa na Roselands Avenue era aconchegante, mas a Nell fazia questão de dizer que era apenas temporário e que iriam mudar-se para uma casa maior um dia. O temporário já durava mais de 20 anos, mas ninguém se atrevia a dizê-lo.

Com apenas três anos de diferença, o Greg e a Becca além de irmãos eram bons amigos. O Greg tinha sido sempre mais prático e adorava estar lá fora e em atividade, não gostava de ficar sentado e quieto durante muito tempo. Porém, a Becca tinha sucesso na escola e só estava contente quando tinha a cabeça enfiada num livro. Não havia qualquer dúvida de que iria para a universidade um dia. A única questão era saber qual. Ficámos ambos surpreendidos quando escolheu uma tão perto de casa, ou talvez tenha sido eu quem tenha ficado mais surpreendida. Provavelmente fora a minha ligeira antipatia pela Nell Juke que me fez pensar que, se eu fosse filha dela, teria ido para Aberdeen ou Dundee se tivesse oportunidade.

Mas a nova universidade em Brighton parecia maravilhosa e tinha exatamente o curso que a Becca queria, o que significava elevar o gosto pela leitura a um outro patamar. Eu adorava livros e passava a maior parte das minhas horas de trabalho rodeada por eles, mas passar meses a desconstruir e a dissecar um romance ou uma peça de teatro não me parecia muito divertido. Há gostos para tudo, suponho.

Uns dias antes tínhamos ido a casa dos pais do Greg para os

informar que o primeiro neto estava a caminho.

- Bom trabalho, rapaz - disse o pai dele, apertando a mão do Greg tão firmemente que pensei que nunca a iria libertar. Até parecia que eu não tinha nada a ver com isso. Então, a Nell aproximou-se e deu-me uma pancadinha no ombro.

- Oh, Jimmy, o nosso primeiro neto. Agora, precisas de tomar conta dela, Greg. Mimá-la um pouco - disse ela.

- O que queres dizer? Eu mimo-a o tempo todo - ripostou o Greg. - Até sugeri levar-lhe uma chávena de chá à cama numa manhã e ela recusou categoricamente.

Aquele não era o momento para falar sobre o meu problema com o chá, por isso peguei-lhe na mão e disse:

- Ele é o marido perfeito, não se preocupem.

- E têm de nos deixar mimar esse bebé. Não é possível gostar demais de um bebé, é o que digo sempre - corou um pouco enquanto falava pois as emoções estavam a levar-lhe a melhor.

Dissipei as minhas visões da Nell a agitar-se à volta do Feijão, a aconselhar-me a *alimentá-lo sempre que me pedia* ou a escrutinar as fraldas acabadas de lavar para garantir que estavam *mais brancas que brancas*. Em vez disso, apenas sorri e disse-lhe:

- O bebé tem sorte em ter uns avós tão babados.

- É como deve ser - disse ela.

Não respondi, não tinha ideia do que ela queria dizer e não me parecia que o Greg também soubesse.

- Estamos sempre disponíveis para ficar com a criança, sabes disso - disse ela. - Até porque, o teu pai não vai poder...

Sustive a respiração, pensando em como ela iria terminar a frase sem se meter num buraco bem fundo. E então o Jimmy veio em seu socorro.

- Temos de fazer um jantar de família para comemorar. O teu pai também tem de vir, claro. Vamos marcar uma data - disse ele.

Dei o meu melhor sorriso e fiquei contente quando o Greg disse que tínhamos de ir andando.

- Obrigado, pai. Vamos falar com o Philip e marcamos um dia - disse o Greg, aparentemente inconsciente de que havia alguma tensão no ar.

- Se o meu pai for, o Charlie também vai, e a tua mãe não gosta muito de cães, pois não? - disse ao Greg mais tarde quando já estávamos em casa.

- Oh, vai correr tudo bem. Não ligues aos queixumes dela, é só barulho.

- Ok, então, depois não me culpes por causa das reclamações acerca dos pelos de cão.

Felizmente, nem o Jimmy nem a Nell voltaram a falar do jantar de família e a festa da Becca deu uma novo foco à Nell. A festa ficou marcada para um domingo à tarde em casa da família Juke. Previa-se um dia de verão glorioso, o que significava que os convidados podiam ir para o jardim bem cuidado da Nell. O menu consistia sobretudo em sandes de pepino e pasta de peixe e pequenos scones caseiros.

Prometi ao Greg que ajudava nos preparativos e, portanto, no domingo de manhã cheguei à Roselands Avenue disposta a fazer o que fosse preciso.

- Apresenta-se ao serviço a lavadora de pratos e barredora de manteiga - disse eu quando a Nell abriu a porta. Não fiquei surpreendida quando ela não se riu, pois as minhas piadas raramente tinham esse efeito na minha sogra, mas desta vez a sua expressão indicava mais do que apenas falta de humor.

- Está tudo bem? - perguntei, seguindo-a até à cozinha onde todas as superfícies estavam cheias de salgados e scones a meio fazer.

- É a Becca.

- Está doente? O que tem?

- Não sai do quarto - respondeu ele, limpando as mãos ao avental. - Tem estado de mau humor toda a semana e agora diz que não sai e que podemos fazer a festa sem ela.

- Ah, isso é problemático. Sabe porque é que ela está aborrecida?

- Aborrecida? Eu dou-lhe o aborrecimento. Fiz isto tudo por ela e é assim que ela me paga. Egoísmo, é o que é.

- Vou buscar o Greg? Talvez a possa fazer mudar de ideias. Ele era para vir daqui a umas horas, mas posso ir e trazê-lo já se quiser.

- O pai já tentou falar com ela. Eu disse-lhe para lhe dar um ultimato, mas ele é demasiado brando. Palavras duras, é o que aquela rapariga precisa. Quando tinha a idade dela nem tinha direito a ter opinião.

- Talvez ela me ouça? Quer que tente?

- Força - disse ela e empurrou-me pelo corredor fora. Depois virou-se para trás e voltou para a cozinha sem mais uma palavra.

- Ok, - murmurei para mim própria - vou subir então.

Nunca tinha estado no quarto da Becca, mas sabia que ficava em frente ao antigo quarto do Greg. A porta estava completamente fechada, por isso, bati à porta, inicialmente de forma leve e depois, ao não obter resposta, um pouco mais forte . Passado uns instantes, abri um pouco a porta e espreitei lá para dentro. Vi a Becca enrolada na cama com as costas viradas para mim e os braços a tapar a cara.

- Vai-te embora - disse ela sem se virar.

- Estás bem? Posso entrar?

Sem esperar resposta, entrei no quarto e fechei a porta. Peguei na cadeira que estava junto à janela e coloquei-a ao lado da cama, virada para ela.

- Estás a ter um dia mau? - perguntei.

- Eu disse-lhe que não queria a estúpida festa. Para quê? Não convidou nenhum dos meus amigos, apenas os amigos velhos dela e os vizinhos bisbilhoteiros. Só quer vangloriar-se. Até parece que é ela quem vai para a universidade.

- Ela está orgulhosa de ti, só isso. Quer exibir-te.

- Exibir-se, é mais isso.

- Eu e o Greg vamos lá estar e é apenas por umas horas. Nós os três podemos escapulirmo-nos para um canto do jardim. Não queres desiludir o teu irmão mais velho, pois não? Ele está entusiasmado com a festa.

- Não, não está. Ele disse-me que estava apreensivo em relação a isso.

- Bem, a comida tem um ar delicioso. Ela teve imenso trabalho.

A Becca sentou-se à beira da cama e afastou o cabelo da cara, que ainda estava molhado das lágrimas.

- Ei, não é assim tão mau. Apenas uma tarde idiota e depois ela tira isso do sistema. Deves estar tão entusiasmada com o teu curso, tiveste boas notas, trabalhaste arduamente.

- Queria poder ir-me embora já hoje. Ainda faltam muitas semanas para começar.

- Ainda deve haver muitas coisas para tratar. Por exemplo, os livros. Tens de comprar muitos? Oferecia-me para os procurar na biblioteca, mas penso que a nossa seleção não é bem aquilo que precisas.

- A biblioteca da universidade é bastante abrangente. Passámos por lá no dia aberto quando fizeram um tour pela universidade. Ias adorar, embora não tenham muitos livros policiais.

A família Juke conhecia bastante bem a minha predilecção pela Agatha Christie e o Jimmy brincava frequentemente comigo por causa disso. O Greg uma vez disse-me que a alcunha que o pai dele tinha para mim era Miss Marple. Felizmente nunca mo disse na cara.

- E então o teu alojamento, já tens isso tratado? Ficas no campus?

- Era para ficar, mas depois convidaram-me para partilhar uma casa.

- Com uma das tuas amigas?

- Mais ou menos. É um amigo de uma amiga. Chama-se Owen Mowbray. Tem uma grande casa arrendada em Brighton e precisa de alguém para partilhar a renda. A minha amiga Melanie também se vai mudar para lá. Vai ser divertido.

A Becca estava demasiado ocupada em examinar e corrigir a maquilhagem no rosto e não me viu estremecer com a revelação. Ela era jovem e vulnerável. Talvez tivesse uma imaginação fértil, mas eu não podia ficar sem dizer nada e deixar a Becca ir viver com alguém que podia ser perigoso. O problema é que não conseguia descobrir uma forma de o impedir sem revelar o que sabia.

Tinha voltado para a festa e estava a pensar ir buscar um folhado de salsicha quando o Jimmy se aproximou de mim, fugindo de um dos vizinhos que tinha um tom de voz estridente e uma gargalhada que mais parecia que estava a cacarejar.

- Como estás indo? O bebé está bem? - perguntou-me.

- Sim, tudo bem.

- Não há notícias sobre a tua amiga? Coisa horrível. Mesmo assim, não deve ter sido fácil tê-la a viver convosco durante tanto tempo.

- O Greg disse alguma coisa?

Podia sentir os soluços a querem aparecer.

- O Greg? Não, pensei que... toda aquela tristeza, sem nunca pôr um pé fora de casa durante um ano inteiro, pelo que ouvi dizer...

- Vou levar estes pratos sujos daqui e ajudar a Nell na cozinha.

Não sabia o que me punha mais irritada: se o Greg a fazer queixinhas ao pai ou o facto de ambos não estarem a perceber o mais importante. Tínhamos tentado dar apoio a uma boa amiga na pior altura da sua vida. A meu ver, isso não deveria dar azo a críticas sobre quantas vezes ela ia ver as montras.

- As festas deixam-me de rastos - disse o Greg, atirando-se para o sofá assim que chegámos a casa.

- Tens piada. Porquê? Não é que tenhas de tratar da comida ou de arrumar tudo. Reparei que disseste para virmos embora antes que a tua mãe te obrigasse a lavar a loiça.

Não valia a pena falar com o Greg sobre a minha conversa com o pai dele. Íamos começar a discutir e não tinha energia para isso.

- Toda aquela socialização e conversa da treta é aborrecido. Prefiro ir ao pub - disse ele.

- Ou ficares aqui com a tua adorável esposa?...

- Ya, isso também. Estiveste bem ao convencer a Becca a mudar de ideias. Tenho a certeza que a minha mãe ficou muito agradecida.

- Nunca mais falou do jantar de família com o meu pai? Para comemorar a chegada do Feijão?

- Não há pressa, pois não?

Deitada na cama nessa noite, tentei dividir as minhas preocupações em pequenos ficheiros temáticos: Greg, Feijão, Becca, Owen, Zara. O sono tinha de ficar adiado por algum tempo.

CAPÍTULO 13

- Tenho uma ideiazinha, uma ideia muito estranha e provavelmente, impossível. E, no entanto, ajusta-se....
"A primeira investigação de Poirot" - Agatha Christie [edição Livros do Brasil, tradução de Fernanda Pinto Rodrigues, N.T.]

Não querendo abusar da sorte, prudentemente evitei falar sobre o Sr. Peters quando me encontrei novamente com a Nikki na clínica pré-natal. Felizmente a cabeça dela estava concentrada noutra coisa pois a parteira tinha-a informado que ia ter gémeos.

- Oh, meu Deus - foi tudo o que consegui dizer, sem saber se ela estava encantada ou apavorada, embora a expressão dela rapidamente me tivesse dito que era a primeira hipótese.

- Sempre quis ter gémeos. Família instantânea - disse e lançou-se num discurso de 10 minutos sobre os seus planos para o quarto dos bebés.

- O Frank está muito empolgado. Diz que agora não há qualquer hipótese de pensar em ir trabalhar. Tenho de ficar em casa a tomar conta das crianças, fazer as coisas da forma correta.

O tom de voz indicou-me que estava a regozijar-se com a ideia, uma clara mudança de opinião em relação à nossa última conversa.

- Parabéns, estou muito contente por ti. Que emocionante! - disse eu, pensando no meu próprio pavor em lidar com uma pessoa pequena quanto mais duas.

Tinha ido à banca de jornais e feito um pedido para uma entrega diária. Nem eu nem o Greg estávamos ávidos por saber as notícias, mas adorávamos as palavras-cruzadas, portanto, escolhi o jornal com mais puzzles para nos mantermos entretidos.

Parecia que o Sr. Peters geria a loja sozinho. Tinha esperança de conseguir falar com ele num momento oportuno, sem interrupções de empregados, embora não pudesse garantir o mesmo em relação aos clientes.

Deixei passar uma semana e fui lá numa terça-feira ao fim da tarde para pagar a conta da entrega do jornal. Ao chegar quando o Sr. Peters estivesse a fechar a loja, havia uma maior probabilidade de o apanhar sozinho, pensei. Não fazia ideia como iria levar a conversa até à Zara. Na realidade, ter qualquer tipo de conversa era já um desafio.

O Sr. Peters estava a varrer a parte de fora da entrada quando lá cheguei. Varria com vigor, com a sua constituição robusta a fazer movimentos bruscos com a vassoura. Estava totalmente concentrado no monte de pó, lixo e folhas que se tinha acumulado em frente à vassoura, portanto, quando me aproximei por trás e o cumprimentei, ele virou-se e pareceu assustado.

- Peço desculpa, vim pagar a conta relativa ao jornal. Não vim demasiado tarde, pois não?

Olhou brevemente para a minha cada vez maior barriga de grávida e sorriu.

- Claro que não, minha querida, entre e sente-se, se quiser. Ainda não fechei a caixa.

Apercebi-me de repente que o Feijãozinho podia ser tão útil para eu obter informações como um cão para quem procura amor.

- Vou-me sentar, se puder ser. Ultimamente fico cansada mais depressa.

Segui-o para dentro da loja e ele foi até às traseiras para ir buscar uma cadeira desdobrável.

- Aqui tem, descanse uns minutos. Como se chama? Vou à procura da sua conta.

- Sr.ª Juke. Devo-lhe uma semana, penso.

Começou a folhear o livro dos créditos e eu aproveitei a oportunidade.

- Tenho de dizer que é maravilhoso ter a loja aberta novamente. Dantes, íamos comprar o jornal à Church Street, mas aqui é muito mais conveniente para nós e a possibilidade de entrega em casa é ideal. A loja está imaculada.

Imaculada, pensei, *do que é que estás a falar? Quem descreve uma banca de jornais como imaculada?*

- Obrigado, minha querida, é simpático da sua parte.

- Deve ter de lidar com muita coisa, encomendas e isso. Suponho que já esteja no negócio da venda de jornais há bastante tempo.

Controla-te, Janie, estás a enrolar.

- Não, não estou. Bem, na verdade, de vez em quando ajudava na loja da colónia de férias.

- Colónia de férias?

- Sim, trabalhava no grande campo de férias perto de Bognor. Estive lá durante uma temporada, mas achei que estava na altura de voltar a casa.

- Oh, parece divertido. É daqui, então? O que o fez regressar?

- Um amigo meu falou-me desta loja. Pensei que era uma oportunidade demasiado boa para deixar passar.

A conversa estava a ir na direção certa, apenas precisava de a levar um pouco mais além.

- Percebo que tenha querido voltar - disse eu. - Vivi aqui toda a minha vida e adoro isto. Uma pessoa sente-se segura, nada acontece por aqui, o que é algo positivo na minha opinião.

- As coisas estão a mudar. Basta ler o jornal local. Os jovens a fazerem corridas de motas por aí, a tomarem drogas e a embebedarem-se. Dizem paz em vez de guerra, mas é só conversa. E não há respeito. Estou sempre a limpar lixo em frente à loja, deixam latas e garrafas por todo o lado. Culpo os pais. Não me interprete mal, não me refiro a pessoas simpáticas como a senhora. São os adolescentes, entram aqui com malcriadices. Se o meu pai me ouvisse dizer aquelas asneiras dava-me um carolo, de certeza. Preciso de prestar muita atenção. Viro-me de costas por um minuto e eles enchem os bolsos com todo o tipo de coisas.

Deixei-o desabafar enquanto pensava na melhor maneira de virar a conversa na direção que queria.

- Tem toda a razão, claro - disse eu quando ele terminou de falar. - O meu pai foi polícia há muitos anos e o pior crime com que teve de lidar foi um estranho caso de roubo de fruta. Nem consigo imaginar o que a polícia tem de lidar hoje em dia. Tal como disse, motins de jovens.

Tentei não pensar na reação do Greg se me ouvisse falar como se tivesse 50 anos, caso contrário não conseguiria manter uma cara séria.

- Posso dizer-lhe uma ou duas coisas sobre a polícia. Se quer saber, acho que não têm ideia como tratar as pessoas decentes.

- O que quer dizer?

- Fui à esquadra da polícia no outro dia. E, sabe, em vez de me agradecerem por prestar declarações, trataram-me como se fosse culpado, veja só.

- Meu Deus, deve ter sido horrível. O que aconteceu?

- Aquela rapariga desaparecida, conhece o caso? Deve ser da sua idade.

- Er, sim, sei do que está a falar. Ouvi dizer que a polícia tinha uma nova pista, portanto, foi o senhor, não foi?

- É isso mesmo, minha querida, vi-a no dia em que desapareceu. Sou eu quem está a ajudar a polícia com as investigações.

O Sr. Peters disse-me tudo o que eu queria saber sem ter de perguntar mais nada. Contou-me que no dia em que a Zara desapareceu ele tinha ido ao cemitério de Santa Marta. Os pais dele estão enterrados aí no jazigo de família onde ele se lhes irá juntar, mas só daqui a muitos anos, disse-me com um piscar de olhos. A ligeireza com que falou da morte deixou-me desconfortável.

Chegou ao final da tarde, que disse ser a sua altura do dia preferida, dado que normalmente não está ninguém no cemitério.

- Gosto de ter tempo para conversar e é melhor quando não há ninguém à volta. Algumas pessoas acham estranho falar com os mortos - disse ele. - Eu falo sempre com eles, para validar as minhas ideias. Estava lá nesse dia para lhes contar sobre os meus planos em adquirir a banca dos jornais. Tinha a certeza que eles me apoiariam a 100%.

Nessa altura, olhou para mim como se a desafiar-me a sorrir desdenhadamente. Mantive-me impassível e anuí.

- Foi então que a vi. Ouvi um sussurro, levantei os olhos e vi uma mulher jovem. Foi até a um dos túmulos, ajoelhou-se e fez qualquer coisa na sepultura, mas não consegui perceber o quê. Depois levantou-se, sacudiu a roupa e foi-se embora. Não vi flores nem nada disso. Gosto de pensar que estava a fazer o mesmo que eu. O mundo espiritual está sempre pronto a ouvir, sabe, e se conseguir reconhecer os sinais, então os espíritos apontam-lhe a direção certa.

Podia ver que o Sr. Peters se estava a desviar do assunto outra vez, a divagar no seu mundo próprio, e precisava que ele se concentrasse melhor naquele ponto.

- E foi isso que disse à polícia, que tinha visto uma mulher jovem? O que o fez pensar que era a rapariga desaparecida? Quer dizer, reconheceu-a?

- Muito bonita, não era possível confundi-la. Pele morena, olhos lindos. Espere um momento, vou-lhe mostrar uma coisa.

Foi até às traseiras e voltou com algo enrolado debaixo do braço. Eu sabia exatamente o que ia ver quando ele o desenrolou. A parte de baixo do cartaz estava rasgada e vi a cara da Zara a olhar para mim.

- Encontrei isto quando adquiri a loja. Provavelmente estavam em todo o lado na altura que ela desapareceu. Deve tê-los visto, não?

- Er, sim, lembro-me deles agora que fala disso.

- Bem, assim que vi a cara dela, veio-me à memória aquele dia no cemitério. Fui logo à esquadra da polícia e disse-lhes. E ficaram agradecidos? Oh, não, nem só um bocadinho.

- Tenho a certeza de que ficaram, mas provavelmente não podem dizer muito sobre isso tendo em conta que é uma investigação em curso.

- Uma investigação em curso uma ova. Não, mal mostraram

interesse. Tudo o que queriam saber é porque é que tinha demorado tanto tempo a ir à esquadra, como se eu tivesse alguma coisa a esconder. Portanto, não lhes contei o resto.

- Qual resto?

O meu coração disparou-me no peito e tive esperança que ele não notasse nada.

- Não lhes disse o que é que ela levava consigo. Era uma espécie de saco, grande, como uma mala de viagem. Estava demasiado longe para conseguir ver o saco ao pormenor, mas era multi-colorido, tenho a certeza disso.

Nesta altura, fiquei embasbacada. Confirmava a semente de esperança à qual me tinha agarrado desde que a Zara se tinha ido embora. Agora sabia que ela ainda tinha o saco quando foi visitar a sepultura do Joel. Se estivesse a planear suicidar-se tê-lo-ia deitado fora algures ou talvez nem sequer o tivesse levado. Apercebi-me o quão mau teria sido se tivesse entrado no quarto naquela noite e visto o saco de viagem ainda em cima da cadeira.

- Bem, - disse eu - isso é incrível.

- Não é? - ripostou ele. - Não parece grande coisa, mas aparentemente fui a última pessoa que a viu, o que é uma grande responsabilidade. E suponho que, se tinha uma mala de viagem com ela, bem, devia estar a ir para algum lado.

- Sim, estou a ver que sim. Não falou sobre o saco à polícia?

A pergunta saiu-me sem querer.

- Não, só me lembrei depois, mas como tinham sido muito brutos comigo... Bem, não quis passar por isso outra vez. Apenas escreveram o meu depoimento, leram-no em voz alta e pediram-me para o assinar. E foi isso.

Parou de falar e ficou pensativo.

- Porém, é um caso estranho, não é?

- Sim, - anuí - é mesmo.

Pouco depois, paguei a conta do jornal e fui-me embora. Tornava-se mais claro o que tinha acontecido à Zara naquele dia em que deixara a nossa casa. Já sabia que tinha levado todos os seus pertences, portanto, isso não era novidade para mim. A única surpresa é que ela se tinha ido embora passando pelo cemitério. Imagino que a polícia tenha achado o mesmo sobre a informação do Sr. Peters. Não era uma grande revelação. Fiquei a pensar porque é que a polícia se tinha dado ao trabalho de anunciá-la como uma "nova pista". Talvez o Sr. Peters soubesse mais do que estava a dizer.

CAPÍTULO 14

Um «HOMEM DE MÉTODO» era, na escala qualificativa de Poirot, o maior elogio que se podia fazer a qualquer indivíduo.
"A primeira investigação de Poirot" - Agatha Christie [edição Livros do Brasil, tradução de Fernanda Pinto Rodrigues, N.T.]

Irónico é uma forma de descrever o que aconteceu ao meu pai. Quando a Segunda Guerra Mundial estava a terminar, ele ainda era muito novo, mas tinha idade suficiente para ir combater. Sobreviveu ao pior que a guerra tem em termos de morte e destruição para depois ser atropelado por um autocarro e acabar cego. O meu pai nunca falou sobre nada disto. Nem sobre a guerra nem sobre o acidente. Eu tinha 5 anos quando ele atravessou a estrada naquela manhã de neve. Era o meu primeiro nevão e o meu pai tinha-me prometido ir até ao parque comigo para fazermos o maior boneco de neve de todos. Nunca chegámos a ir ao parque e eu detesto neve desde então.

A minha memória desse dia ainda está bem viva.

O autocarro estava atrasado e o meu pai dissera que ainda demoraria uma eternidade até lancharmos.

- Espera aqui, Janie. Vou ali comprar dónutes cor de rosa para a minha linda princesa cor de rosa - dissera ele.

- Não sejas tonto, pai, não sou uma princesa e nem sou cor de rosa - disse eu. O meu mundo era todo cor de rosa, desde o quarto até ao meu par de luvas preferido.

Depois, os dónutes ficaram na neve suja na estrada ao lado do autocarro. Era estranho como o autocarro não tinha esmagado os dónutes, mas tinha esmagado o meu pai. Bem, a cabeça dele, pelo menos.

Na altura, lembro-me de me ter sentido difusa, como quando sonhamos e o sonho termina e sabe-se que se está acordado, mas não conseguimos ouvir ou sentir seja o que for.

Havia pessoas à volta do meu pai e podia ver as bocas a mexer, mas não conseguia ouvir o que diziam. Antes de surgir o autocarro, a minha barriga doía de tanta fome e as minhas mãos e os meus pés estavam gelados. Depois, era como se não tivesse barriga nem mãos nem pés, como se estivesse a flutuar no ar. Mas não era um flutuar bom porque assim que voltei a sentir a minha barriga outra vez sabia que ia vomitar.

Foi então que ouvi o barulho da ambulância e do carro da polícia e as pessoas a gritarem. Ouvi todos os barulhos ao mesmo tempo e senti a cabeça a doer.

Uma senhora com um gorro parecido a um abafador de chá sorriu para mim. Pegou-me na mão e levou-me até a um banco para me sentar.

- Aquilo não foi nada bonito de se ver, pois não? Tiveste um choque.

- Obrigada - foi tudo o que consegui dizer e deixei que me segurasse a mão. Bem, ela segurou na luva cor de rosa porque as minhas mãos estavam dentro das luvas, mas ainda geladas.

- Quem é que está contigo, querida? Estás com o teu papá ou mamã? Vamos olhar para outro lado, vamos olhar ali para o parque, ver como a neve nas árvores brilha ao sol.

- Já não gosto da neve - respondi.

O autocarro tinha escorregado na neve e não parou, simplesmente continuou. Já não queria os dónutes, só queria o meu pai. Afastei a mão da senhora e corri para a ambulância. Dois homens com casacos amarelos estavam a pôr o meu pai na maca.

- Preciso de entrar na ambulância. Preciso de segurar na mão do meu pai.

Não me lembro de ouvir as sirenes, mas sempre que vejo um veículo de emergência a passar na estrada com as luzes ligadas recordo-me desse dia.

A primeira vez que a minha mãe me levou ao hospital para ver o meu pai vestiu-me como se fosse para uma festa. Escolheu o meu melhor vestido, atou-me o cabelo com uma fita e beliscou-me as maçãs do rosto. Foi igualmente cuidadosa a preparar-se ela própria. Vestiu o seu melhor vestido de domingo e um casaquinho que podia ter sido acabado de comprar ou emprestado. Tinha um colar de pérolas ao pescoço. Nunca tinha visto aquelas pérolas antes e nunca mais as vi depois desse dia.

Levou-me pela mão ao longo da ala do hospital para ver o meu pai deitado na cama com os olhos tapados.

- O teu pai não te pode ver mais, Janie - disse ela.

Era um mistério para mim a razão porque teve tanto trabalho com a nossa aparência. Lembro-me da expressão da cara dela quando viu o meu pai. Era como se tivesse sido o meu pai que a tinha desiludido, como se fosse ela que estivesse a sofrer.

Corri para o lado dele e peguei-lhe na mão.

- Olá, pai, sou eu, a Janie - disse eu.

- Olá, princesa. - O sorriso ocupou-lhe toda a cara, uma cara por barbear, pálida e esgotada. - Ouvir a tua voz é o melhor remédio que o teu pai pode ter. Vem e senta-te aqui mesmo perto de mim e conta-me o que tens andado a fazer.

A pancada foi mais forte na parte de trás da cabeça e foi por isso que ficou cego. Mais tarde, quando já tinha idade suficiente para fazer perguntas e compreender as respostas, o meu pai disse-me que tinha sido o lóbulo occipital que tinha ficado afetado. Se tivesse sido outra parte do cérebro a ser atingida talvez nem tivesse saído do hospital. Podia ter morrido nesse dia. Segundo ele, a cegueira tinha sido um pequeno preço a pagar, considerando as alternativas.

Nunca se queixou ou reclamou do seu destino e nunca disse uma palavra contra a minha mãe desde o dia em que ela saiu de casa, quando desistiu de fingir que éramos importantes para ela. Não faço ideia do que é que ela agora faz da vida. Temos a morada dela, algures no norte, mas ela não se interessa pelas nossas vidas e o sentimento é mútuo.

Quando se casaram, não tinham dinheiro para comprar uma casa e, por isso, ficaram a morar na casa da mãe do meu pai. Nunca conheci a minha avó, mas o meu pai guarda boas recordações dela. Depois da minha avó morrer, o meu pai assumiu a hipoteca da casa, a casa onde cresci e onde ainda vive o meu pai. É velha, irregular e precisa urgentemente de obras, mas eu e o meu pai adoramo-la. O chão torto e as escadas íngremes não são exatamente as ideais para um cego, mas o meu pai conhece cada chiadeira e gemido da casa. Nos dias em que vou lá para datilografar e fazer tarefas domésticas é como se voltasse à infância, mas só para as partes boas.

O meu antigo quarto tem vista para o jardinzito das traseiras e o papel de parede é o mesmo dos meus anos de adolescência. Quando tinha cerca de 13 anos, apaixonei-me pelo cor de laranja e eu e a minha Tia Jessica brincámos com cola de papel de parede e pincéis, pondo mais cola e tinta em nós próprias do que nas paredes. De vez em quando, quando vou a casa do meu pai, sento-me no meu antigo quarto e fico a olhar pela janela, a recordar-me.

Deixei de sentir saudades da minha mãe há muito tempo, mas agora que estou grávida dou comigo a pensar nela mais do que costumava. Pergunto-me como terá sido quando ela descobriu que eu estava a caminho. Gosto de pensar que ela e o meu pai eram felizes nessa altura e que ainda estavam apaixonados. Fico triste quando penso no meu pai numa relação com alguém que não valorizava o quão maravilhoso ele é pois ele merece muito mais do que isso. Mais tarde, quando as ânsias do amor juvenil me apanharam e senti todo o entusiasmo e desespero de gostar de alguém, quis que o meu pai sentisse o mesmo. Só porque não conseguia ver, não significava que não conseguisse sentir.

- Achas que te vais apaixonar novamente? - perguntei-lhe uma vez.

- A Janiezinha, toda crescida. Olha para ti a falar de amor.

- Isso não é uma resposta.

- Tenho-te a ti.

- Sim, sempre me terás. Não vou casar, vou ser independente, ter uma carreira distinta, fazer montes de dinheiro e manter o meu pai ao nível que ele merece.

Em vez disso, conheci o Greg, apaixonei-me e fracassei na construção de qualquer tipo de carreira, bem paga ou não.

A mãe do Greg tenta compensar em demasia. Às vezes ela olha para mim e consigo imaginá-la a pensar *oh, pobrezinha, sem mãe quando era pequena e com um pai cego, como conseguiste lidar com isso?*, embora nunca exprima abertamente estes sentimentos. Há uma forte probabilidade de que o desejo do Greg de me ver sobrecarregada com uma grande ninhada de filhos esteja relacionado com todo esse cenário da pobre Janie sem mãe. Como se, ao tornar-me numa mãe cheia de filhos, tudo o que tivesse acontecido antes fosse apagado.

Nos dias em que vou a casa do meu pai, asseguro-me de que a papelada e as fichas dos pacientes ficam atualizados e faço tudo o que for possível para lhe facilitar a vida.

- O Greg acha que não me devo meter - disse eu quando nos sentámos na cozinha a bebericar as nossas bebidas. Tinha descoberto que água quente com limão era uma alternativa razoável ao chá habitual.

- Procurar a Zara, queres dizer?

- Sim.

- E o que tu achas?

É justo dizer que sou como o meu pai: dêem-me um desafio e serei como um cão que não larga o osso. À medida que crescia, ele descobriu que dizer-me para não fazer alguma coisa era a forma mais eficiente de ter a certeza que o faria.

- Era minha amiga, pai. É minha obrigação ajudá-la.

- Já a ajudaste bastante ao deixá-la viver convosco por um ano. Isso é muito mais do que seria obrigatório aos olhos de muita gente.

Contei-lhe sobre o Owen e o Sr. Peters. Quando lhe mencionei a violência do Owen, o meu pai abanou a cabeça.

- Isso não é bom, não é nada bom mesmo - disse.

- Já há um mês que a polícia anunciou a nova pista e, por aquilo que vejo, não estão a fazer absolutamente nada em relação a isso. E se a Zara está com medo? O Owen tem vivido em Brighton. Era onde ela vivia antes de conhecer o Joel. Talvez o Owen a estivesse a perseguir. Isso podia tê-la assustado tanto que decidiu esconder-se dele.

- Achas que ele é o tipo de homem que a podia realmente magoar?

- Bateu-lhe, não foi?

- Mas magoá-la de verdade?

- Não sei.

- O que é que sabes?

- Bem, eu e a Zara estivemos na escola juntas, não foi?

- Sabes o que eu acho? - perguntou. - Volta ao início. Esquece tudo o que sabes sobre ela e começa de novo. Sê minuciosa, faz listas.

- Estás a brincar comigo agora?

O meu pai e o Greg passavam o tempo a brincar comigo por causa da minha incapacidade de seguir um sistema. Tal como disse, sou a última pessoa talhada para ser uma bibliotecária... ou uma detetive amadora, pensando bem.

- Há outra coisa que podes fazer.

Fiquei à espera.

- Faz uso de todos esses livros da Agatha Christie que leste e releste desde que eras pequena.

- Que queres dizer com "faz uso"?

- Procura padrões, pistas. Como faz o Poirot.

- A ideia é engraçada, mas aquilo é apenas ficção. Isto é a realidade.

- Não custa nada tentar.

O conselho do meu pai para começar do zero incentivou-me a organizar-me. A sugestão dele sobre o Poirot da Agatha Christie fez-me sorrir, mas quanto mais pensava nisso, mais me apercebia de que podia ajudar. Tinha começado a reler "A primeira investigação de Poirot" e, por isso, decidi vasculhar o livro para ver se poderia obter dicas do maravilhoso Poirot e do seu ajudante Hastings.

Quis pensar na investigação como uma profissional e esquecer que se tratava de procurar uma amiga próxima. Comprei um grande caderno e comecei a fazer listas. Basicamente o que escrevi foram as possibilidades que tínhamos explorado depois do desaparecimento da Zara. Já tínhamos falado com toda a gente que pensávamos que poderia conhecê-la, mas as nossas averiguações não nos tinham levado a lado nenhum.

Também tínhamos ido visitar a irmã dela.

Até ter conhecido a Zara e a Gabrielle não sabia que era possível gémeos idênticos serem tão diferentes. Por cada aspeto introspetivo da natureza da Zara, a Gabrielle era o oposto. Era como se as duas constituíssem a dupla personalidade do clássico Jekyll e Hyde. Se calhar, se tivessem nascido como apenas uma criança, era assim que teria sido.

Eu e a Zara ficámos amigas quando ela entrou no Liceu de Grosvenor no 9.º ano. As gémeas entraram no início do 2.º semestre. A Zara ficou na minha turma e a Gabrielle ficou na turma da Miss Bone. Pareceu-me um pouco estranho que tivessem ficado separadas, mas parti do princípio que preferiam assim. Eu e a Zara almoçávamos juntas e procurávamos sítios sossegados no recinto da escola. A Gabrielle nunca se juntava a nós, tinha o seu próprio círculo de amigas que apenas tinha um assunto de conversa: rapazes. O seu ponto de encontro era perto do Café da Pam, no centro da cidade, aos sábados de manhã. Às vezes, eu e a Zara íamos juntas à cidade ouvir os últimos singles de música e passávamos pela Queens Road e lá estava a Gabrielle com as suas duas melhores amigas, a Milly e a Rose. A Zara enfiava o braço dela no meu e passávamos rapidamente por elas, dizendo "olá" muito depressa. Achava estranho, mas quando uma vez perguntei à Zara porque é que não eram próximas, ela não respondeu.

Depois de eu e a Zara nos reencontrarmos, e durante o ano em que ela viveu connosco, não nos aproximámos sequer da Gabrielle. A Zara disse-me que a irmã se tinha mudado para a ragião na mesma altura e fiquei com a impressão de que ela não tinha gostado disso. Perguntei-lhe se tinham partilhado um apartamento quando viviam em Brighton e ela apenas abanou a cabeça. Parecia que eram tão distantes como sempre foram.

Portanto, quando a Zara desapareceu, tínhamos a certeza de que o apartamento da Gabrielle era o último sítio para onde ela iria, mas valia a pena verificar mesmo assim. O Greg foi comigo e quando toquei à campainha do apartamento 3C ouvi um grito vindo de cima. Olhámos para cima e lá estava a Gabrielle inclinada para fora da janela da frente.

- Sim? O que é? - perguntou na sua maneira arrogante. Daria uma excelente enfermeira-chefe, embora não a conseguisse imaginar a querer sujar as mãos.

- É a Zara, - gritei-lhe cá de baixo - desapareceu. Pensámos que pudesse ter vindo para aqui, que te tivesse contactado.

- Para aqui? Porque é que ela viria para aqui?

- Estamos preocupados com ela - disse o Greg.

- Bem, ela não está aqui - respondeu ela e fechou a janela. E foi isso.

Mas agora parecia-me que era necessário ir visitar novamente a Gabrielle. Embora não me agradasse a possibilidade de ser mandada embora outra vez, não conseguia ignorar o facto da Gabrielle ser a única pessoa que me podia dar mais informações sobre a Zara. Tinha de arranjar coragem para ultrapassar isso e desta vez planeava ir sozinha.

CAPÍTULO 15

- Diga-me, sente-se atraído para qualquer coisa? Toda a gente se sente, e em geral para algo absurdo.

- Rir-se-ia de mim...

Mary Cavendish admitiu, a sorrir:

- Talvez.

- Bem, tive sempre o desejo secreto de ser detective!

"A primeira investigação de Poirot" - Agatha Christie *[edição Livros do Brasil, tradução de Fernanda Pinto Rodrigues, N.T.]*

Tamarisk Bay, onde vivo, fica a oeste de Tidehaven e poderia ser descrito como o seu bairro mais pequeno. É estranho se pensarmos que foi originalmente desenhado no século XIX para ser uma nova cidade, com casas elegantes destinadas aos abastados. Fica numa colina que sobe a partir da beira-mar, com uma encosta íngreme no início e depois menos acentuada. Termina em encostas suaves, com alguns parques e jardins dispersos e algumas estradas largas.

O apartamento da Gabrielle ficava em Sutherland Road, uma parte da cidade que estava em voga, a preferida por artistas e músicos. O arquiteto que projetou o plano original para a área tinha também projetado algumas das casas em Bloomsbury nos finais do século XVIII.

Ao longo da estrada existiam grandes casas eduardinas que estavam agora divididas em três ou quatro apartamentos espaçosos.

As fachadas eram impressionantes, com cornijas e esculturas decorativas em pedra à volta dos grandes caixilhos das janelas de guilhotina. Nunca tinha entrado em nenhum dos apartamentos, mas partia do princípio que seriam igualmente glamorosos. Gostava de imaginar como seriam as famílias que viviam nessas casas grandiosas durante o seu apogeu. Talvez tivessem criados, uma sala com um grande piano, sofás de veludo e uma sala de jantar onde caberiam 20 pessoas.

Subi as escadas e toquei na campainha do apartamento 3C. A última vez que falei com a Gabrielle, ela tinha gritado a partir da janela e nem se tinha dignado a deixar-me entrar. Desta vez estava mais determinada.

Ouvi passos e depois um estalido enquanto ela destrancava e abria a porta.

- Olá, Gabrielle. Posso entrar?

- Estou de saída - disse ela.

- Sim, claro, mas antes de ires, posso falar contigo por uns instantes? - Olhei-a nos olhos como a desafiá-la a mandar-me embora. - A tua irmã não merece 5 minutos? Não me vou demorar, prometo.

Talvez tivesse sido um erro mencionar a Zara antes que me deixasse entrar, mas as palavras já tinham sido ditas e não as podia retirar.

- É melhor entrares - disse, olhando para a minha barriga de grávida.

Podia ter tido pena de uma pobre mulher grávida, mas fosse qual fosse a razão, não precisava que me dissesse duas vezes. Fui atrás dela ao longo de três lances de escadas e entrei por uma pesada porta de madeira para o corredor do seu apartamento.

A casa dela era tão bonita como tinha imaginado, talvez mais ainda. Seguimos por um corredor comprido até à sala de estar onde havia carpetes chinesas a cobrir o chão de madeira polida. O teto, com arquitraves em profundidade, dava uma sensação de luz e de espaço. Todas as paredes tinham fotografias e quadros ecléticos e outros elementos de decoração coloridos. Ela fez-me um gesto a convidar-me para me sentar numa das três poltronas. Sentei-me cuidadosamente na ponta da cadeira, não querendo encostar-me para trás com medo de amarrotar as almofadas de seda.

- Queres beber alguma coisa? - perguntou e, sem esperar a resposta, virou-se e voltou para o corredor.

A sua ausência deu-me a oportunidade de ver com mais detalhe a arte e a fotografia que tinha exposta. Não percebo muito de arte, seja moderna ou clássica, mas, por aquilo que podia ver, a Gabrielle tinha mais que um mero interesse passageiro. A maioria eram peças do Impressionismo francês, o que não era surpreendente dado o seu contexto familiar, com algumas peças modernas espalhadas por ali. Não reconheci os quadros modernos, mas também, em termos de arte, nem sequer era uma principiante, era mais um zero à esquerda. Alguns quadros estavam emoldurados, outros em formato de poster. Entre esses quadros estavam fotografias a preto e branco, o que contrastava perfeitamente com as peças coloridas. A Zara tinha herdado o dom da mãe para o estilo e a moda, enquanto que aqueles quadros indicavam que a Gabrielle explorava a arte no sentido mais tradicional.

Ao olhar com mais atenção para as fotografias, reparei que não havia rostos em nenhuma delas. A maioria retratava pessoas, mais do paisagens ou natureza morta, mas cada pessoa ou grupo de pessoas estava à distância ou virada de costas para a câmara. Alguns objetos, que pareciam ser bastante caros, encontravam-se no rebordo da lareira, mas não parecia haver fotografias de família, nem da Zara, nem dos pais. Era como se a Gabrielle tivesse criado um mundo dentro do apartamento onde não precisava de se relacionar com pessoas.

Estava a olhar para um poster do Monet quando a Gabrielle voltou com um tabuleiro.

- Deslumbrante, não é? - disse ela, pousando o tabuleiro em cima da mesa de centro com tampo de vidro. - A abordagem à luz e à sombra é magistral.

Não sabia o que responder, por isso, fiz um sorriso forçado e voltei a sentar-me na ponta da poltrona.

- Leite ou limão? - perguntou com o bule de chá por cima de uma delicada chávena de porcelana.

- Hum, limão, obrigada.

Estava relutante em contar sobre os meus problemas relacionados com o chá e tive esperança de que o Feijão se comportasse e me deixasse beber apenas uma chávena em paz, sem me obrigar a correr até à casa de banho. Também receava que começasse a soluçar agora que estava frente a frente com a Gabrielle. A atitude dela contradizia a sua idade, embora fosse da mesma idade que eu.

- Quando é que te começaste a interessar por arte? - perguntei. - Não tivemos oportunidade de nos conhecer bem na escola... Foi algo que veio dessa altura?

- Não. Tu eras amiga da Zara. Andavam sempre juntas, vocês as duas. Fiquei surpreendida por terem perdido o contacto depois de nos mudarmos.

- Sou um desastre a escrever cartas, acho que nunca tenho nada de interessante a dizer.

- O que queres? - perguntou, dando-me a chávena no pires.

- Nada, não quero nada, exceto a oportunidade de falar sobre a Zara. Tenho a certeza de que me ajudava saber mais sobre ela.

- Ajudava-te porquê?

Podia ver que ia ser uma conversa difícil e provavelmente infrutífera. Pensei em ir-me embora, o que pelo menos me livrava de ter de beber o chá.

- Gabrielle, vou ser sincera contigo. Preocupo-me com a Zara. Posso não ter estado presente na vida dela durante muito tempo, mas eu e o Greg criámos laços com ela durante o ano em que viveu connosco. E agora quero fazer tudo o que puder para a encontrar, para ter a certeza que está bem. Tu és a irmã gémea dela, és a que tem a ligação mais próxima. Pensei que me pudesses dizer mais sobre o tipo de pessoa que ela era, quer dizer, é. Aqueles anos entre o fim da escola e o nosso reencontro... O que é que ela andou a fazer? Onde é que vivia? Ela tinha um emprego? Com quem é que ela andava?

Parei de falar esperando que o meu discurso desconexo tivesse sido persuasivo o suficiente para fazer que com se abrisse comigo.

- Não faço ideia - disse ela.

- Ela é tua irmã, por amor de Deus. Com certeza que sabes alguma coisa da vida dela.

- Precisas de saber algo essencial sobre mim e a minha irmã. Não temos nenhuma relação. Sim, somos do mesmo sangue, mas é só isso. Ela sempre foi clara sobre querer viver a vida dela. Respeito isso e eu também vivo a minha vida. Portanto, é isso. Provavelmente conhece-la melhor do que eu.

- Duvido - comentei, sentindo a irritação a subir dentro de mim.
- E quando eram crianças, não eram amigas nessa altura?

- Isso foi há séculos - disse e desviou o olhar. - Não sei o que te possa dizer que possa ajudar. Posso dizer-te o que disse à polícia quando me interrogaram, se quiseres, se achares que é útil.

- Sim, seja o que for. Por mais vago que seja.

- Bem, a Zara gostava de causas.

- O que queres dizer?

- Gostava de defender os menos favorecidos, protestar contra os males do mundo. Ia a manifestações, promovia campanhas. Pessoalmente, nunca vi qual era o objetivo. O mundo é uma confusão e não há manifestações suficientes que nos salvem de nós próprios. O ser humano vai ser responsável pela sua própria extinção. Dedico-me a objetos de beleza, como podes ver - disse, gesticulando em direção aos quadros e às fotografias.

- Ela fazia parte de um grupo de protesto ou de um partido político?

- Não faço ideia. Isto é tudo o que sei. E agora preciso de te pedir que saias, caso contrário vou chegar atrasada a um compromisso.

Levantou-se, indicando que a conversa terminara. Ao se levantar, o xaile que tinha à volta dos ombros caiu e por um momento vi a Zara à minha frente. Na escola, os professores teriam tido dificuldade em distinguir as irmãs se não fosse a Zara manter o cabelo curto e a Gabrielle costumar entrançar o longo cabelo firmemente à volta da cabeça. Porém, como amiga da Zara, sabia que havia outra característica que a distinguia da sua irmã gémea. Ela tinha uma pequena marca de nascença na nuca do tamanho de uma cereja.

Recordei-me disso quando o xaile da Gabrielle caiu, mostrando a pele morena e sem nenhuma marca de nascença.

- Dizes-me se souberes dela? – perguntei-lhe enquanto ela me conduzia em direção à porta de entrada.

- Não.

- Não me vais dizer?

- Não vou saber nada dela. Acredita, conheço a minha irmã. Provavelmente foi-se juntar a uma comuna algures. Não me preocupava com ela se fosse tu. Tens outras coisas com que te preocupar, não tens? - disse, apontando para a minha barriga.

- Tal como disse, ela é minha amiga e quero saber se está bem.

- Bem, sou a pessoa errada para te dizer isso. Adeus, Janie. Sabes o caminho.

Apesar da sua antipatia para comigo e com a irmã, a Gabrielle ajudou-me a confirmar o que o Owen já tinha sugerido. A Zara gostava de lutar contra qualquer tipo de desigualdade. Preocupava-se com a forma como os fortes dominavam os fracos e ficava triste por ver a paz e a harmonia destruídas pelo azedume e pela amargura. Ao longo das conversas que tivemos enquanto adultas, ela tinha deixado várias pistas que deveria ter percebido. Podia ter ficado a saber muito mais sobre a minha amiga se apenas tivesse prestado mais atenção, se soubesse que compensa ser um bom ouvinte.

Enquanto descia as escadas estava furiosa e mais grata do que nunca por ser filha única.

CAPÍTULO 16

- COMO ERA o fim da frase? Repete-a, sim?
"A primeira investigação de Poirot" - Agatha Christie [edição Livros do Brasil, tradução de Fernanda Pinto Rodrigues, N.T.]

Acordar cedo de manhã parecia fazer parte de estar grávida. Uma forma da natureza nos habituar às noites sem dormir e dar de mamar durante a madrugada. Ao me levantar e meter os pés nos chinelos, passou-me pela cabeça o pensamento de que a próxima vez que dormisse até tarde seria dali a 18 anos, quando o Feijão saísse de casa.

O Greg murmurou algo como querer dormir enquanto eu ia para a casa de banho. Ainda estava escuro. Quando comprei o despertador, o anúncio dizia "números luminosos". Rapidamente percebi que a publicidade era enganadora, mas não me dei ao trabalho de o devolver no Woolworth e concluí que em breve as horas seriam irrelevantes. Sempre que o bebé chorar, terei de me levantar.

O Greg é ótimo a limpar janelas, mas não tanto em coisas relacionadas com canalização. Assim, o barulho que o autoclismo da sanita fazia quando puxávamos a corrente era suficiente para acordar os mortos. Decidi esperar até ver as horas no relógio da cozinha antes de perturbar ainda mais o meu marido. Desci as escadas com pezinhos de lã, evitando cuidadosamente o soalho que rangia, e liguei a luz da cozinha, verificando que eram apenas cinco e meia.

Pelo menos uma hora antes do Greg precisar de se levantar. Uma hora de sossego para organizar os meus pensamentos e fazer alguns planos.

Tirei o apito da chaleira antes de a colocar ao lume e fui buscar o caderno à minha mala. Quando abri o caderno, uma fotografia da Zara caiu em cima da mesa e fiquei a olhar para ela fixamente à espera que me respondesse a algumas perguntas.

- Oh, Zara, onde estás? - murmurei, tendo consciência que até o meu pai me acharia maluca se me ouvisse a falar com uma fotografia.

Um fio de vapor começou a sair da chaleira, fiz o meu chá de limão e sentei-me com a fotografia na mão, lembrando-me da conversa com a Gabrielle. Não era apenas a Gabrielle que não parecia interessada no bem-estar da irmã. Os pais da Zara também pareciam bastante indiferentes.

Só vira os pais da Zara uma vez. Foi no último ano da escola e ela tinha sido escolhida como protagonista da peça "Sonho de uma Noite de Verão". Eu tinha ficado à porta a verificar os bilhetes e a receber os casacos para o bengaleiro. Os pais dos protagonistas iam ficar na fila da frente, por isso, tinha de perguntar o nome a toda a gente e riscá-los da lista. Adivinhei quem eram os pais da Zara antes de falarem porque a mãe dela tinha os mesmos olhos amendoados e a pele morena. Podia ter sido modelo, talvez ainda fosse.

- Sr. e Sr.ª...? - perguntei, pegando nos bilhetes.

- Carpenter - disseram em simultâneo. Ele sorriu ao receber de novo os bilhetes, mas ela manteve-se séria, como se sorrir fosse cansativo.

- Oh, olá, devem ser os pais da Zara. Sou a Janie, a... - hesitei. Seria a sua melhor amiga? Não tinha a certeza. - ... amiga dela - concluí, esperando um aperto de mãos, pelo menos. Em vez disso, ela anuiu e ele sorriu de novo. E foi isso.

- Frios como gelo? - comentara o meu pai quando lhe contara o sucedido no dia seguinte.

- Gelados mesmo – respondera eu, sentindo-me muito em baixo.

A Zara tinha sido uma Helena brilhante. A sua estatura elegante, com pernas longas e movimentos graciosos, era perfeita para o papel.

Tinha-me convencido de que estava obcecadamente apaixonada pelo Demetrius e tenho a certeza de que o público achou o mesmo.

Assim que a peça terminou, fui aos bastidores. A Zara estava a conversar com os pais e não me aproximei pois não queria interromper. A mãe ia colocar-lhe uma mão no ombro, mas a filha afastou-se. Quando a conversa parecia estar a terminar, fui-me aproximando de mansinho.

- Foste absolutamente fantástica, definitivamente a melhor - disse eu.

- Vês, querida, era o que te estava a dizer. Tens um grande talento - disse a mãe dela, com uma forte acentuação francesa.

- Não é real, nada disto é real - ripostou a Zara.

- A fantasia é muitas vezes melhor que a vida real - disse o pai dela.

A Zara ia frequentemente à nossa casa, mas eu nunca pus um pé sequer na casa dela. Não me importava nada pois ficava contente por estar perto do meu pai sempre que tinha oportunidade. Ele não precisava que tomasse conta dele nem nada disso. Nessa altura, ele tinha o Charlie II e os dois não se deixavam vencer por nada.

O predecessor do Charlie tinha ficado mais lento e merecera uma reforma descontraída. Uma família a três ruas de distância ficara com ele, o que significava que eu e o meu pai poderíamos visitá-lo de vez em quando. No início ia lá muitas vezes. Tinha sido o meu companheiro de brincadeiras durante a minha infância e tínhamos criado uma ligação, mas via que as minhas visitas o deixavam em conflito. Suponho que a lealdade dele ficava dividida. Na nova casa, ele estava a tentar habituar-se a uma vida diferente, com uma nova família, sem trabalho para fazer, apenas passeios agradáveis e muito descanso. Depois, eu aparecia e ele lembrava-se da sua vida de trabalho e das suas obrigações para com o meu pai. Passado algum tempo deixei de ir visitá-lo e contentava-me a vê-lo no parque ou a andar por aí. Ia-lhe fazer algumas festinhas e depois seguia na direção contrária.

No tempo do Charlie II eu era adolescente e estava mais interessada em moda e música do que em rebolar pelo jardim. Ele tinha uma natureza mais séria que o seu predecessor. Levava as obrigações para com o meu pai a sério e raramente saía do seu lado. Era leal até ao tutano.

Quando eu e a Zara nos tornámos amigas, ela vinha a minha casa duas ou três vezes por semana. Normalmente fazíamos rapidamente os trabalhos de casa e depois ligávamos o rádio e dançávamos no quarto. Mas algumas vezes ela nem falava, quanto mais dançar. Pegava nos discos, escolhia o mais sombrio e punha-o a tocar repetidamente. Depois, sentava-se na cama, fechava os olhos e a mente parecia ficar ausente. Nesses dias, era difícil saber o que se passava com ela.

- Fala comigo, Zara - disse-lhe numa dessas ocasiões. - Entraste no teu mundinho. Onde querias estar? Há alguma coisa que te esteja a chatear? Ou alguém?

Nunca respondia e acabei por aceitar que havia um lado da Zara que ela queria manter privado. Porém, o Charlie conseguia quebrar o gelo e ela falava com ele como se fosse uma pessoa.

- Temos tanto a aprender com os cães - disse-me um dia. - São muito mais inteligentes do que as pessoas.

Levantei uma sobrancelha.

- Não te rias, é verdade. Os cães sabem instintivamente como cuidar das crias e de uns dos outros. Só porque não conseguem falar não quer dizer que não saibam o que se passa.

- Ya, mas eles aprendem por imitação, não é? Não é assim que se treinam os cães? Castigo e recompensa?

- Não ouves falar de um cão a começar uma guerra, pois não?

- Não, mas ouve-se falar de luta entre cães e muitas vezes os mais pequenos são os piores.

Fazia sentido que a Zara gostasse de causas. Claramente pensava que o mundo precisava de ser corrigido.

Nessa altura, concentrava-me em me divertir e supunha que ela também. Foi a Zara que me convenceu a experimentar maquilhagem e um dia pegou num lenço, enrolou-o, colocou-o à volta da minha cabeça, meteu a minha franja para debaixo dele e deixou as pontas caírem pelas costas.

- Aí está, pequenina. Toda arrumadinha - disse ela.

Chamava-me pequenina muitas vezes embora fosse apenas sete centímetros mais baixa que ela. Desde então, ando quase sempre com uma bandolete no cabelo, embora a tivesse que tirar quando vestia o uniforme da escola, pois era considerado inapropriado para uma lady. Não que alguma vez o tenha sido, na verdade.

Aconcheguei o roupão à volta do corpo e aproximei-me do pedaço de tecido que tapava a corrente de ar da porta das traseiras. A nossa casa está cheia de correntes de ar, mais uma coisa que o Greg não sabe arranjar. Nos dias menos atarefados, folheava revistas com fotografias de casas com aquecimento central e sonhava. As probabilidades de termos dinheiro para tal luxo eram as mesmas que ganhar o totobola. Mas se ele conseguisse o emprego com o pai do Owen, quem sabe onde isso nos podia levar.

Sentei-me e fiquei a ouvir as lamúrias da casa. Na verdade, adorava aquela casa e não a trocava por uma casa sem alma, mesmo que tivesse aquecimento central. Os rugidos dos soalhos eram confortavelmente familiares, tal como o era o zumbido do frigorífico e o roncar distante dos comboios. A linha de comboio passava por trás da nossa rua a cerca de um quilómetro de distância. Gostava de imaginar os passageiros sentados em carruagens aconchegantes a caminho do trabalho.

Quando me levantei para pôr a chaleira novamente ao lume, ouvi o autoclismo a descarregar lá em cima e o subsequente estrondo da água a correr pelos canos. Fui buscar mais uma chávena e um pires e preparei o bule para o primeiro chá do dia do Greg.

Foi então que ouvi. Mais um arranhar que um bater. Fiquei quieta para ver se tinha imaginado o som ou se tinha sido o Greg a fazer mais barulho que o costume ao fechar a porta da casa de banho. Então, ouvi-o de novo e concluí que vinha do vestíbulo. Ainda estava escuro lá fora e não tinha intenções de sair pela porta da rua. Fui até ao vestíbulo e, quando o Greg surgiu ao fundo das escadas, reparei num envelope no chão perto da porta.

- 'Dia - disse ele e dirigiu-se para a cozinha.

- A chaleira está ao lume - respondi enquanto ele se afastava. O

Greg só acorda verdadeiramente depois da primeira chávena de chá preto, forte, com dois cubos de açúcar. Depois, está pronto para começar o dia.

Agachei-me e peguei no envelope castanho. Virei-o de um lado para o outro, sem grandes expectativas quanto a pistas sobre o conteúdo a partir do rabisco escrito à mão na parte da frente que apenas dizia "Quer fazer dinheiro?".

Tinha sido entregue em mão, sem selos e sem morada. Provavelmente o arranhar que ouvira tinha sido o anúncio da sua chegada. Destranquei a porta da rua e espreitei para ambos os lados da rua, que estava vazia. Depois, fechei a porta o mais silenciosamente que consegui e meti o envelope no bolso do roupão, voltando para a cozinha para me juntar ao Greg.

Mais tarde, depois do Greg ter saído para trabalhar e eu ter arrumado as coisas do pequeno-almoço, sentei-me na cozinha com o misterioso envelope à minha frente. Usei a minha preciosa faca de papel para o abrir. Sempre quisera ter a minha própria faca de papel desde que tinha visto o meu pai a usar uma quando tinha uns 4 anos. Era uma maneira de abrir as cartas à crescido. Contei isso ao Greg um dia quando estávamos a recordar a nossa infância e, no Natal seguinte, ele deu-me de presente uma faca de papel brilhante com as minha iniciais gravadas no punho.

- Aqui tens - dissera ele.

O Greg pode não dizer palavras românticas, mas sabe como me fazer feliz.

Havia dois pedaços de papel dentro do envelope. O primeiro era um recorte de jornal. Desdobrei-o e vi que era o artigo que tinha sido publicado mesmo depois da Zara ter desaparecido. O jornal local tinha seguido a história durante uma ou duas semanas, com um editorial sobre o perigo crescente das estradas. Mencionavam o acidente do Joel e sugeriam que era necessário uma campanha para limitar a velocidade dentro da cidade.

Tinha ficado aborrecida na altura por não parecerem assim tão interessados em ajudar a procurar a Zara. Teria ajudado se tivessem posto a fotografia dela na primeira página daquele jornaleco semanal, mas não, a história apenas teve direito a umas linhas na página 8. Parecia que pensavam o mesmo que a polícia, que a Zara era um alma infeliz que se tinha arrastado para acabar com a vida. Era como se eu fosse a única pessoa que tinha saudades dela, a única que se preocupava. Isso deixava-me incessantemente triste.

Desdobrei o segundo pedaço de papel. Era uma nota escrita à mão que apenas dizia:

Estamos dispostos a pagar por qualquer informação que possa contribuir para encontrar a Zara Carpenter. Em breve, entraremos em contacto novamente.

Li novamente tentando encontrar mais algum significado. Quem estaria disposto a pagar dinheiro para saber onde estava a Zara? Dobrei os dois pedaços de papel e voltei a pô-los no envelope. Tinha a certeza de que seria contactada novamente pelo escritor misterioso e, até lá, ficaria à espera sem dizer nada a ninguém.

CAPÍTULO 17

- Mas, Poirot...

- Oh, meu amigo, não lhe tenho dito desde o princípio que não disponho de provas nenhumas?! Uma coisa é saber que um homem é culpado e outra muito diferente é provar que o é.

"A primeira investigação de Poirot" - Agatha Christie [edição Livros do Brasil, tradução de Fernanda Pinto Rodrigues, N.T.]

Os dias que passava em casa do meu pai não eram apenas por razões administrativas. Ele gere a sua vida de forma organizada e precisa e não preciso de tomar conta dele, mas gosto de cuidar dele. Sempre que lá vou verifico se não existe comida fora do prazo no frigorífico e certifico-me de que a casa e a sala dos tratamentos estão tão limpas como ele quereria caso conseguisse ver.

O meu pai nunca quis que tivessem pena dele. Desde o dia do acidente e ao longo dos meses e dos anos que teve de aprender a viver de forma diferente, enfrentou cada desafio com determinação.

Quando eu tinha 10 ou 11 anos comecei a fazer comparações. Até então, o meu pai era o meu herói, independentemente da sua cegueira. Tinha-me ensinado a amar os livros, a fazer perguntas, a estimar a natureza e a respeitar de igual forma tanto os jovens como os velhos. Mas quando a escola estava a terminar, era como se tivesse posto uns óculos novos e comecei a ver defeitos no meu herói. Comecei a reparar quando o cabelo estava desalinhado e a barba estava por fazer. Ficava acordada até tarde a ouvi-lo a ir-se deitar e irritava-me com o pigarrear que fazia ao lavar os dentes. O meu herói tinha-se transformado num homem e comecei a compará-lo com os outros pais. As comparações não eram apenas com o meu pai. Também comparava a nossa casinha, mobilada modestamente, com as casas mais luxuosas ou ecléticas das minhas amigas.

Então, um dia perguntei-lhe:

- Gostavas de não ser cego?

Olhando em retropespetiva, nem acredito que lhe perguntei isso e que ele nem pestanejou quando me respondeu.

- Há coisas piores do que ser cego - disse.

- Só estar morto.

Lembro-me de ficar chateada com a calma dele em relação ao assunto. Queria que ele se revoltasse e provavelmente estava a tentar provocá-lo.

- Há muitas formas de morrer - disse ele. - Podes estar vivo e teres visão e todos os membros a funcionar bem, mas morto no coração, com medo de amar a vida, medo de ver cada dia como uma aventura. O acidente tirou-me a visão, mas não me tirou todas as outras coisas maravilhosas que fazem a minha vida preciosa.

- Que coisas?

Nesta altura, já estava a tentar tirar nabos da púcara, à espera de figurar de forma prominente na sua resposta.

- Sim, tu és a número um na lista.

- Que mais?

- Tinha cinco sentidos, agora tenho quatro. É tudo. Posso sentir o calor do sol, ouvir os pássaros, tocar nas flores e sentir o sabor do crumble de maçã da tua Tia Jessica. Posso pensar e aprender e sonhar.

- Mas já não me podes ver.

- Tenho a minha imaginação e as minhas memórias. Sei como eras quando tinhas 5 anos e tenho a certeza de que a imagem que tenho de ti agora, na idade madura de 10 anos, é quase perfeita.

Tivemos algumas conversas semelhantes enquanto crescia e, em cada uma, o meu pai provava-me que, em comparação, eu era uma sortuda. O seu talento como fisioterapeuta tornou-o famoso localmente. Tinha sempre mais pacientes à espera do que aqueles que conseguia atender numa semana e todos eles o preferiam a qualquer outro, fosse por causa de joelhos torcidos, ombros bloqueados ou ciática. Teria sido um desperdício na polícia. Talvez algumas coisas estejam destinadas.

- O Owen alugou um quarto à Becca na casa partilhada dele em Brighton. A irmã do Greg, a Becca. Quando começar a universidade - disse ao meu pai enquanto andava de um lado para o outro na sala de tratamentos a dobrar toalhas e a limpar superfícies. O Charlie estava enrolado na cama dele debaixo da janela, mantendo um olho no meu pai.

- Oh.

- Exato. Não sei bem o que fazer.

- Quais as tuas opções?

- Dizer ao Greg e arriscar entrar numa discussão, falar com a Becca e arriscar assustá-la sem necessidade, ou não dizer nada, o que não é uma opção viável.

- Podes falar com o Owen.

- E dizer o quê?

- Sê honesta, diz-lhe que estás preocupada com a Becca por ser jovem e vulnerável e que talvez seja melhor ela viver no campus.

- Ele vai achar que estou a ser esquisita, não vai? E se eu estou a imaginar coisas e ele é apenas um fulano que perdeu as estribeiras uma vez?

- Fala com ele. Ficamos todos mais descansados se o fizeres. O trabalho de detetive não é apenas navegar em águas calmas, sabes. Também tens de lidar com ondas e tempestades.

- Hum - foi tudo o que consegui dizer, sabendo que o meu pai tinha razão, como sempre.

No dia seguinte observei o Greg a preparar-se para ir à construtora, vestindo o seu único fato e gravata.

- Sabes que é um trabalho numa construtora e não num banco,

certo? Não é uma entrevista formal, ele apenas quer conversar contigo para explicar o que se pretende e ter a certeza que é mesmo isto que queres.

- Quero dar boa impressão.

- Bem, se eu te entrevistasse não teria dúvidas. Na realidade, não me tinha apercebido que tinha casado com um animal tão lindo. Devias descartar essas t-shirts velhas mais vezes.

- O que achas que ele vai perguntar?

- Se consegues dobrar-te e levantar coisas, levantar-te cedo, fazer chá e essas coisas.

- Não brinques, estamos a falar do meu futuro. Do nosso futuro.

- Ah, sim, e da minha casa com duas casas de banho. Vai e sê a pessoa maravilhosa que és e vais conseguir.

- Fala a rapariga que nunca foi a uma entrevista na sua vida.

- Alguns de nós nascem sortudos.

Não lhe disse "eu disse-te" quando regressou, sorrindo abertamente como se tivesse ganho o totobola.

- Fantástico! Ok, vou começar a escolher os ladrilhos da casa de banho, pode ser? A sério, estou muito orgulhosa de ti, e o Feijão também. Dá-me a tua mão para o sentires a mexer. É como borboletas a tentarem sair da gaiola, mas em breve será mais como um futebolista a chutar para golo provavelmente.

Peguei-lhe na mão e coloquei-a em cima da minha barriga, mas assim que o fiz tudo ficou quieto e silencioso lá dentro.

- Típico. Tenho a certeza que o Feijão se está a habituar a fazer a sesta da tarde, o que me parece perfeito. Quando começas o novo emprego, então?

- Disse ao Jim e ao Nick que trabalhava com eles mais um mês. É justo, não os quero deixar na mão, mas o Jim disse que já está de olho num aprendiz e, portanto, não devem sentir a minha falta por muito tempo.

- Quanto tempo vais levar a aprender a erguer uma parede? Estou a pensar num projetozinho no jardim, para começares.

- Dá-nos uma oportunidade. - Olhou para a minha barriga de grávida. - Feijão, a tua mãe é uma esclavagista. O meu conselho para ti é que fiques aí dentro. É a única forma de teres paz.

Não quis deixar passar demasiado tempo até ir falar com o Owen. Por aquilo que sabia, a Becca ainda não tinha dito nada ao Greg e aos pais sobre a casa partilhada, portanto, quanto mais cedo eu interviesse melhor. Decidi passar pela casa dos Mowbray antes do Greg começar a trabalhar para eles. A casa não ficava perto da construtora, mas não quis correr riscos.

Fui numa quinta-feira à tarde, saindo da casa do meu pai um pouco mais cedo que o habitual. Havia uma forte probabilidade do Owen não estar, de talvez até já ter regressado a Brighton. O que precisava era de um talismã, um tipo de amuleto de boa sorte.

Quando lá cheguei, a Sr.ª Mowbray estava no jardim da frente.

- Viva – disse. - Retirar as ervas daninhas é um trabalho que não tem fim, não é?

Ela estava de joelhos por trás da vedação e, olhando para cima, pôs-se de pé muito devagar.

- Janie - disse, num tom que não era nada acolhedor. Notei uma clara diferença da mulher simpática que me tinha obrigado a comer tarteletes com doce na última vez que tinha ali estado.

- O que quer? - perguntou ela.

- Er, queria saber se o Owen está. Vim para conversar um pouco, mas se não é uma boa altura...

- Depende.

- Lamento, não percebo o que quer dizer.

- Vai perturbá-lo novamente?

- Perturbá-lo?

- Ele estava muito perturbado quando voltou da sua casa no outro dia. Entrou e foi diretamente para a cama, nem sequer quis uma bebida quente.

- Ele disse o que tinha acontecido que o tivesse perturbado?

- Não quis falar comigo. E nem vale a pena o pai dele tentar arrancar-lhe alguma coisa porque os dois estão de candeias às avessas há anos. O pai nunca lhe perdoou o não ter ido trabalhar para a empresa familiar. Eu disse ao Owen que não o culpo, nem por um minuto.

- Não o culpa?

- Bem, ele tem um cérebro, não tem? Mais vale usá-lo em vez de andar na rua com todo o tipo de clima. É um trabalho fisicamente árduo, sabe. Oh, não faz mal enquanto se é jovem, mas passados uns anos... Bem, o Sr. Mowbray quase nem se consegue dobrar para atar os sapatos às vezes.

Passou-me pela cabeça uma imagem do Greg daqui a uns anos deitado na sala de fisioterapia do meu pai. Não foi um pensamento agradável.

- Lamento, Sr.ª Mowbray, mas tenho a certeza de que não disse nada que perturbasse o seu filho. Na realidade, recordo-me que disse muito pouco. Ele foi a minha casa para me dizer o quanto gostava da minha amiga Zara. Talvez ter falado sobre ela tenha trazido algumas memórias à superfície?

- Essa rapariga só tem trazido problemas, desde o início.

- A sério? Como assim?

- Ela conseguia-o perturbar facilmente. Primeiro, meteu-o em todo o tipo de protestos e sei lá que mais e depois disse-lhe que já não queria ser namorada dele. Ficou destroçado, sabe? Pensei que nunca recuperaria. Não admito que o nome dela seja pronunciado nesta casa e não me importo de dizer que estou contente por ela ter desaparecido. Já foi tarde, é o que eu acho.

Fiquei espantada com a veemência dela. Parecia que o Owen tinha herdado o temperamento da mãe.

- Vou ver se ele quer falar consigo - disse ela sem esconder o tom relutante na voz. - Espere aqui. Não diga o nome daquela rapariga, ou terá de se ver comigo.

Senti-me devidamente advertida e estava desesperadamente a pensar como fazer a conversa sem alienar toda a família Mowbray. Se existisse o mínimo risco de pôr em causa as perspetivas de emprego do Greg, seria melhor ir-me embora nesse instante.

Vagueei pelo jardim, admirando as rosas que trepavam descontroladamente pela vedação e pelo alpendre. Pus-me a imaginar como seria ser uma mãe jardineira e cozinheira com várias criancinhas a puxarem pelo avental. Mas a imagem passou logo assim que tive em conta as noites sem dormir e os dias muito ocupados, sem tempo para me sentar a ler um bom livro ou estar num banho de imersão sem interrupções.

Ouvi passos no caminho de gravilha e o Owen apareceu à minha frente.

- Estavas embrenhada nos teus pensamentos - disse ele.

- Estava apenas a admirar o trabalho da tua mãe. É uma jardineira formidável.

- A minha mãe disse-me que querias falar comigo. Não tenho mais nada para dizer sobre a Zara, disse-te tudo o que sabia.

Evitava olhar-me nos olhos enquanto falava e tinha ambas as mãos dentro dos bolsos. Seria culpado? Se era culpado, então o que teria feito e porquê?

- Conheces a irmã do Greg, a Becca?

- Não, não me parece.

- É que ela disse-me que a tinhas convidado para alugar um quarto na tua casa partilhada em Brighton.

- Oh, certo, não, não conheço a Becca, mas ela deve ser a amiga da Mel. A Mel é afilhada da minha mãe. Foi ideia da minha mãe, na verdade. Ela disse à Mel que havia um quarto para outra rapariga e suponho que a Mel tenha falado com a Becca. A minha mãe não gosta que eu viva sozinho, fica preocupada.

- O que se passa é que os pais da Becca preferiam que ela vivesse no campus. Ela é bastante tímida, sabes, e, por isso, os pais ficariam contentes se ela ficasse a viver mais perto da universidade. No local, digamos assim. Sem necessidade de se deslocar.

Apercebi-me que estava a falar sem cessar e que soava pouco convincente.

- Pais, ei? - acrescentei.

- A minha casa não é longe da universidade e vai lá estar a Mel. Pensei que assim fosse melhor...

- Estão apenas a ser demasiado protetores, mas que podemos fazer?... É a primeira vez que ela vai viver longe de casa.

- Certo. Então, porque é que ela não disse nada à Melanie, ou à minha mãe, já agora?

- Sente-se constrangida, não quer desiludir ninguém.

- Bem, não há problema. Tenho a certeza de que a Mel tem outras amigas.

- Obrigada pela compreensão - disse eu.

Ele encolheu os ombros e virou-se para entrar em casa.

- Vou andando, então - disse eu.

- Há novidades na procura pela Zara? - disse sem se virar. - Pensei que fosse por isso que estivesses aqui. Penso nela todos os dias. A única coisa positiva de tudo isto é que ela se livrou do Joel.

- Não tenho a certeza que ela visse isso da mesma forma.

- Acredita, ele não era bom para ela - ripostou, pegando num dos grandes botões de rosa ao lado da porta de entrada e esmagando-o com mão. - Algumas coisas não são o que parecem ser à primeira vista. Por exemplo, esta rosa. As pétalas são delicadas, mas os espinhos picam-te até sair sangue.

CAPÍTULO 18

- QUEM? ESSA É a questão. Para quê? Ah, se eu soubesse!
"A primeira investigação de Poirot" - Agatha Christie [edição Livros do Brasil, tradução de Fernanda Pinto Rodrigues, N.T.]

Depois da minha conversa com a Gabrielle tinha um novo motivo para ver as notícias. Ela tinha-me dito algumas coisas sobre a vida da Zara, principalmente durante os anos em que tínhamos perdido o contacto. Havia a possibilidade de, ao explorar os interesses da Zara durante esses anos, poder vir a encontrar um grupo de amigos até então desconhecido, pessoas que podiam saber para onde teria ido e onde estava a viver.

Nunca me tinha interessado em saber o que se passava no mundo. O meu pai interessava-se por política e atualidade e muitas vezes mandava-me calar quando eu continuava a falar durante as notícias transmitidas pela rádio.

- Se não sabes o que está a acontecer à tua volta, princesa, não podes ter uma opinião - dizia-me frequentemente.

Continuava a duvidar sobre o valor de ter uma opinião pois podia ver que isso nos podia meter em sarilhos. O meu problema é que normalmente sou persuadida por ambos os lados de uma discussão, portanto, não me é complicado não tomar uma posição. Porquê ficar chateado sobre coisas que não podemos mudar? Haveria sempre inequalidade, pessoas que preferiam a guerra à paz, pessoas que teriam mais dinheiro do que aquilo que poderiam gastar durante as suas vidas e outros que mal conseguiram ter dinheiro para comer. De vez em quando punha um cêntimo na caixa de uma instituição de caridade e continuava o meu caminho sem pensar muito sobre o assunto.

Agora, tinha um propósito diferente. Estava concentrada na Zara e achava que me ajudaria a ver as coisas sob a sua perspetiva, tentar perceber aquilo em que acreditava. Todas as noites me sentava em silêncio a ver as reportagens na televisão sobre as várias atrocidades que aconteciam no mundo. No início, o Greg comentou que nunca me tinha visto tão calada, mas assim que o convenci que me estava a preparar para as responsabilidade maternais ele ficou contente.

- Quando o Feijão começar a fazer perguntas quero ter respostas para lhe dar, tal como o meu pai sempre teve. Não é bom se não souber o que se passa no mundo. Preciso de pensar no futuro do nosso filho - disse eu e até acreditava naquilo que dizia.

Mas as notícias eram todas muito deprimentes. Tinha havido mais motins raciais na América e agora as tropas britânicas estavam a tentar manter a paz na Irlanda do Norte. Tinha sido um verão de amor, com jovens em Woodstock a cantarem pela paz e pelo amor, e mesmo assim só havia morte e destruição em todo o lado.

Além de perceber melhor os interesses e as preocupações da Zara, tinha esperança de conseguir saber mais sobre os pais dela. Ocorreu-me de repente que a falta de intimidade entre a Zara e os pais poderia ter tido um motivo. Não conseguia acreditar que se tinham simplesmente afastado por falta de interesse. Tanto a Zara como a Gabrielle eram pessoas movidas a paixão e essa característica tinha de vir de um dos pais, ou de ambos. Paixão e desinteresse raramente andam de mão dada.

A Zara tinha-me dito que os pais se tinham mudado para França alguns anos antes. Talvez a Gabrielle ainda mantivesse o contacto com eles, embora não os tivesse mencionado quando falaramos aquando da minha visita. Eu tinha perdido a oportunidade de lhe perguntar isso e não gostava da ideia de lá voltar e ser recebida pelo seu ar indolente e olhar gelado.

Havia outra pessoa que tinha conhecido o Joel e a Zara, embora fosse mais um conhecida do que uma amiga. De repente apercebi-me de que talvez valesse a pena falar com a Petula, a rapariga que trabalhava no estúdio do Joel aos sábados de manhã. Já trabalhava com o Joel quando a Zara se mudara para o apartamento por cima do estúdio.

Desde o funeral do Joel que apenas vira a Petula uma vez. Tinha lá ido a casa para ver a Zara, mas ela não tinha saído do quarto. Durante os primeiros meses depois do acidente, a Zara não falava com ninguém e pouco convivia comigo e com o Greg. Quando a Petula veio visitá-la, fiz chá e conversámos durante algum tempo e depois, quando se foi embora, prometi que lhe transmitia os desejos de melhoras. Agora, estava desesperadamente a tentar recordar-me dessa conversa e se ela tinha dito alguma coisa sobre encontrar um novo emprego. Repreendi-me por ser tão desatenta.

Sem pistas concretas sobre onde poderia estar a trabalhar agora, teria de ir à cidade e procurá-la nos sítios mais prováveis. Passar o sábado de manhã a vaguear por entre lojas e cafés pode ser fantástico para algumas pessoas. Para mim era indiscutível, mas de qualquer maneira não foi grande sacrifício.

Ao fim de cerca de uma hora tive sorte. Fui ao balcão das guloseimas avulso do Woolworth e lá estava ela.

- Viva. És a Petula, não és? Sou a Janie, a amiga da Zara.

No início ficou simplesmente a olhar para mim, mas depois, quando finalmente me reconheceu, sorriu abertamente. O seu massivo cabelo cor de cobre e a pele pálida sem mácula davam-lhe um ar de pureza. Tive a impressão que ficaria surpreendida se lhe dissessem que era bonita e embaraçada se um rapaz a convidasse para sair. Podia estar errada, pois só tinha estado com ela uma mão cheia de vezes. Bem podia ter uma longa fila de admiradores a quem alegremente mantinha a esperança.

Felizmente não havia mais clientes que precisassem de ser atendidos, por isso, achei que podia ter uma conversa com ela.

- Sentes falta do teu antigo trabalho? - perguntei.

- Tive sorte em conseguir este.

- Trabalhaste muito tempo para o Joel?

- Quase um ano, estava a aprender imenso. Era simpático, deixava-me manusear as câmaras e algumas delas eram muito caras.

- Mantiveste o teu interesse pela fotografia?

- Não, o meu pai diz que é um passatempo muito caro que não podemos pagar. Pelo menos não até ser mais velha e ter um emprego como deve ser.

- O Joel era um bom patrão, então?

- Como disse, era simpático, embora... - ela parou de falar e corou, afastando-se de mim quando viu um cliente a aproximar-se.

Vagueei por ali, divertindo-me a encher um saco de papel com atacadores de alcaçuz e discos voadores de limonada, lembranças felizes dos tempos da escola e da mesada.

- Estavas a dizer?

Assim que o cliente pagou e se foi embora, entreguei o meu saco à Petula.

- Às vezes sentia-me desconfortável quando ele se tornava demasiado amigável - disse ela.

- O que queres dizer?

- Bem, ao início senti-me lisonjeada, porque ele era mais velho, mas depois passava o tempo a agarrar-me. Brincava comigo dizendo que só me dava o ordenado se lhe desse um beijo.

- Ele tentou beijar-te?

- E depois quando a Zara se mudou para lá, pensei que fosse parar, mas continuava a dizer que era apenas um jogo. Só para nos divertirmos, desde que não fôssemos apanhados, dizia. Mostrou-me a sala escura e pensei que era uma boa oportunidade para aprender, mas depois, bem...

- Bolas, Petula, falaste nisso a alguém? Disseste ao teu pai? Sabes que o que o Joel estava a fazer era errado, tinhas apenas 15 anos, ele nunca deveria ter-se aproveitado de ti dessa maneira.

- Por favor, não diga nada a ninguém, não lhe devia ter contado. A culpa foi minha, na verdade, ele provavelmente sabia que o achava giro. Senti-me lisonjeada por alguém como ele se interessar por mim.

- És uma rapariga bonita e o Joel devia ter-se comportado. Aproveitou-se de si da pior maneira possível. Devias poder escolher quem beijas e quem deixas beijar-te, mesmo em relação a rapazes da tua idade. Achas que a Zara sabia?

- Não, tenho a certeza que não sabia. Embora parecesse que ele gostava do perigo porque às vezes ele esperava que ela entrasse na loja para me chamar às traseiras com uma desculpa qualquer.

Não quis saber mais nada. As imagens que as palavras da Petula tinham criado na minha mente eram terríveis. O que ela me disse punha Joel sob uma nova luz que era decididamente sombria e desagradável. Precisava de falar com o meu pai.

A rotina matinal do meu pai aos sábados consistia num passeio em passo rápido com o Charlie, seguido de pequeno-almoço e umas horas a ouvir a rádio. A BBC passava alguns programas que ele gostava. Ria-se com alguns, como com a série cómica *"The Navy Lark"*, e ouvia atentamente outros, como o noticiário do fim de semana.

Cheguei a casa dele a meio da manhã. O Greg tinha prometido que iria passar a manhã a pensar sobre como acabar com as correntes de ar das janelas da cozinha, porque a barulheira do vento e as fugas de ar estavam a tornar-se num problema sério. Duvidava que os pensamentos levassem a uma ação imediata, mas pelo menos era um princípio.

- Olá, sou eu - gritei quando entrei pela porta da frente.

O Charlie veio cumprimentar-me e depois de lhe ter dado festinhas suficientes seguiu-o até à cozinha onde o meu pai estava com uma chávena de chá na mão a ouvir a rádio.

- Olá, querida, é bom ouvir a tua voz. Chá? Ou o teu estranho preparo de limão? A chaleira acabou de ferver a água. Senta-te por um minuto. Quero ouvir o fim do programa, sobre as manifestações na América. É tão triste, todos aqueles jovens a morrer e parece que não há fim para aquilo.

Preparei a minha bebida e sentei-me em silêncio a ouvir o resto do programa. Pela primeira vez tentei prestar atenção aos factos e aos argumentos a favor e contra a guerra do Vietname. Era uma guerra que se passava tão longe que nunca significara nada para mim. Nem sequer sabia onde ficava o Vietname.

- É exatamente sobre isso que quero falar contigo - disse eu assim que tive toda a atenção dele.

- Sobre a guerra? Nunca te interessaste antes. O que te fez mudar de ideias?

Contei-lhe da minha conversa com a Gabrielle.

- A Zara gostava de defender causas, talvez tenha transformado o seu sofrimento em algo positivo. Talvez esteja por aí a tentar fazer a diferença, a fazer ouvir a sua voz.

O meu pai ficou calado e com ar pensativo.

- Não pensas que ela se juntou a um culto, pois não? Ouvi falar de jovens que foram persuadidos para se juntar a um grupo e depois faziam-lhes uma lavagem cerebral, incentivando-os a fazer coisas perigosas e fora da lei.

- Queres dizer, como uma comuna? Isso não é mais uma coisa americana? Não consigo imaginar a Zara a fazer coisas ilegais, ela tem uma alma tão delicada...

- Dizes que ela participou em manifestações, foi o que a irmã dela te contou? Aquele rapaz, o Owen, também mencionou algo sobre isso, não foi?

- Sim, mas manifestações pacíficas, tanto quanto pude perceber. Se estava a protestar contra a guerra, devia acreditar na paz, não é? Podes ter razão, porém, ela pode ter-se juntado a um grupo religioso de alguma espécie. Talvez o seu estado de espírito tenha deixado o caminho aberto para esse tipo de influências...

- Dirias que ela tem uma personalidade fraca, por aquilo que sabes dela? Achas que ela poderia ser facilmente levada?

- Não, pelo contrário. Era delicada, mas forte, se isso faz sentido. Tenho a certeza de que não deixaria ninguém obrigá-la a fazer algo que ela não achasse certo, em que não acreditasse. Mas vejo agora que ela estava tão apaixonada pelo Joel que não conseguia ver como ele era na verdade.

- Sabes o que dizem sobre o amor.

- Talvez ela tivesse esperança que ele usasse as suas competências fotográficas para a apoiar nas suas causas, uma espécie de reportagem honesta. Na realidade, porém, acho que o Joel apenas cobiçava caras bonitas, fosse através das lentes ou de outra maneira.

- Bem, não conheço o amor, mas preocupo-me contigo. Dentro de uns meses vais ser mãe pela primeira vez. Não te devias concentrar nisso em vez de andares atrás de uma amiga caprichosa? Talvez haja coisas na vida da Zara que nunca vamos saber ou entender e tu vais ter que simplesmente aceitar isso.

- Pai, estou bem e o bebé também. Já é suficientemente mau o Greg andar a tentar enrolar-me em algodão fofo, não preciso que faças o mesmo. Sempre me ensinaste a seguir os meus instintos e os meus instintos neste momento dizem-me que a Zara está algures a precisar da minha ajuda. Vou ter cuidado, mas não me peças para desistir, ainda não.

- O Poirot assumiu o comando do caso? - perguntou o meu pai.

- *Ordenaremos os factos, arrumá-los-emos muito bem arrumadinhos nos seus lugares próprios. Estudá-los-emos e rejeitaremos os que não interessam. Os outros, sem importância... puf! ... prescindiremos deles.* Se fosse assim tão fácil!...

- Um passo de cada vez.

CAPÍTULO 19

- Devo confessar que as conclusões que, pessoalmente, tinha tirado dessas poucas palavras rabiscadas estavam inteiramente erradas.

- Dá excessiva rédea solta à imaginação - afirmou, a sorrir. - A imaginação é uma boa serva e uma má ama. A explicação mais simples é sempre a mais provável.

"A primeira investigação de Poirot" - Agatha Christie [edição Livros do Brasil, tradução de Fernanda Pinto Rodrigues, N.T.]

A biblioteca itinerante estava calma, como era típico das segundas-feiras de manhã. Recordei-me do que a Petula me tinha dito e pensei novamente no Joel. O meu pai tinha-me aconselhado a voltar ao início, por isso, a próxima coisa a fazer era voltar ao sítio onde o Joel morrera. Planeava apagar todas as ideias pré-concebidas da minha mente e vê-lo com novos olhos.

O Fortune Park estende-se por três quilómetros com estradas em ambos os lados: a oeste fica a Upper Park Road e a leste fica a Lower Park Road. O parque é dividido em três áreas distintas devido a três pequenas estradas que se cruzam no seu interior. A primeira área, a mais próxima do centro da cidade, está cheia de divertimentos para crianças e adultos, com um lago onde se pode andar de barco e um parque infantil que inclui baloiços e carrossel. Os caminhos estão ladeados por canteiros de lindas flores, prontos a serem admirados por famílias a passear por ali. Existem muitos bancos e áreas arrelvadas, onde eu e o meu pai costumávamos jogar à bola antes do acidente dele. A minha mãe nunca vinha connosco.

- Vão vocês os dois - dizia ela. - Assim tenho oportunidade de dar uma boa limpeza à casa.

Era como se não pudesse esperar para limpar todos os nossos vestígios e ficar com a casa só para ela por algumas horas.

A segunda área do parque tem um court de ténis e a terceira área é um bosque, com trilhos a serpentear por entre as árvores. Esta última era a minha preferida. Aqui podíamos ver esquilos a trepar pelos troncos das árvores e coelhos a correrem para as suas tocas. Quando o meu pai saiu do hospital pela primeira vez, ainda em recuperação, convenci a Tia Jessica a levar-nos lá. Ela empurrava o meu pai na cadeira de rodas que o hospital nos tinha emprestado enquanto eu corria ao lado deles, gritando de alegria cada vez que via o rabo de um animal a desaparecer pelos arbustos ou uma andorinha a voar por entre os ramos. O meu pai fazia-me perguntas para que eu descrevesse as árvores e a forma das folhas, e foi durante esses passeios que aprendi a observar.

- Não deixes escapar nada, Janie - dizia ele. - Examina tudo com atenção e começarás a ver tudo de forma diferente. Não tomes nada como certo. Repara em todas as tonalidades de verde e de castanho. Lembra-te delas porque na próxima vez que viermos aqui estarão diferentes.

Foi um passeio bastante longo e um grande esforço para a Tia Jessica, por isso, só o fizemos uma vez com o meu pai. Nas duas vezes seguintes, deixámos o meu pai em casa e fomos de autocarro. No regresso, ele fez-me um interrogatório intensivo.

- Descreve exatamente o que viste. Desenha uma imagem com as tuas palavras.

Por vezes posso ser impetuosa e confusa, mas se a palavra "observadora" me servir para descrever, então será bem empregue.

Saí do autocarro 76 e caminhei pela Lower Park Road, virando à esquerda pela Cromwell Avenue, que foi onde aconteceu o acidente.

Ao fundo da avenida, estavam três carros estacionados perto uns dos outros. Aqui não havia casas porque apenas servia para cortar a segunda e a terceira áreas do parque. Supus que os proprietários dos carros tinham ido visitar amigos nas redondezas e achado que aquele era um bom sítio para estacionar. Tinham acabado de pintar linhas duplas amarelas na maior parte da Upper e Lower Park Roads, portanto, se não houvesse uma faixa de rodagem livre ficava-se preso atrás dos outros carros.

O acidente do Joel tinha acontecido num dia de abril ao final da tarde. Deveria estar quase a anoitecer. A polícia tinha presumido que o condutor que atropelou o Joel não o tinha visto quando ele tinha atravessado a estrada a correr de uma área do parque para a outra. Não conseguíamos perceber porque é que estaria a correr àquela hora do dia. Tinha começado a correr uns meses antes, mas normalmente corria logo de manhã ou aos fins de semana. Segundo a Zara, ele estava sempre a incentivá-la para ir com ele, mas ela era a última pessoa capaz de fazer isso. Preferia deambular pela vida, pelo menos até ao dia 10 de abril de 1968.

Puxei a gola do casaco para cima e virei costas ao vento que se tinha levantado como se se quisesse vingar. O Greg teria rido de mim ao ver-me toda encasacada a meio de agosto, mas estava habituada a que ele brincasse comigo. A parte mais engenhosa do facto de estarmos em lados opostos da escala de temperatura era encontrar um consenso satisfatório. O maior benefício era que teria sempre as costas quentes dele para aquecer os meus pés frios.

Planeava refazer os passos do Joel até onde os conhecia. Caminhei pela entrada do parque, delineada por arbustos cuidadosamente cortados. Não pretendia aventurar-me muito para dentro, portanto, fiquei ali durante uns instantes a absorver o ambiente à volta. Mesmo ao lado da entrada do parque, estava um candeeiro que teria iluminado uma parte razoável do pavimento e a parte da estrada que o Joel tinha pisado. O corpo tinha sido encontrado caído entre o pavimento e a estrada. Olhando agora para o local do acidente, apercebi-me de que, quando ele pisou a Cromwell Avenue, estaria sob a luz do candeeiro. Partindo do princípio que o candeeiro estava a funcionar, ele estaria visível, apesar de vestir roupa preta. Recordei-me quando a polícia fora lá a casa falar com a Zara para rever tudo outra vez. Um dos agentes comentara que o facto de o Joel ter vestido roupas pouco visíveis tinha sido infeliz, como se a culpa fosse dele. Lembro-me de ter ficado zangada em nome da Zara.

- O condutor tinha faróis, não tinha? Devia tê-lo visto.

O Greg pedira-me para me acalmar quando levantei a voz. Se tivesse tido oportunidade, teria gritado. Esse doido tinha atropelado o coitado do Joel e nem sequer tinha parado.

- Teria sentido o corpo a bater no carro! - gritara para o agente da polícia.

Nessa altura já estava no limiar do histerismo e o Joel nem sequer era meu namorado. A Zara simplesmente ficara sentada em silêncio. Era como se tivesse perdido toda a noção do tempo e do espaço. Não tenho a certeza se ouviu toda a informação que o agente lhe deu. Mesmo quando a tentei abraçar, para a confortar, ela manteve-se rígida, com os braços pendidos ao lado.

- Está em choque - dissera o agente da polícia. - É expectável.

Estar aqui outra vez no local de tamanho trauma, trouxe-me à memória todas essas emoções. Lembrei-me das palavras do meu pai: *mantém-te concentrada*. Ativei todos os meus sentidos à entrada do parque. Senti o cheiro de um dos caixotes de lixo ali perto que estava a transbordar. Passei a mão pelos espigões afiados dos beberis que estavam ao lado dos arbustos cortados. Imaginei como teria parecido aquele fim de tarde, com a cor a desparecer e tudo a tornar-se cinzento e preto.

Imaginei-me como sendo o Joel, a correr pelo caminho, talvez concentrado na cronometragem e na respiração. Talvez tivesse tido uma cãibra e parado por um momento para a aliviar e depois, querendo recuperar o tempo perdido, tenha provavelmente saído disparado pela entrada do parque. Fora então que, ao passar do pavimento para a estrada, o carro viera da Lower Park Road e fora contra ele.

Fiquei ali parada a olhar novamente para o percurso provável do carro. O meu coração começou a bater descontroladamente e precisei de respirar fundo para voltar a acalmar-me, mesmo na altura em que os soluços começaram.

Porque é que ninguém tinha visto isto antes e percebido a absurdidade de tudo? Se um carro virasse para a esquerda, da Lower Park Road para a Cromwell Avenue, teria seguido pela faixa da esquerda. Mas quando o jovem agente da polícia tinha encontrado o Joel nas primeiras horas da manhã, o corpo estava deitado entre a estrada e o pavimento do outro lado da estrada. Não batia certo.

Não teria sido possível o carro atropelá-lo a não ser que o Joel viesse a correr pela parte baixa do parque. Mas isso significava que o corpo estaria na outra berma. A única alternativa era que o carro tivesse vindo da direção oposta, pela Cromwell Avenue e a entrar na Lower Park Road. Se tivesse sido esse o caso, então o condutor teria tido tempo para o ver sob a luz dos faróis e do candeeiro e o Joel teria reparado que vinha um carro na sua direção e parado de correr ou saído da frente do caminho.

Tirei o caderno da mala, fiz um desenho tosco do local do acidente e escrevinhei algumas notas. Não tinha dúvidas de que me lembraria de tudo aquilo, mas quis ser minuciosa e provar para mim mesma, e para o meu pai, que não era apenas um Gémeos distraído.

Durante a viagem de regresso a casa, revi as minhas notas no autocarro. Talvez a polícia se tivesse enganado ao explicar o acontecimento à Zara, embora isso parecesse improvável. Os polícias tinham de ser rigorosos, era o trabalho deles. Teriam feito um registo detalhado de cada aspeto do incidente. Não havia testemunhas, por isso é que o Joel só fora encontrado nas primeiras horas da manhã seguinte. Teria o Joel morrido imediatamente ou poderia ter sido salvo caso alguém tivesse estado lá para chamar uma ambulância?

Quando cheguei a casa não disse ao Greg onde tinha ido. Deixei-o pensar que tinha ido a casa do meu pai para o ajudar com a papelada. Sabia o que o Greg diria se soubesse a verdade.

- Tens de pensar no Feijãozinho - estava-me sempre a dizer. Às vezes parecia que o Feijão era mais importante para ele do que eu e ainda nem sequer tinha nascido.

Tive uma insónia, a rever vezes sem conta a cena na minha cabeça. Fiquei agradecida quando a manhã chegou. Levantei-me, tomei banho e tomei o pequeno-almoço antes do Greg aparecer com os olhos desfocados.

- Credo, Janie, levantaste-te cedo. Estás a preparar-te para as as refeições matinais? Dizem que o corpo se prepara para as noites sem dormir, pelo menos é o que o Fred me diz. A mulher dele teve quatro filhos e o quinto vem a caminho.

O que estava a ser dito nas entrelinhas daquele cumprimento matinal não me passou despercebido. Um Feijãozinho era suficiente para mim e claramente eu não tinha intenções de ficar em casa a tomar conta dos filhos. Tinha outros planos, mas aquela não era a altura certa para falar deles.

- Prometi ao meu pai que ia lá cedo, ele precisa de ajuda com um paciente.

Peguei na mala antes que ele perguntasse fosse o que fosse e gritei adeus ao sair pela porta da rua.

Quando cheguei a casa do meu pai ele ainda andava no seu passeio matinal com o Charlie. Tinha a chave e, portanto, entrei em casa. Estava mesmo a tirar as canecas para as nossas bebidas quentes quando o ouvi entrar pela porta das traseiras.

- A chaleira está ao lume! - gritei.

- 'Dia - foi a resposta do meu pai enquanto o Charlie encostava o nariz húmido na minha perna. Felizmente, foram as minhas botas de cano alto as vítimas do seu nariz húmido, mas depois o Charlie decidiu sacudir o corpo todo, dando-me, a mim e ao meu pai, um banho rápido.

- Obrigada, amigo - disse eu e fiz-lhe uma festa na cabeça.

- Cama! - disse o meu pai e o Charlie foi-se embora obedientemente enquanto nos sentávamos a beber.

Tirei o caderno da mala e informei o meu pai sobre as minhas descobertas. Ele ouviu sem interromper.

Quando terminei, perguntou:

- O que vais fazer a seguir?

- Não faço ideia, tinha esperança que me dissesses. Tu é que foste polícia, lembras-te?

- Sim, mas desta vez a bola está no teu campo. Gostas de ser investigadora, então investiga. Começa por determinar todas as razões porque o cenário pode não ser como pensávamos.

- A polícia enganou-se?

- Bem, é uma possibilidade.

- Improvável?

- Gosto de pensar que sim.

- Se o carro tivesse vindo na direção do Joel pelo outro lado da estrada, o condutor tinha tido tempo de o ver, teria tido tempo de abrandar e o Joel teria tido tempo de sair da frente do carro.

- Ok, então porque é que o carro não abrandou?

- O condutor estava distraído? Os travões falharam?

- Sim, dois cenários realistas. Que mais?

Pousei a caneca e olhei para o rosto do meu pai, tentando ler-lhe a expressão. Sabia o que ele estava a pensar, mas não conseguia dizer as palavras em voz alta.

- Não foi um acidente. O condutor tinha intenção de o atropelar - disse eu.

Ele anuiu e segurou-me a mão.

- Penso que temos de considerar essa possibilidade como forte.

CAPÍTULO 20

- Perdoe, minha senhora, recordar coisas desagradáveis, mas tenho uma ideiazinha - as «ideiazinhas» de Poirot estavam a tornar-se proverbiais.
"A primeira investigação de Poirot" - Agatha Christie [edição Livros do Brasil, tradução de Fernanda Pinto Rodrigues, N.T.]

Tinha conseguido cumprir a primeira parte da minha tentativa de proteger a irmãzinha do Greg de uma ameça que talvez apenas existisse na minha imaginação. Agora só precisava de encontrar a melhor forma de dizer à Becca que havia uma alteração dos planos, sem a alertar em relação ao problema.

Havia a possibilidade de me ter metido num buraco sem motivo, embora a imagem do Owen a esmagar cruelmente a flor na sua mão me tenha tornado mais determinada a concluir o meu plano. Havia um lado negro no Owen e não queria que a Becca descobrisse nada sobre isso.

- Vamos convidar os teus pais para jantar este fim de semana para celebrar o teu novo emprego - disse ao Greg nessa noite. - Poupo-lhes o trabalho de terem de organizar outro jantar de família.

- Pensava que íamos sair, aproveitar a nossa liberdade antes do Feijão nascer.

- Parece-me bem, mas há séculos que não convidamos a tua família para vir cá a casa. Podíamos convidar também a Becca e conversar com ela sobre a universidade.

- A Becca não vai querer passar o sábado à noite connosco, vai sair para ir dançar com as amigas.

- Bem, vamos perguntar. Ela pode sempre dizer que não.

Fui a casa dos Juke e felizmente encontrei-os todos em casa. Continuava a sentir-me desconfortável sempre que chamava os pais do Greg pelo primeiro nome, embora chamá-los como Sr. e Sr.ª Juke fosse estranho. Não me conseguia habituar à ideia de que eu também era a Sr.ª Juke. Ao abandonar o meu nome de solteira parecia que estava a abandonar o meu pai e secretamente continuava a pensar em mim mesma como Janie Chandler.

- O Greg adoraria se fizermos um jantar de família para celebrar o seu novo emprego.

- Podemos brindar ao nosso futuro neto. Excelente ideia. Quando é? - perguntou a mãe do Greg. - Posso levar uma sobremesa, se quiserem.

- Este sábado à noite?

- Não contes comigo - disse a Becca. - Combinei encontrar-me com a Mel. Vamos ao The Saturn Club, ela conseguiu bilhetes grátis.

- Oh, que pena. O Greg vai ficar desapontado. Ainda esta manhã ele dizia o quanto gostava da tua companhia. - Esperava que um raio não se abatesse sobre mim por dizer tantas mentiras. - Este novo emprego é uma grande mudança para ele. Seria um grande incentivo se pudesses estar lá.

A Becca ficou irritada e desviou os olhos de mim, fazendo questão de examinar as suas unhas pintadas com brilho.

- A Melanie pode ir sem ti desta vez - disse a Nell. - A Janie tem razão, o teu irmão precisa do teu apoio. Vais-te embora em breve e depois não te vamos ver durante meses.

- E que tal apareceres por lá só uma hora ou duas? - disse eu, tentando desesperadamente salvar a situação. - Traz a Melanie também, se quiseres. Comes qualquer coisa, dás um abraço ao teu irmão e depois segues para a discoteca e deixas os velhotes a divertirem-se sozinhos.

Tendo conseguido convencer todos a irem, precisava agora de pensar na próxima parte do plano. Não conhecia a Melanie, portanto, não sabia se seria fácil persuadi-la sobre o que tinha em mente.

Passei o sábado de manhã a fazer compras e a limpar a casa, deixando toda a tarde livre para cozinhar. Não faço ideia como há pessoas que gostam de receber visitas regularmente. O Greg só se ria com os meus suspiros constantes e sentou-se a ver-me a aspirar de um lado para o outro.

- Pelo menos vai para a cozinha e sai-me do caminho - disse-lhe. - Ou então sai mesmo de casa.

Em vez disso, sorriu e levantou os pés enquanto aspirava debaixo deles.

- Se não vais sair, então ajuda. Descasca batatas e cenouras e limpa os copos.

- Vou já sair, não falta muito - disse ele com um sorriso sarcástico na cara.

Deitei-lhe a língua de fora quando ele pegou no casaco e se foi embora. Na verdade, era mais fácil estar sozinha em casa.

Os convidados chegariam às seis da tarde. Ficou tudo pronto uma hora antes e, por isso, tive tempo para um banho de imersão antes de mudar de roupa. O Greg voltou com cerveja e sidra e um ramo de flores.

- Bolas, são para mim?

- Bem, para mim é que não são. Tenho direito a mimar a minha mulher, não tenho? Além disso, mereces um agradecimento. Trabalhaste no duro durante o dia todo e eu não. Mas não te sintas culpada, porque eu trabalho no duro toda a semana enquanto tu lês livros como forma de vida.

- Tem muito cuidado ou o teu jantar pode acabar no lixo juntamente com essas lindas flores.

Abracei-o pela cintura, puxei-o para mim e beijei-o na boca.

- Embora tenhas razão em relação aos livros. E em breve estarei a beber chá o dia todo enquanto canto canções infantis. E tu estarás a carregar caixas de tijolos.

- Er, provavelmente, embora ainda tenha de aprender como isso se faz. Deve ser uma das minhas primeiras lições. Gostei do beijo, podes repetir?

- Não, Sr. Juke, não posso porque tenho de me ir preparar para receber os nossos convidados.

Os Jukes chegaram a horas e a Melanie e a Becca foram diretas para a cozinha enquanto o Greg preparava bebidas para os pais.

- Se quiserem, podem ajudar - disse para as duas raparigas. - Não estou habituada a cozinhar para tanta gente. Becca, podes ver se o assado precisa de ser regado? Usa as pegas pois o fogão aquece bastante.

Melanie estava encostada à parede e eu dei-lhe uma toalha.

- Provavelmente é má educação pedir ajuda aos meus convidados, mas não percebo nada de protocolo. Como conseguiste bilhetes grátis para The Saturn Club? Foi muita sorte.

- Ya, um amigo de um amigo conhece um dos porteiros. Alguma vez foi lá?

- Nós vamos mais ao Aquarius, foi onde conheci o Greg.

- Suponho que não saiam para dançar muitas vezes agora... - disse ela acenando com a cabeça para a minha barriga de grávida.

- Daqui a pouco não podemos, mas fomos há pouco tempo, só para nos lembrarmos que ainda não somos assim tão velhos. Na verdade, encontrámos um conhecido vosso.

- Oh, certo, quem foi então?

- O Owen Mowbray. Penso que a mãe dele é tua madrinha, não é?

Nesta altura, o Greg entrou na cozinha para ver qual era o motivo da demora.

- Os meus pais querem saber se podem fazer alguma coisa para ajudar.

- Não, agradece-lhes. As raparigas estão a ajudar imenso. Terminamos num minuto. Mas não os deixes sozinhos, leva estes amendoins. - Dei-lhe uma tijela cheia de amendoins e tentei disfarçar o facto de o querer fora da cozinha. - Fica aqui e terás de fazer qualquer coisa também.

- Não gosta de cozinhar, é? - perguntou-me a Melanie enquanto eu tirava o tabuleiro do fogão e pensava qual seria a melhor maneira de cortar a carne.

- Digamos que não me sai naturalmente. - Procurei uma faca que cortasse decentemente dentro da gaveta. - Vocês as duas devem estar ansiosas para começar a universidade. Irem juntas é o ideal. Vão fazer o mesmo curso?

- A Mel escolheu opções diferentes das minhas. Ela também vai tirar Francês - disse a Becca.

- O Owen disse-me que estava muito desiludido por não vos poder ajudar com o alojamento. Parece que não vai ficar com a casa por muito mais tempo - disse eu, surpreendendo-me com o quão boa estava a dizer mentiras.

- O que queres dizer? - perguntou Becca com a voz a tremer ligeiramente devido à ansiedade. - Sabias disto, Mel?

- Não, ele não me disse nada. Oh, meu Deus, o que vamos fazer agora? Só temos cerca de um mês antes das aulas começarem!... É mesmo típico dele, sempre achei que ele era um bocado estranho. Eu nem sequer queria ir para aquela estúpida casa partilhada, mas a minha mãe e a Sr.ª Mowbray conhecem-se há anos e quando a minha mãe decide alguma coisa toda a gente tem de seguir o plano dela. Isto é um autêntico pesadelo! O que vamos fazer agora?!

- Ele apenas disse isso de passagem - disse eu, tentando soar razoável e calma. - Fiquei com a sensação que está um pouco constrangido em relação a isso, não vos queria desiludir, mas não conseguia pensar numa forma de vos dizer. Suponho que quando nos viu, a mim e ao Greg, aproveitou a oportunidade.

- Então, e agora?! - perguntou a Becca, visivelmente frustrada.

- Se fosse a vocês, tentava encontrar um alojamento no campus e depois dizia-lhe, sem fazer grande alarido. Se fizerem um escândalo em relação a isso vão aborrecer toda a gente.

As raparigas comeram o primeiro prato, depois pediram licença e foram-se preparar para sair. Enquanto eu comia o assado, que, tinha de admitir, tinha ficado muito bom de acordo com as expectativas de toda a gente, felicitei-me interiormente pelo sucesso. Tinha evitado um potencial desastre e tinha esperança que toda a gente saísse da situação ilesa. Duvidava que a Mel ou a Becca fossem ter uma conversa minuciosa com o Owen sobre as razões de tal acontecimento e, assim que a questão do alojamento ficasse resolvida, tinha a certeza que ambas as famílias ficariam contentes. O Owen certamente não ia ficar contente, mas tinha esperança que a família Mowbray não ficasse muito chateada com a minha interferência. Tornava-se claro que quanto mais me envolvia nesta aventura de detetive amadora, mais tato e diplomacia seriam necessários. A comunidade de Tamarisk Bay era muito pequena. Muitas famílias estavam ligadas por sangue ou por amizade e agora que o Greg planeava trabalhar para os Mowbrays precisava de ter mais cuidado, ou teria de lidar com um marido muito infeliz.

Assim que os Jukes se foram embora, o Greg ajudou-me a levantar a mesa e depois fomos para a sala de estar. Estava tão embrenhada nos meus pensamentos que nem reparei que tinha deixado vários copos sujos no aparador e foi o Greg que os levou para a cozinha.

- Alguma vez tiveste inveja da Becca? - perguntei-lhe.

- Que raio de pergunta é essa?

- É só porque a tua mãe faz tanto alarido por causa dela, por ter entrado na universidade e isso tudo, que me pus a pensar...

- Porque é que teria inveja? A universidade seria um pesadelo para mim. Sabes como sou. Só de pensar em estar fechado numa sala de aula durante horas sem fim... Foi suficientemente mau na escola.

- A tua mãe tem orgulho em ti, sabes disso. Mesmo que não o mostre frequentemente.

- Não estou a perceber onde queres chegar. Acredita, eu e a minha mãe estamos muito bem como estamos. Eu e o meu pai também, a propósito. A Becca está a fazer o que sempre sonhou. Boa sorte para ela.

Pegou no jornal local indicando que aquela conversa tinha terminado.

- Se tivesse uma irmã, queria estar perto dela, sermos amigas - disse eu, puxando os pés dele para fora do caminho de forma a me sentar ao lado dele.

- Por amor de Deus, somos amigos, mas não precisamos de nos ver a cada cinco minutos. A Becca tem os amigos dela e eu tenho-te a ti.

- Eu sei, estava só a pensar na Zara e na Gabrielle. É tão triste que não sejam amigas. Percebo que tu e a Becca gostem de coisas diferentes, mas elas são gémeas. Dou voltas à minha cabeça e isso não faz sentido nenhum.

- Pensas demais.

- Provavelmente. Quando é o próximo jogo de dardos? Queres que vá, para apoio moral?

- Obrigado, mas não. Se vou fazer uma figura ridícula, prefiro não ter público.

Enrolei as pernas no sofá e aconcheguei-me nele. Ele pôs o braço à minha volta e deixou o jornal cair no chão.

- É disso que se trata? - disse, virando-se para olhar para mim.

- Disso o quê?

- Tu e a Zara e a tua ideia fixa de a encontrares. É porque querias ter uma irmã?

Não lhe respondi porque não podia. Não sabia a resposta àquela pergunta.

CAPÍTULO 21

- AGORA NÃO, MON ami, agora não. Preciso de refletir. Reina uma certa desordem no meu cérebro, o que não está bem.

Esteve cerca de dez minutos sentado num silêncio total e perfeitamente imóvel, tirando alguns movimentos expressivos das sobrancelhas, enquanto os seus olhos se tornavam cada vez mais verdes. Por fim, soltou um grande suspiro.

- Pronto, o mau momento já lá vai. Não devemos permitir a confusão, nunca. O caso ainda não está claro, evidentemente que não, pois é muitíssimo complicado.

"A primeira investigação de Poirot" - Agatha Christie [edição Livros do Brasil, tradução de Fernanda Pinto Rodrigues, N.T.]

Tinha de admitir que me sentia um pouco sobrecarregada com tudo o que se estava a passar. O meu pai tinha tido uns dias cheios de pacientes e, portanto, não tivera muito tempo para pensar no meu trabalho de detetive ou para falar comigo sobre os meus progressos... ou a falta deles. Eu mantinha o meu caderno à mão e, nos raros momentos de sossego, olhava para ele para ver se saltava alguma coisa à vista que valesse a pena explorar.

Era o início de mais uma semana de trabalho, mas já me sentia esgotada e, assim que cheguei a casa depois de deixar a biblioteca itinerante no parque de estacionamento, larguei a mala na mesa da cozinha e subi as escadas para tomar um banho de imersão. Tinha pensado todo o dia num longo banho de imersão e em ler qualquer coisa disparatada e leve. Com as bolhas a flutuarem à minha volta, folhei uma revista para ver as fotografias. Ouvi a porta da frente e a voz do Greg a gritar olá e depois o barulho que ele fez na cozinha.

- Estás bem? - gritei-lhe, mas depois ele ligou o rádio e soube que não podia competir com isso, portanto deixei-me descontrair na água quente e comecei a cantarolar.

A música parou a meio de repente e ouvi os passos do Greg a subir as escadas. A porta da casa de banho abriu-se e ele ficou ali a olhar furiosamente para mim com o meu caderno na mão.

- O que raio é isto?! - disse com um ar muito zangado, que já não via há muito tempo.

- O meu caderno - respondi, tentada a mergulhar na água para evitar o que achava vinha a seguir.

- Isto é de doidos! Estás grávida do nosso primeiro filho, conduzes aquela biblioteca itinerante por aí, e ainda trabalhas para o teu pai, e agora começaste sozinha uma campanha para encontrar alguém que mal conhecemos.

- Nós conhecemo-la. Ela viveu connosco durante um ano inteiro.

- Sim, e provavelmente disse 20 palavras em 12 meses.

- Não exageres.

- Estou mesmo chateado contigo. Não te preocupas com o Feijão?

- Não sejas parvo, claro que me preocupo.

- Tu é que estás a ser parva. O teu pai sabe sobre este teu projeto louco?

Não quis envolver o meu pai e, por isso, optei por não responder, embora tivesse ficado a pensar se o Greg ficaria menos zangado se soubesse que o meu pai estava a acompanhar as minhas façanhas. Ele tinha um imenso respeito pelo meu pai e o sentimento era mútuo.

- Não estou a fazer nada perigoso - disse eu. - Só estou a pensar de forma alternativa e a explorar áreas que possam ter escapado à polícia.

- Oh, por favor, não me digas que não partilhaste isto com a polícia.

- Bem, eu....

- Tu sabes que se não lhes disseres alguma coisa podes ser acusada de reteres provas valiosas. Queres que o nosso bebé nasça na prisão?

- Oh, agora estás a ser tonto. Deixa-me sair da banheira enquanto pões a chaleira ao lume e depois podemos continuar esta discussão lá em baixo. A água está a ficar fria.

Foi-se embora para que eu saísse do banho me vestisse, fazendo questão de bater com a porta da casa de banho. Quando cheguei à cozinha, ele estava sentado na mesa agarrando firmemente uma chávena de chá. Notei distintamente a clara ausência da minha bebida.

- Greg, por favor, não vamos discutir. Isto é importante, a polícia já desistiu disto, tens de admitir.

- Eles têm pistas novas, estão a investigar o caso.

- Não, eles têm uma pista nova e trata-se do que o Sr. Peters viu e me contou. Tanto quanto sei, eles não fizeram nada em relação a isso.

- Preciso que me prometas que vais acabar com este disparate. A Zara vai ser encontrada pela polícia ou não. Não é nossa responsabilidade procurá-la.

- Mas ela é minha amiga, nossa amiga!

- E tu és minha mulher.

- Oh, por amor de Deus, estamos na década de 1960, não na de 1860!

A discussão estava a ficar descontrolada e brevemente um de nós, ou os dois, iria dizer algo de que se arrependeria.

- Greg, amo-te e nunca vou fazer nada que ponha em causa a saúde do nosso bebé, prometo.

- Prometes parar de procurar a Zara?

- Não, querido, não posso fazer isso, mas prometo que vou ter cuidado e não vou correr riscos.

Deslizei a minha mão pela mesa na sua direção, mas ele rapidamente se afastou e levantou.

- Vou ao pub, como lá.

- Sim, isso vai ajudar imenso, não vai? Vai e embebeda-te e depois amua por dias sem fim.

Antes de acabar de falar, já ele pegara no casaco e saíra.

Estava deitada quando o Greg regressou tarde nessa noite. Tinha estado a dormir e a acordar, e quando ele se meteu na cama virei-me para ele e abracei-o. Ele virou-me as costas e encostou-se o mais possível à beira da cama. Poucos segundos depois ele já ressonava e eu fiquei sozinha com os meus pensamentos.

Quando o Greg desceu as escadas na manhã seguinte já eu tinha posto a mesa para um pequeno-almoço inglês completo, com esperança que isso o ajudasse a ver o meu lado da história.

- Cheira maravilhosamente - disse ele, levantando a tampa com a qual tinha tapado a frigideira para evitar que o bacon espirrasse para todo o lado.

- 'Dia, marido - disse eu e abracei-o pela cintura. - Estás a ver que o Feijão está literalmente a meter-se no meio de nós e ainda nem sequer nasceu. Senta-te e deixa-me mimar-te desta vez. O que é que o senhor gostaria: café, chá?...

Durante o pequeno-almoço, conversámos sobre coisas insignificantes, cuidadosamente evitando tópicos controversos.

- Eu lavo a loiça - disse o Greg depois de acabarmos de comer. - Eu sei que não queres falar mais sobre isso, e eu também não, mas só para dizer que te amo e que me preocupo contigo, é tudo.

- Eu sei que sim.

- É tudo muito triste, claro que é. Qualquer um podia ver o quanto o Joel e a Zara eram felizes. Não é de admirar que ela se tenha passado da cabeça quando ele morreu.

- Sim, eles eram felizes, não eram?

Estava a começar a duvidar de tudo, mesmo das minha memórias dos últimos meses da vida do Joel.

- Olha aquela manhã em que os vi a correrem juntos, pareciam muito apaixonados.

- A correrem? Quando foi isso?

- Lembras-te quando saí cedo para ir trabalhar na Mansion House? Iam dar uma grande festa e queriam as janelas a brilharem antes do fim de semana. Bem, fui de carro pela Upper Park Road e lá estavam eles, a correrem juntos, ao longo do parque.

- O Joel e a Zara a correrem juntos logo de manhã?...

- Ele estava sempre a tentar convencê-la a correr com ele, não te lembras? Passava o tempo a brincar com ela sobre isso.

- Sim, eu sei, mas ela detestava a ideia. Tenho a certeza de que nunca me contaste isso, ter-me-ia lembrado. Portanto, viste-os a correrem juntos?...

- Bem, não propriamente a correrem, mas estavam os dois com equipamento desportivo. Pelo menos ele tinha os calções e a camisola sem mangas do costume e ela vestia calças de ganga e uma t-shirt, mas quando os vi parecia que tinham parado para tomar fôlego. Porém, havia mais beijoquice e abraços do que respiração, se é que estás a perceber... Bem, de qualquer das formas, pareciam muito felizes e muito apaixonados.

Pensei bastante sobre os comentários do Greg. Podia estar a insinuar que a Zara e o Joel mostravam o amor que tinham um pelo outro de uma maneira diferente de nós os dois, mas isso não me incomodava. Eu e o Greg estávamos bem e, assim que ele parasse de se preocupar com as minhas artimanhas detectivescas, ele concordaria. Não precisávamos de gritar o nosso amor aos quatro ventos, pois era um amor silencioso e, no meu espírito, mais sólido por causa disso.

Os meus pensamentos concentravam-se no facto de nunca ter visto a relação da Zara com o Joel de uma forma muito crítica. Tinham-se conhecido e apaixonado um pelo outro, e ela mudara-se para o apartamento dele. Nas raras vezes em que tínhamos saído os quatro, eles pareciam felizes. Ela apertava firmemente o braço dele sempre que caminhávamos. Pensava que era muito querido a ternura excessiva que ela tinha por ele. Portanto, quando ele morreu, não tinha ficado surpreendida por ela ter ficado despedaçada. Mas agora tinha de ter em conta a relação do Owen com a Zara bem como tudo aquilo que a Petula me tinha contado sobre o comportamento do Joel. Além disso, havia um contraste muito grande entre a Zara namorada dedicada e a Zara que ia às manifestações e tinha opiniões fortes.

Não conseguia deixar de pensar que me estava a escapar alguma coisa. Havia um pensamento persistente no fundo da minha cabeça que não desaparecia. Entretanto, escrevi algumas notas no meu caderno, que felizmente tinha recuperado incólume das mãos do Greg. Fiz uma nota mental para o guardar num lugar mais seguro daí por diante.

As informações que tinha obtido davam-me algum contexto, mas não tinha feito nenhum avanço quanto ao paradeiro da minha amiga. O Sr. Peters confirmara que no dia em que desaparecera ela tinha ido ao cemitério. Portanto, fazia sentido ir ao cemitério para ver se havia alguma pista por lá.

O Joel estava enterrado no cemitério de Santa Marta. Não ficava muito longe da nossa casa e podia ir a pé. Tinha ficado surpreendida por os pais dele não quererem enterrar o seu único filho na Escócia, mas, quanto mais sabia sobre as pessoas, mais me apercebia de que não percebia nada.

A proximidade do cemitério à nossa casa era uma das razões porque achávamos estranho a Zara nunca lá ter ido durante todo o tempo que viveu connosco. Nem uma só visita durante um ano inteiro e depois, no primeiro aniversário da morte do Joel, tinha sido o último sítio onde tinha sido vista. Talvez tivesse lá ido para se despedir ou para lhe dizer que se ia encontrar com ele em breve. Tentei afastar tais pensamentos da minha cabeça. A Zara tinha de estar viva, eu não estava preparada para contemplar a alternativa.

Santa Marta é um sítio pacífico, como todos os cemitérios são, suponho. É um sítio onde os mortos podem descansar em paz e os vivos podem ir para momentos de silêncio e reflexão. Vagueando pelo cemitério, li algumas epígrafes. "Desaparecido mas não esquecido", "O céu tem um novo anjo", "Sempre nos nossos pensamentos". Todas as palavras serviam para ajudar os vivos.

Nunca pensei muito sobre a morte. Nas raras ocasiões em que o assunto calhou em conversa, tive a sensação que a Zara tinha passado algum tempo a procurar um sistema sólido de crenças. Embora a mãe fosse uma devota católica francesa, a Zara dissera-me logo no início da nossa amizade que ela rejeitaria o Catolicismo assim que tivesse idade suficiente para ter a sua própria opinião. Quando ainda estávamos na escola, ela chegou a comentar a hipocrisia das pessoas que iam à missa todos os domingos. Pareceu-me que estava a combater uma espécie de demónio interno que a fazia retrair-se. Nunca consegui compreender se estava relacionado com alguma questão religiosa ou política, ou se estava a tentar encontrar o seu lugar no mundo.

Depois, quando reencontrei a Zara na idade adulta, pude perceber que o interesse pelo George Harrison e o John Lennon iam mais além do que a música. Uma vez vislumbrei a capa de um livrinho que estava a ler antes de ela o guardar dentro da mala e pude ver que tinha a ver com budismo. Agora, queria ter falado com ela sobre o que pensava sobre a vida depois da morte. Talvez me tivesse dado algumas pistas sobre as razões que a levaram a fugir.

Os cemitérios não são dos meus sítios preferidos. No entanto, sempre fiz questão de visitar regularmente a campa do Joel. Apesar de ser bem visto localmente, era improvável que os seus clientes agradecidos lhe prestassem homenagem. E com os pais de regresso à Escócia, não havia mais ninguém. Sempre que lá tinha ido, nunca vira mais nenhumas flores no vaso do que aquelas que eu levara.

Assim, quando cheguei lá, por momentos achei que me tinha enganado. Sempre tinha seguido o caminho de cima, mas hoje decidira fazer o caminho mais longo e ir pelo outro lado. Mas não, não me tinha enganado. Pela primeira vez desde a morte do Joel, outra pessoa tinha visitado a campa. O vaso continha um ramo de crisântemos.

Parei junto à lápide e pensei na Zara, que talvez tivesse ido ali novamente, o que significava que estava por perto. Fiz uma lista mental para tentar adivinhar quem mais poderia ter levado flores. Os pais do Joel tinham voltado para a Escócia e tenho a certeza de que me teriam contactado caso tivessem decidido rumar até ao sul. A Petula tinha ido ao funeral, mas depois do que me contou não me parecia que fosse visitar a campa.

Acabei por anotar o acontecimento com a data no meu caderno e afastei o pensamento da minha mente. Havia a possibilidade de um estranho amável ter flores a mais e ter sentido pena de ver a campa de um jovem parecendo abandonada e sem amor. Olhei à volta e vi um homem com uma gabardina cinzenta a pouca distância. Não parecia estar a dirigir-se a nenhum sítio específico. Parecia que tinha escolhido o cemitério para o seu passeio matinal, o que era estranho.

Desembrulhei as flores do jornal em que estavam envoltas e levei o vaso até à fonte para o encher com água. Passei alguns minutos a rearranjar o bouquet com os crisântemos que já lá estavam e os cravos que tinha levado e depois peguei no vaso e voltei a colocá-lo no suporte ao lado da lápide de mármore. Tinha deixado um pedaço de pano no espaço entre o suporte do vaso e a lápide, que usava para limpar o mármore de vez em quando. Ao puxar do pano, algo caiu no chão. Era um pedaço de cartão, de uma caixa de cereais ou algo assim. Um dos lados tinha desenhos, mas no outro estavam apenas três palavras escritas à mão: *por favor perdoa-me*.

Assim que o homem da gabardina se afastou, pus o cartão no bolso, sentindo-me culpada, mas isto eram provas e seriam mais úteis para mim do que para o coitado do Joel. Quando olhei à volta novamente, o homem tinha desaparecido.

CAPÍTULO 22

HESITEI. PARA SER FRANCO, passara-me duas ou três vezes pela cabeça, naquela manhã, uma ideia que me parecia louca e extravagante. Repudiara-a, por absurda, mas ela persistia.

- Não se pode dizer que seja uma suspeita - murmurei. - É uma coisa tão estúpida!

"A primeira investigação de Poirot" - Agatha Christie [edição Livros do Brasil, tradução de Fernanda Pinto Rodrigues, N.T.]

Quando fui novamente pagar a conta do jornal não esperava que o Sr. Peters se lembrasse da nossa breve conversa. Não podia estar mais errada.

- Ajudou de alguma forma? - perguntou-me quando lhe entreguei uma nota e algumas moedas.

- Desculpe?

- O que lhe disse sobre a sua amiga?

Ou eu tinha sido menos discreta sobre a minha investigação do que pensara, ou o Sr. Peters sabia mais do que me tinha dado a entender.

- Quer dizer, a Zara Carpenter?

- É amiga dela, certo? Deve querer muito encontrá-la. A polícia não parece ter feito grande coisa desde que prestei depoimento.

- Têm os seus próprios métodos, suponho. Mas, sim, quero muito encontrá-la. Como sabia que éramos amigas?

- Oh, ouvimos de tudo quando trabalhamos numa banca de jornais. Talvez a possa ajudar, se quiser.

Havia algo vagamente desagradável no Sr. Peters, e normalmente mante-lo-ia à distância, mas se ele me pudesse ajudar então não iria recusar a oferta.

- Sim, se tiver mais alguma informação...

- Fazemos assim, venha ter comigo aqui à loja amanhã às cinco da tarde. Assim que eu fechar, podemos ir juntos ao cemitério e conto-lhe exatamente o que vi. Pode desencadear alguma ideia, dar-lhe pistas.

Quando cheguei a casa já me tinha arrependido de ter concordado com o encontro, mas concluí que meia hora passada na companhia de uma figura bizarra não seria uma penitência muito grande caso me ajudasse a encontrar a Zara.

Na tarde do dia seguinte, quando cheguei à loja, ele estava à minha espera à porta da loja com ar entusiasmado. Vestia o que parecia ser a sua melhor roupa de domingo, com o cabelo alisado com brilhantina e uma dose excessiva de aftershave, que senti ao me aproximar. Continuava tentada a desistir da ideia.

- Veio, que bom! Bem, daqui é apenas uma pequena caminhada até ao cemitério. Não se importa de ir a pé? - perguntou ele.

Caminhámos num ritmo constante e entrámos no cemitério pelo caminho de cima, o que significava que iríamos pelo longo percurso colina abaixo até à área onde estava a campa do Joel. O cemitério de Santa Marta tinha-se expandido nos últimos anos, o que correspondia à expansão da cidade. A parte de cima, mais perto da capela, era plana, com roseiras e pequenas árvores a delinear os percursos. Depois, havia um declive relativamente íngreme até às novas áreas, que eram mais dispersas. A parte de baixo estava virada para o vale e não tinha nenhuma proteção contra os cortantes ventos de leste, o que a tornava desolada, mesmo nos dias de verão.

- Os cemitérios são sítios fascinantes, não acha? - disse ele enquanto passávamos por uma família que visitava uma das campas.

- Bem, eu....

- Venho aqui sempre que tenho tempo disponível. Há tanto que podemos aprender a partir das lápides!...

- Sim, suponho que sim - ripostei, cada vez mais duvidosa quanto à finalidade da nossa visita.

- Veja aqui, por exemplo, esta senhora morreu a dar à luz. Como pode ver, está aqui a data em que morreu e, mesmo ao lado, está a campa da sua filha, que nasceu exatamente no mesmo dia. Fascinante, não acha?

- Muito triste - disse eu, na esperança de que o Feijão não ouvisse as palavras deste homem estranho.

- É história social, é o que é. Veja esta campa familiar. Se se puser aqui, consegue ler as palavras.

Fez um movimento para me pegar no braço, mas eu afastei-me dele na altura certa, deixando-lhe a mão a acenar sem propósito.

- Três filhos, todos morreram no mesmo ano, provavelmente devido à tuberculose ou mesmo gripe. Em tempos, uma simples constipação podia matar-nos.

- Sim, claro. Sr. Peters, não tenho intenção de o apressar, mas mencionou que tinha mais informações sobre a Zara. É que tenho de regressar para preparar o jantar do meu marido.

- Ah, sim, o seu marido. Bem, é um homem sortudo. Gostava de ter uma mulher amável que me preparasse o jantar.

Já me sentia realmente desconfortável e desejava que não tivesse concordado em ir ao cemitério com ele numa altura em que havia poucas pessoas por ali.

- Podemos ir até à campa do Joel, onde viu a Zara? - perguntei.

Passámos por muitas lápides adornadas com flores frescas e muitas mais cheias de musgo, com um ar triste e sem amor. Deixei-o ir à minha frente e podia ouvi-lo murmurar, mas não conseguia perceber o que dizia.

- Chegámos, foi aqui que a vi.

Tinha parado junto à campa do Joel e virara-se para mim.

- Venha até aqui - disse ele e mais uma vez tentou agarrar-me no braço para me pôr em posição, mas eu mantive-me fora do seu alcance.

- Ok, estou a ver o que quer dizer. Era aqui que ela estava, quando a viu?

- Sim, precisamente aqui.

- E o senhor estava onde?

- Ali, junto à minha família - apontou para umas lápides a cerca de 45 metros de distância, à sombra de uns olmeiros recém plantados.

- E foi durante a tarde?

- Sim, ao final da tarde, que é quando gosto de vir. É mais sossegado, mais fácil para conversar. Conto-lhes tudo. Sei que me podem ouvir. Sabemos tão pouco sobre a morte... Não é o fim, sabe. Tenho a certeza disso.

- E viu a Zara vir até à campa e depois ir-se embora?

- Sim, levantei a cabeça e via-a chegar. Observei-a por algum tempo, achei que estava a falar com ele. E depois foi-se embora.

- É tudo o que sabe? Não sabe qual a direção que tomou quando saiu?

- Não. Ela levava um grande saco, como uma mala de viagem. Contei-lhe do saco, não contei?

- Sim.

- Bem, ela pousou-o no chão.

- E mais nada?

- Há mais, na verdade.

Quando se dobrou, percebi o que esperava encontrar. Pôs a mão por trás da campa e remexeu por ali por uns instantes.

- Não percebo, não está aqui... - disse franzindo o sobrolho.

- O que é que não está aí?

- Havia uma nota. Um pedaço de cartão. Vi-a a colocá-lo por trás da campa e, quando se foi embora, vim até aqui ver o que era.

- Tirou-o do sítio? Leu-o?

- Acha que não o devia ter feito, que não tinha nada a ver com isso? Bem, tem razão, mas tal como disse, aprendemos muito num cemitério. Vi o que era e voltei a colocá-lo no sítio. O que não percebo é porque já não está aqui. Alguém o tirou. Talvez ela tenha voltado e o levado com ela?

- Contou à polícia sobre a nota?

- Não, ela parecia ser uma boa moça, não quis metê-la em sarilhos.

- Porque é que podia metê-la em sarilhos?

- Por causa do que dizia.

- O que dizia?

- *Por favor perdoa-me.* Apenas essas três palavras. Consegue perceber, certo? Se dissesse à polícia, pode imaginar o que iriam pensar.

- O quê?

- Bem, pareceu-me uma confissão.

Estava tentada a cancelar a entrega do jornal depois da visita ao cemitério. Inevitavelmente, ir à loja pagar a conta iria levar a mais perguntas e conversas com o estranho Sr. Peters. Uma alternativa era mandar o Greg lá de vez em quando, mas a última coisa que queria era envolvê-lo nesta história.

Quanto mais pensava na nota da Zara, mais eu me preocupava com o seu estado mental. Não conseguia imaginar porque é que ela achava que precisava de ser perdoada. A única forma de saber mais era encontrá-la.

Não quis que a minha desconfiança em relação ao Sr. Peters influenciasse a minha opinião e estava determinada em me manter objetiva. Talvez existisse uma ligação entre o Sr. Peters e o desaparecimento da Zara. Podia ter visto uma oportunidade de fazer algum dinheiro quando a viu nesse dia no cemitério. A chantagem é uma coisa maléfica, pois o chantagista exerce poder sobre uma pessoa vulnerável. Porém, se fosse essa a sua intenção, não teria levado a nota consigo para evitar que outra pessoa a descobrisse?

Uns dias calmos na biblioteca itinerante deram-me a oportunidade de refletir sobre tudo o que tinha descoberto até então. Parecia que quanto mais informação obtinha sobre a Zara, mais me desviava do caminho certo e mais confusa ficava. Até agora, tinha conhecido um ex-namorado que tinha uma certa aptidão com os punhos e um estranho frequentador de cemitérios com uma fascinação pela morte. Nenhum deles me conseguiu dar uma razão para a Zara fugir. A única forma de saber com certeza era conseguir uma confissão, o que era altamente improvável, ou encontrar a Zara. Portanto, na realidade, tinha andado vários quilómetros em diferentes direções e voltado ao ponto de partida.

Mesmo antes de fechar a biblioteca na sexta-feira a porta da carrinha abriu-se e a Phyllis Frobisher entrou.

- Não estás muito ocupada? - disse ela, olhando de relance para os livros espalhados pelo balcão à minha frente.

- É maravilhoso vê-la. Há semana que não vinha! Que notícias traz?

- O meu jardim está livre de todas as ervas daninhas e parece perfeito, portanto, estou aborrecida. O médico diz que o aborrecimento é um ótimo sinal, pois significa que os meus níveis de energia estão finalmente a regressar. Aqui entre nós, penso que eles nunca se foram embora, apenas o meu corpo não se tinha apercebido que precisava de me acompanhar. O que se tem passado aqui? Como vai o teu pai?

Hesitei em contar-lhe sobre a Zara, perguntando-me o que pensaria ela de tudo isso.

- Ainda fascinada com a Agatha? - acenou com a cabeça em direção aos livros.

- Há uma razão para isso. Estou a aprender os truques do ofício.

- Que ofício é esse? Decidiste tornar-te escritora, foi? Bem, isso faz sentido. Sempre foste um dos meus melhores alunos. Não te disse na altura porque não quis que te esforçasses para manter as expectativas - disse, com um piscar de olhos.

- Escritora não, detetive! - sorri, pensando que ela podia assumir que estava a brincar.

- Andas à procura da tua amiga, não é?

Ela sempre tinha estado um passo à minha frente.

- Sim, mas não estou a chegar a lado nenhum. Cada abordagem adoptada leva a mais questões do que respostas.

- Ouvi dizer que a polícia tem uma nova pista. Foste tu?

- Não, mas sei quem foi. Pode ser relevante, mas não tenho a certeza.

- Porque não deixas isso para a polícia, agora que voltaram

a investigar o caso? Presumo que estejam a investigar o caso novamente... E talvez devesses levar as coisas de forma mais leve... - disse, gesticulando para a minha barriga em expansão. - Deveria dar-te os parabéns, não?

- Sim. O Greg queria que eu ficasse a descansar em casa, mas estou mais desperta que nunca. Bem, pelo menos estou a acordar mais cedo que nunca, portanto, há mais horas no dia do que aquelas que existiam antes.

- Tem cuidado, Janie. Às vezes o melhor é não interferir. Tenho a certeza que a tua amiga vai encontrar uma saída para os seus problemas, sejam eles quais forem.

Agora tinha duas pessoas a aconselharem-me a desistir de procurar a Zara e apenas o meu pai a incentivar-me a continuar. Mas já tinha ido muito longe e, mesmo sem o apoio do meu pai, não podia deixar as coisas naquele pé.

CAPÍTULO 23

O DETETIVE DEIXOU PASSAR alguns momentos, antes de responder:

- Eu não o enganei, mon ami. Quanto muito, permiti que se enganasse.

- Mas porquê?

- Bem, é difícil de explicar. Compreende, meu amigo, tem uma natureza tão franca e um ar tão transparente que... enfim, é-lhe impossível ocultar os sentimentos!

"A primeira investigação de Poirot" - Agatha Christie [edição Livros do Brasil, tradução de Fernanda Pinto Rodrigues, N.T.]

Pensei muito sobre o dia em que a Zara se foi embora. Pensei sobre o dia anterior e mesmo a semana anterior, para determinar se houvera algo invulgar no seu comportamento, algo que teria espoletado a sua decisão para se ir embora, à parte do óbvio trauma de ter de aceitar que já passara um ano inteiro desde a morte do homem que ela amava.

Nos três ou quatro meses antes de desaparecer ela parecia estar a começar a recuperar, mas antes disso, desde que o Joel tinha morrido, era como tivesse uma doença crónica. Sentia-me impotente ao ver o seu corpo a retrair-se. Não queria comer, mal bebia e mesmo quando estava acordada parecia que estava a dormir, os olhos estavam vidrados e a cara não tinha reação. Tentava frequentemente falar com ela sobre assuntos do dia-a-dia, mas o máximo que conseguia era um aceno ou um abanar de cabeça. O Greg sugerira que a deixasse estar.

- Toda a gente reage ao sofrimento de forma diferente. Não sabemos o que ela está a passar. Esperemos que nunca venhamos a saber - disse ele.

Todos os nossos avós já tinham morrido quando tínhamos idade para os conhecermos, portanto, o pior com que o Greg teve de lidar foi a morte de um hamster quando tinha 6 anos.

O dia em que a minha mãe se foi embora foi traumático, mas pelo menos ela ainda está viva. Tinha-me enviado um nota há pouco tempo confirmando que tinha recebido a minha carta a contar sobre o futuro neto. Era curta e sem emoção, muito parecida com a minha relação com ela. Duvidava que sofresse muito caso ela morresse, pois sentia que já a tinha perdido há muitos anos.

Nos últimos meses em que a Zara estivera lá em casa, o seu sofrimento passara de retraído e silencioso para uma quase permanente agitação. Quase nem dormia e andava pela casa a todas as horas. Bebia chávenas de café em abundância, mas quase não comia. Sempre tinha sido magra, mas agora era só ossos e podia imaginá-la a ser levada por uma rajada forte de vento se andasse na rua.

Os pais do Joel trataram de esvaziar o estúdio e o apartamento e de todos os procedimentos antes de regressarem à casa deles na Escócia. Depois de toda a parte legal estar resolvida, contrataram uma empresa de mudanças para embalar tudo.

Falaram connosco e disseram que a Zara podia lá ir, no caso de ainda ter pertences no apartamento.

- A última coisa que queremos é empacotar os pertences dela e nunca mais ela os ver - disse-me o Sr. Stewart. - Veja se a consegue convencer, ela presta atenção ao que lhe diz.

A confiança depositada em mim foi agradável, mas infelizmente equivocada.

- Precisamos de ir ao apartamento, Zara - dissera-lhe. - Tens de ir porque eu não sei o que é teu e o que é dele.

Ela estava decidida a não entrar no apartamento e não houve nada que eu dissesse para a convencer do contrário.

- Apenas as minhas roupas - era tudo o que dizia. - Nada mais.

- Livros, discos, fotografias? Não queres ficar com algumas recordações do tempo que passaram juntos?

- Apenas as minhas roupas - repetia.

Eu e o Greg fomos lá e enchemos uma das nossas velhas malas de viagem com tudo o que parecia ser da Zara e, no dia seguinte, os homens das mudanças vieram e esvaziaram o apartamento.

O estúdio foi adquirido por outro fotógrafo e suponho que tenham chegado a acordo em relação ao equipamento do Joel. Fiquei a pensar se o pai dele teria gostado de ficar com esse equipamento, mas talvez as memórias fossem demasiado dolorosas. Uma forma muito triste de terminar uma vida.

Por mais que tentasse, não conseguia lembrar-me de nada invulgar no dia em que a Zara desaparecera. Levantara-me bem cedo e não ficara surpreendida por a encontrar já na cozinha. Trocávamos algumas palavras quase todas as manhãs sobre se ela tinha conseguido dormir ou sobre o tempo. Tentara convencê-la a sair pois preocupava-me sobre se estaria a tornar-se agorafóbica. Nos dias mais soalheiros ia para o jardim das traseiras sentar-se à sombra das cerejeiras. A pele estava demasiado pálida e mesmo o cabelo tinha perdido o brilho. Talvez eu tivesse sido demasiado gentil com ela, talvez devesse ter sido mais firme, de lhe pegar no braço e arrastá-la para um passeio ou para ir ver as montras. Cada vez que pensava nisso recordava-me que não tinha ideia como o sofrimento poderia afetar uma pessoa e, se fosse eu a ter de lidar com a morte do Greg, provavelmente ficaria de cama durante um ano.

Aquela quinta-feira ia ser sempre mais difícil do que os outros dias. Podia imaginá-la a recordar-se de cada momento, desde a polícia a dizer-lhe que o homem que amava morrera, até deixar o apartamento e vir-se enrolar no nosso quarto de hóspedes. Nunca iria conseguir parar de reproduzir essas memórias terríveis. Era muito difícil para mim lidar com isso e, egoisticamente, só queria divertir-me. Era mais fácil para mim sair com o Greg e pensar em coisas mais alegres, bloqueando todos os pensamentos sobre a coitada da minha amiga que tinha ficado em casa com o seu sofrimento. Talvez os meus sentimentos de culpa fossem a razão principal para a procurar tão afincadamente, possivelmente o que eu queria era compensar.

No início deixámos a polícia a cargo de a procurar e nem sequer éramos informados sobre os detalhes das investigações. Afinal, éramos apenas amigas. Assumimos que manteriam a Gabrielle informada por ser a parente mais próxima. Mas como a Gabrielle não fora muito amigável, não podíamos aprofundar muito o assunto. Quaisquer perguntas que lhe fizéssemos provavelmente ficariam sem resposta.

À medida que os dias foram passando sem novidades, decidimos agir por conta própria. Assumimos que a polícia tinha interrogado toda a gente na vizinhança e tinha contactado os hospitais locais. O passo seguinte parecia ser, obviamente, alargar a busca para as cidades vizinhas.

Encontrara uma fotografia recente da Zara, um retrato de estúdio que ela tinha tirado para oferecer ao Joel como presente. Tinha-me falado do retrato, mas fez-me prometer que não dizia nada.

- Achas que ele vai gostar? - perguntara-me. - Quer dizer, achas estranho que lhe ofereça uma fotografia de mim como presente?

A Zara nunca tivera bem a noção do quanto era bonita, o que intensificava ainda mais a sua atração. Dissera-lhe que era uma ideia maravilhosa e que o Joel ia adorar.

A Zara dera-me uma das mais pequenas e tinha sido essa fotografia que eu levara a um estúdio local. Perguntara-lhes se a podiam aumentar e imprimi-la em 50 cartazes, com um pequeno texto que adicionei, o mais simples e claro que consegui:

Zara Carpenter está desaparecida.
Quem tiver informações sobre o seu paradeiro, por favor contacte Janie Juke em Flint Close, n.º 7, Tamarisk Bay

Não tínhamos telefone em casa porque não tínhamos dinheiro suficiente para tal despesa. O meu pai tinha um telefone instalado para facilitar a marcação de consultas, mas não quis que ele fosse perturbado com as inevitáveis chamadas falsas. Se alguém tinha alguma informação fidedigna, esperava que se dessem ao trabalho de escrever uma carta ou ir a casa pessoalmente.

O Greg ajudara-me a espalhar os cartazes. Pedimos aos donos dos pubs e aos vendedores de jornais para os colarem nas janelas, fomos à biblioteca central e afixámos um no quadro de informações. Concentráramo-nos nos sítios onde a Zara poderia ter ido, onde poderia ter amigos e ter conversado com alguém. Na realidade, quem conhecesse a Zara já saberia que ela tinha desaparecido pelo jornal local, por isso, sabíamos que tudo isto era um tiro no escuro, mas achei que não tínhamos nada a perder.

Depois da Zara se ter ido embora, retirei todas as fotografias e tudo o que me lembrasse dela pois olhar para isso diariamente era demasiado stressante. Tinha a certeza que algo de mau lhe tinha acontecido e não suportava não saber o quê, mas mantive alguns cartazes enrolados e guardados num sítio seguro. Se na altura já tivesse descortinado o meu método de investigação, teria feito uma lista detalhada dos sítios onde tínhamos afixado os cartazes. Assim, teria de confiar na minha memória. O Greg provavelmente sabia, mas perguntar-lhe apenas ia fazer disparar os alarmes e acabaríamos por discutir.

Tínhamos inundado a área adjacente de cartazes, mas não tínhamos ido até Brightport. Até então, a pacífica cidade costeira nunca tinha feito parte dos nossos planos, o que era estranho pois ficava a apenas oito quilómetros de distância. Talvez porque se decidíssemos sair por uns dias íamos para o interior ou para leste. Brightport não tinha muito a oferecer a não ser a marginal à beira-mar e a marginal de Tidehaven ganhava sempre aos pontos por causa das arcadas de diversões e das lojas de comida. Nas raras ocasiões em que viajávamos para oeste, apanhávamos o comboio e íamos até às grandes cidades marítimas ao longo da costa, passando completamente ao lado de Brightport. Olhando em retrospetiva, apercebi-me o quão estúpido tinha sido ignorar um sítio mesmo à nossa porta.

Quando cheguei a casa na sexta-feira, o Greg estava de molho na banheira.

- Tiveste um bom dia? - perguntei, espreitando atrás da porta da casa de banho.

- Cansativo - respondeu.

- Trabalho difícil ou clientes chatos?

- Os dois - disse, mergulhando a cabeça na água e fazendo bolhinhas antes de voltar à superfície.

- Deixa lá, amanhã é outro dia e tudo isso.

- Sim, é isso que me preocupa.

- Põe todas essas preocupações de molho enquanto eu começo a fazer o jantar. Não adormeças e te afogues ou terei de o comer todo sozinha.

- És muito simpática - respondeu enquanto eu fechava a porta da casa de banho.

Antes de fazer o jantar, decidi ir buscar um dos cartazes. Estava a examiná-lo e a delinear um plano quando ouvi o Greg a puxar a tampa da banheira. À medida que a água escorria pelos canos, enrolei novamente o cartaz e voltei a metê-lo na gaveta. Servi o jantar, mas não tinha grande apetite. Lá se ia a teoria de comer por dois.

- Estás muito calada - disse o Greg enquanto comia os últimos pedaços de salsicha e puré. - O teu pai está bem?

- Hum, oh, sim, está tudo bem com ele. Muito ocupado, o que é sempre bom.

- O Feijão está bem?

- Sim, está perfeito - respondi e peguei-lhe na mão para a pôr por cima da minha barriga de forma a que sentisse as agitações precoces da nossa preciosa criação. - Tem tendência a ficar muito inquieto depois de comer. Acho que vai ser um chef, entusiasmado como é pelas minhas obras-primas.

- O quê? Salsichas e puré?

- Bem, sim - respondi e espelhei-lhe o dedo nas costelas.

A minha primeira oportunidade de ir a Brightport foi na terça-feira. Meti a fotografia da Zara na minha mala, juntamente com o caderno e a caneta, e fui até à paragem de autocarro. Contei o meu plano ao meu pai e disse-lhe que iria ter com ele durante a tarde para pôr a papelada em dia.

Na quinta-feira fui novamente a Brightport. Mostrei a fotografia da Zara a todos os que mo permitiram. Depois, ao final da tarde, apanhei o autocarro e fui a casa do meu pai para lhe contar sobre os sucessos e os fracassos do dia. Na verdade, só fracassos. Toda a gente com quem falara abanara a cabeça. Alguns disseram que talvez a pudessem ter visto, mas os jovens hoje em dia parecem todos iguais, não é? Outros disseram que se concentravam nas suas vidas e que não andavam a vigiar o que os outros andavam a fazer e que eu devia fazer o mesmo. Não sabia o que é que ser observador tinha a ver com a ser bisbilhoteiro, mas mantive a língua civilizada apesar de ter ficado muitas vezes à beira de perder as estribeiras.

O meu pai acalmava-me todos os dias e dizia para ser persistente.

- É trabalho de campo, Janie, a base do trabalho minucioso da polícia é mesmo esse. Podes vir a descobrir algo importante e mesmo que não descubras, sabes que foste minuciosa. Depois de Brightport, talvez possas voltar a fazer o mesmo em Tidehaven. A história voltou a estar nas notícias e isso pode ter avivado a memória das pessoas.

O Greg parecia não ter notado que algo se passava, embora uma vez tenha visto a carrinha dele de relance a passar mesmo quando estava a sair do autocarro a caminho da casa do meu pai. Ele não disse nada mais tarde quando já estávamos os dois em casa, portanto, suponho que não me tivesse visto. Não tinha dúvidas que desaprovaria as minhas aventuras detetivescas, nem que fosse porque regressava a casa cada vez mais cansada. Era como se tivesse dois empregos a tempo inteiro.

Em Brightport, passava a hora de almoço a comer uma sandes e a beber uma bebida em cafés diferentes e a falar com pessoas, na esperança de alargar o mais possível a minha rede. Tinha um exemplar de "A Primeira Investigação de Poroit" comigo e folheava-o regularmente para ver se os talentos do Poirot podiam passar para mim.

Depois da minha segunda visita, achei que estava a perder o meu tempo. Disse ao meu pai que seria a minha última ida a Brightport.

- Para quê? - disse, sem sequer tentar disfarçar a irritabilidade na minha voz.

- Nada do que estás a fazer é um desperdício. Nunca se sabe.

- Não é possível que ela tenha estado tão perto de casa este tempo todo. Pode estar em qualquer lado, mesmo em França, tanto quanto sei. E se se mudou de novo para Brighton, então não tenho hipóteses. O que me fez acreditar que a podia encontrar?

- Sei que é desanimador, querida, mas estás a fazer o que é certo. E quanto às ruas secundárias, longe to centro da cidade? Porque não tentas mais um dia?

Não foi a primeira vez que o conselho do meu pai fez a diferença na minha vida entre o fracasso e o sucesso. Foi na ida seguinte a Brightport que tive sorte.

CAPÍTULO 24

REPAREI QUE POIROT PARECIA profundamente desencorajado. Tinha entre os olhos uma rugazinha que eu conhecia muito bem.

- Que se passa, Poirot?

- Ah, mon ami, as coisas estão a correr mal, mal!

"A primeira investigação de Poirot" - Agatha Christie *[edição Livros do Brasil, tradução de Fernanda Pinto Rodrigues, N.T.]*

Foi a parte de trás da cabeça que vi primeiro. O cabelo, que antes era farto e sedoso, estava agora oleoso e emaranhado. A cabeça estava inclinada para a frente. De pé junto à porta, observei-a e perguntei-me se estaria a dormir, com a cabeça encostada nas mãos. Tinha-a visto dormir assim um dia a seguir ao outro nos primeiros meses depois do Joel morrer. Quando me aproximei, reparei que as mãos estavam à volta de uma caneca fumegante com um líquido quente e o olhar fixava-se na bebida.

Estava muito quente dentro do café, ao ponto de criar vapor, e havia um cheiro omnipresente a bacon frito. A Zara tinha um casaco pesado vestido e um cachecol de lã grosso à volta do pescoço. Já estávamos em setembro, e as manhãs podiam ser frescas, mas as roupas parceiam excessivamente invernosas, mesmo de acordo com os meus padrões.

Observei-a por algum tempo e reparei o quanto estava quieta. Era como se estivesse em transe. Em vez de me sentir aliviada e contente por finalmente a ter encontrado, apenas senti tristeza por a ver tão em baixo.

Caminhei na sua direção, a cada passo procurando encontrar as palavras certas que a podiam animar e fazê-la sair do sítio escuro em que se tinha afundado.

- Olá, Zara - disse o mais suavemente que consegui, dando a volta à mesa para ficar à sua frente. - Posso sentar-me?

Levantou a cabeça devagar e olhou diretamente para mim. Semicerrou os olhos, como se tivesse saído de um longo túnel e visse uma luz brilhante. O cabelo afastou-se do rosto, mostrando uma cara pálida. Sempre tivera inveja da pele morena da Zara. Ela podia sentar-se à sombra e mesmo assim ficar bronzeada. Agora, vendo-a assim tão pálida, parecia que vivia na obscuridade.

- Janie - disse.

Não havia emoção na sua voz, era como se estivesse a constatar um facto, como se fosse expectável ver-me ali ao levantar a cabeça.

- Sim, sou eu - disse enquanto tentava pegar-lhe na mão, mas as mãos não se mexeram, mantiveram-se à volta da caneca. Puxei de uma cadeira e estava a sentar-me quando uma empregada apareceu à mesa.

- O que vai ser, querida? - perguntou com uma forte acentuação de Liverpool.

- Outra bebida, Zara, ou algo para comer?

A Zara continuava a olhar para mim e por momentos fiquei a pensar se teria tomado algum tipo de droga. Parecia alheia à empregada que se mexia ao lado da mesa, ansiosa por anotar os nossos pedidos.

- Apenas um café, por favor - disse, na esperança que isso a fizesse ir-se embora.

A empregada estava a segurar um bloco de notas e um lápis à espera de um pedido maior, mas com apenas uma chávena de café para se lembrar, suspirou, meteu o bloco e o lápis no bolso e seguiu para a mesa vizinha.

- É tão bom ver-te. - Desloquei a minha mão pela mesa para ficar ao lado da dela, mas sem tocar-lhe. - Tenho estado preocupada contigo.

Tentei ver no seu rosto uma expressão que me indicasse o que estaria a pensar, ou a sentir, mas tudo o que vi foi apatia nuns olhos que antes eram vivos e brilhantes. Os lábios estavam secos e gretados, como se tivesse acabado de regressar de uma expedição polar e estivesse entorpecida dos pés à cabeça.

A empregada chegou com o meu café e serviu-o na mesa à minha frente de forma tão brusca que o líquido castanho escuro transbordou para o pires e acumulou-se à volta da base da chávena.

- Magnífico, obrigada - disse, esperando que ela percebesse o sarcasmo na minha voz. Murmurou algo e pirou-se de volta para o balcão.

- Como estás? Pareces... - hesitei.

Era difícil resumir tudo o que ela parecia. Cansada, solitária, triste, adoentada eram apenas algumas das palavras que me vinham à cabeça.

- O Greg manda cumprimentos. Tem sentido a tua falta pela casa, agora que apenas me tem a mim para aturar.

Entraram mais clientes, trazendo consigo uma corrente de ar fresco. Reparei que a Zara tremeu e quis abraçá-la, mas era como se ela estivesse rodeada por um muro invisível.

- Onde estás a viver? - perguntei. - Vamos até à tua casa? Ei, podia comprar qualquer coisa para comer, no caminho. Passamos por uma loja? Acho que precisavas de comer mais.

Perguntei-me quando seria que começaria a falar comigo e quando seria que eu esgotaria os meus tópicos de conversa no meu monólogo patético.

- Não, não me parece - disse, empurrando a caneca para o lado.

Levantou-se e foi até ao balcão, tirou umas moedas do bolso e deu-as à empregada. Quando finalmente acabei de pagar o meu café e recebi o troco, já ela tinha saído e estava a meio da rua.

- Ei, Zara, espera! As minhas pernas não são tão grandes como as tuas, lembras-te? - gritei atrás dela.

Continuou a caminhar à minha frente e não se virou. Aumentei a intensidade da minha passada e uns minutos depois já estava ao lado dela. Ela virou para um beco e perguntei-me para onde iria até que parou de repente e se virou.

- Janie, vai-te embora. Não te quero aqui.

- Sou tua amiga, tenho saudades tuas e quero ajudar-te.

- Não me podes ajudar. É muito tarde para isso, demasiado tarde.

- Volta comigo. Volta para casa. Seja o que for que precises de resolver, podemos resolver juntas. É para isso que servem os amigos.

- Não, Janie, a sério. Precisas de te ir embora e não voltar mais.

Ficou quieta com os olhos desafiantes fixos em mim, mas tudo o resto na sua postura indicava exaustão. Os ombros descaíam para a frente e os braços estavam pendurados aos lados.

- Ok, vou-me embora por agora, mas vou voltar. Não vou deixar passares por isto sozinha.

Virei-me e fui-me embora. Quando cheguei ao fundo do beco, olhei para trás para ver qual a direção que ela seguiara, mas não havia vestígios dela.

Uma caminhada pela cidade ajudou-me a organizar os pensamentos. Pelo menos agora sabia que a minha amiga estava viva. O meu primeiro instinto foi contar ao meu pai que a tinha encontrado e perguntar-lhe o que devia fazer a seguir, mas esta investigação era a minha e era eu quem devia decidir o que se seguiria. Parei numa paragem de autocarro e sentei-me no banco por algum tempo. Uns quantos autocarros vieram e foram enquanto eu olhava para o meu caderno e pensava arduamente sobre o que fazer a seguir.

CAPÍTULO 25

- Felicito-o, Poirot! Que grande descoberta!
  "A primeira investigação de Poirot" - Agatha Christie [edição Livros do Brasil, tradução de Fernanda Pinto Rodrigues, N.T.]

Quando voltei a Brightport, fui diretamente para o beco. A maior parte dos edifícios pareciam pequenos armazéns. Alguns tinham letreiros no exterior a anunciar quem eram os donos. Fui olhando para as portas para ver se reconhecia algum nome ou se alguma delas dava acesso a um apartamento ou uma casa. Tinha a certeza de que a Zara tinha entrado num dos edifícios do beco, mas quanto mais olhava mais improvável isso me parecia.

Ao fundo do beco havia uma grande entrada encoberta para um dos espaços fechados, onde eu podia estar relativamente isolada. Depois de estar ali parada dez minutos sem que nada acontecesse, uma carrinha de distribuição estacionou e apercebi-me que estava em frente a uma porta de carga.

- Cuidado, querida! - gritou um indivíduo corpulento enquanto abria as portas da carrinha, carregava o carrinho de carga com caixas de pacotes de batatas fritas e começava a andar na minha direção.

- Desculpe, sim, obrigada. 'Dia, já agora.

Ao sair-lhe do caminho, fiquei à vista de quem quer que caminhasse pelo beco, portanto, dei a volta à carrinha e fiquei ali ao lado dela. Desta posição, podia ver todas as portas do beco, mas não podia ser vista por quem se aproximasse. Claro que isto só resultava enquanto o condutor andasse com o carrinho para a frente e para trás entre a carrinha e as portas de carga. Passado algum tempo, ele ficou despachado. Dobrou o carrinho, meteu-o na carrinha e fechou as portas com força.

- Está à espera de alguém? - perguntou enquanto passava por mim para chegar à porta do lado do condutor.

- Hum, mais ou menos. Conhece bem esta área? Há algum apartamento por aqui?

- Aqui não, querida. Há um clube, para onde fiz a entrega, e o resto são pequenos armazéns, bem, mais arrecadações na verdade.

- Não há ninguém a viver aqui, então? É que acho que foi esta a morada que me deu a minha amiga. Devo ter confundido.

- A viver? Não, a não ser que se esteja a referir-se aos parasitas que ocuparam o Walker, que está fechado - acenou para o outro lado do beco. - Repugnante, se quiser saber a minha opinião. Não devia ser permitido.

Quando o condutor da carrinha se foi embora, dirigi-me para a entrada do pequeno armazém Walker, perguntando-me o que seria que encontraria lá dentro. Empurrei a porta de madeira velha e ao início parecia que estava fechada, mas era apenas a madeira que estava torta e emperrava a passagem. Dei mais um empurrão e consegui entrar.

Um corredor estreito dava acesso a uma área grande. Tentei ver na obscuridade e manter a respiração estável ao me aperceber da degradação que ali se encontrava. As paredes estavam cobertas de manchas de humidade e mofo preto e a tinta do teto estava a descascar. Embora se situasse no rés-do-chão, havia apenas uma janela pequena, que parecia estar tapada com tábuas de madeira do lado de fora, por onde entrava um pouco de luz por entre as ripas. Passou-me pela cabeça que o Greg teria um ataque se me visse ali, pois certamente o Feijão estaria exposto a toxinas enquanto eu respirava aquele ar bafiento. Avancei cautelosamente, certificando-me que não tocava nas paredes.

À medida que os meus olhos se acostumavam à fraca luz,

conseguia ver quatro colchões velhos, amarelos e com nódoas, provavelmente vindos de uma lixeira. Casacos e cobertores velhos e rasgados estavam espalhados aleatoriamente pelos colchões, oferecendo um calor mínimo naquele sítio frio e húmido. Uma rapariga deitada num dos colchões, coberta com uma gabardine velha e com os cabelos puxados para trás e mal apanhados com uma fita, virou-se de costas para mim. Um outro rapaz estava sentado no seu colchão e olhava diretamente para mim. Era louro e podia ser norueguês ou holandês. E ali estava a Zara. Havia uma intensidade ameaçadora na forma como o rapaz louro olhava para mim. Estaria a Zara presa contra a sua vontade?

Aproximei-me dela e falei baixinho, esperando que os outros não me ouvissem.

- Que estás a fazer aqui, Zara? Vem para casa comigo, por favor. Não te posso deixar aqui neste sítio, é...

Ela abanou a cabeça e fez um gesto para me sentar ao seu lado. Estava sentada na ponta de um dos colchões com as pernas debaixo dela. Estranhamente, parecia mais em casa ali do que alguma vez tinha parecido durante o longo ano em que esteve na nossa casa. Estava a tentar encontrar uma desculpa para não me sentar, certa que seria mordida por pulgas ou algo pior. Como se tivesse lido a minha mente, o rapaz louro aproximou-se com uma cadeira de madeira desdobrável, uma espécie de cadeira de convés. Talvez a tivesse trazido da marginal.

- Oh, obrigada - disse enquanto ele a abria e depois voltava para o seu colchão.

- Não admira que estejas tão magra - acrescentei, mantendo a voz num murmúrio. - O que tens comido? De que tens vivido? Não tens dinheiro, pois não? Oh, Zara, não suporto ver-te assim.

Não devia estar a falar baixo o suficiente pois, como se lhe tivesse dado uma deixa, o rapaz louro levantou-se novamente e deu-me uma embalagem aberta de bolachas. Abanei a cabeça e observei a Zara a sorrir-lhe agradecida.

- Não percebes, Janie, e, portanto, nem vou tentar explicar. Vai para casa, para a tua vida confortável, e deixa-me com a minha.

A amargura na voz dela era algo que nunca tinha ouvido antes. Sofrimento, sim, mas raiva nunca.

- Provavelmente reparaste que há uma diferença desde a última vez que te vi - disse eu, tentando falar de coisas mais alegres. Apontei para a minha barriga de grávida e sorri.

- Estou feliz por ti, Janie, a sério.

Senti que estávamos em mundos diferentes. Nada do que poderia dizer conseguiria colmatar a diferença. Queria que o meu pai estivesse ali, ou o Greg, ou fosse quem fosse que conseguisse chegar até ela pois eu não estava a chegar a lado nenhum.

- Há o perigo de seres expulsa daqui? - perguntei-lhe, recordando-me do que tinha dito o condutor da carrinha sobre parasitas. Se ele sabia sobre a ocupação, provavelmente outras pessoas também saberiam e não demoraria muito tempo até as autoridades terem algo a dizer sobre isso.

- Estás a pensar dizer alguma coisa sobre nós? Não estamos a fazer mal a ninguém, sabes.

A fúria tinha desparecido na voz dela e agora já soava mais à Zara que me lembrava dos tempos da escola, ávida e cheia de sonhos. Exatamente quando estava a recordar-me dos tempos divertidos que passáramos juntas, a ouvir música e a dançar, o rapaz louro pegou numa guitarra que estava no chão ao lado do colchão dele e começou a tocar. O som amenizou imediatamente o ambiente e notei o rosto da Zara a descontrair. Ela fechou os olhos e moveu a cabeça ao ritmo da música.

- Lembras-te quando dançávamos juntas, Zara? Passámos momentos divertidos quando estávamos na escola, não foi?

Talvez pudesse, ao recordar tempos mais alegres, levá-la a aceitar a minha ajuda, tal como tinha acontecido quando o Joel morrera.

- Isso foi há muito tempo, já não sou a mesma pessoa. Nunca conheceste o meu verdadeiro eu. Acredita, não queres conhecer.

- Tens tanto para dar ao mundo, sabes. Ensinaste-me muito com todas as conversas que tivemos. Mostraste-me outra forma de ver as coisas. Faz o Joel orgulhoso, segue em frente com a tua vida. Não a desperdices escondendo-te aqui.

- Vai para casa, Janie, vai para casa.

Fiquei mais um pouco, mas sabia que não estava a conseguir nada, exceto a pôr-me em perigo, a mim e ao Feijão, por causa da humidade e do fedor acre daquele sítio. Antes de me ir embora, prometi-lhe que voltaria. Ficou sentada e, quando cheguei à porta e me virei para lhe acenar adeus, manteve os olhos fechados e a cabeça inclinada para a frente.

Na viagem de regresso no autocarro, respirei fundo várias vezes e tentei desesperadamente não chorar. Assim que cheguei a casa, tomei banho e pus as roupas a lavar antes que o Greg chegasse. Mesmo depois do banho, o cheio rançoso e a fumo ficou-me na memória.

Quando fechei os olhos nessa noite, as imagens que vi na minha mente eram da Zara a viver na miséria. O sentimento de impotência era avassalador e não fui a única a ter ficado perturbada com o que tinha visto e cheirado. O Feijão ficou claramente descontente com a minha visita e decidiu dar-me um susto, o que me impediu de ir àquele sítio por vários dias.

Na manhã seguinte acordei com dores lancinantes na barriga. Não disse nada ao Greg e deixei-o ir trabalhar descansado. Tinha começado o novo emprego na construtora Mowbray e estava ansioso por dar uma boa impressão, portanto, a última coisa que queria era preocupá-lo ou distraí-lo. Mas assim que ele se foi embora, consegui vestir-me e ir até à casa do meu pai.

- Oh, princesa, nunca deverias lá ter ido - disse o meu pai depois de lhe ter contado. - Sabe Deus que bicharocos poderás ter apanhado.

Senti-me melhor depois de me sentar e ter bebido dois copos de água, mas as cãibras na barriga continuaram se forma ligeiramente regular.

- Tenho a certeza de que não é nada. Provavelmente não deveria ter comido aquele caril ontem à noite - brinquei, esperando aliviar os receios do meu pai, embora não tivesse comido nada parecido com caril, apenas uma sandes de fiambre. - Vou-me deitar um pouco no sofá e fechar os olhos, pode ser? Tens clientes esta manhã?

- Quero que ligues ao médico, para ele te vir ver durante a tarde -

disse o meu pai.

Depois de uma cãibra particularmente forte que quase me tirou o fôlego, decidi seguir o seu conselho. O Dr. Filbert veio ver-me no início da tarde, fez uns exames e disse-me que deveria ser suficiente descansar por uns dias.

A Phyllis Frobisher iria substituir-me, agora que estava completamente restabelecida do seu ataque cardíaco, portanto, a biblioteca estava em boas mãos. Mas a biblioteca era a última das minhas preocupações.

- O que é que vou dizer ao Greg? - perguntei ao meu pai. Não queria preocupar o Greg e que ele começasse a tratar-me com luvas de pelica.

- É o teu marido, portanto, o que se passa entre vocês os dois não tem nada a ver comigo, mas gosto de pensar que lhe dirás a verdade.

O meu pai tinha razão, mas há diferentes níveis de verdade. Ia seguir a abordagem do "apenas o necessário" e dizer ao Greg que não me estava a sentir muito bem e que precisava de descansar por uns dias.

Era frustante não poder ir logo ver a Zara novamente. Estava preocupada que ela pudesse pensar que tinha desistido dela. O meu pai tentou convencer-me em dizer à polícia que a tinha encontrado, mas não podia arriscar que a expulsassem de lá e que ela ficasse na rua. Havia pouco de positivo naquela situação, mas pelo menos não estava abrigada numa porta de rua ou a dormir num banco de jardim. Ela tinha escolhido esconder-se e eu precisava de descobrir porquê. Aproveitei os meus dias de descanso e relaxamento para planear os meus próximos passos.

CAPÍTULO 26

ENCHEU-ME O ESPÍRITO UMA suspeita vaga de tudo e todos. Tive, por momentos, a premonição de que se aproximava algo de mau.
"A primeira investigação de Poirot" - Agatha Christie [edição Livros do Brasil, tradução de Fernanda Pinto Rodrigues, N.T.]

Depois dos meus dias de descanso, estava ansiosa por voltar ao armazém ocupado. Estava determinada a convencer a Zara a voltar para a nossa casa, mas sabia que precisava de um trunfo.

Uns dias antes, tinha visto um cartaz na cidade anunciando os serviços de uma clarividente, adequadamente chamada Crystal, para revelar os mistérios do futuro. Nunca acreditara nesses disparates místicos, mas estes eram tempos de desespero e medidas desesperadas eram necessárias. Acrescentei "contactar a Crystal" na minha lista de tarefas.

Para além do apoio do mundo espiritual, a Gabrielle era a única pessoa a quem poderia recorrer para me ajudar. Era um risco contar-lhe fosse o que fosse sobre a Zara. A antipatia mútua poderia levá-la a contar à polícia sobre o armazém ocupado só por despeito à irmã.

Decidi ir a casa da Gabrielle, na esperança de fazê-la falar, mas sem lhe dizer nada sobre o armazém ocupado ou que tinha visto a Zara. Embora a atitude pouco comunicativa dela me irritasse, era a minha melhor ligação ao passado da Zara. Continuava convencida de que o passado dela tinha algo que poderia usar para a convencer a deixar o armazém ocupado e regressar a um porto seguro.

Havia uma hipótese da reação da Gabrielle ser mais favorável caso anunciasse antecipadamente a minha visita. A melhor forma de fazer isso era escrever uma carta, mas pareceu-me muito formal. Por fim, enviei-lhe um postal. Escolhi uma paisagem de Tidehaven Pier, propositadamente evitando as caricaturas humorísticas dos disparates cometidos à beira-mar. Escrevi uma mensagem simples, dizendo que gostaria de voltar a conversar com ela e que iria visitá-la no sábado de manhã por volta das onze horas, esperando encontrá-la. Apercebi-me de que este pré-aviso lhe dava a desculpa perfeita para se ausentar, mas valia a pena o risco.

Nessa manhã, ao despachar-me, dei por mim preocupada com o que vestiria. A escolha estava limitada a dois vestidos, pois nenhuma das minhas calças ou saias me serviam. Escolhi o mais florido, de algodão indiano, que podia vestir por cima de uma t-shirt aconchegante, imaginando o ar de desdém da Gabrielle ao ver a minha falta de estilo. O nó no meu estômago não tinha nada a ver com o Feijão. Tinha dito ao Greg que ia comprar roupa dado que nada no meu roupeiro servia sobre a minha barriga cada vez maior. Não era mentira, pois tinha intenção de passar rapidamente por umas lojas no regresso. O Greg ficou contente por ter umas horas para ele e deu-me um beijo antes de me ir embora, o que me fez sentir ainda mais culpada.

O caminho até ao apartamento da Gabrielle era sobretudo a subir e quando cheguei estava sem fôlego e a suar, apesar de estar um dia nublado. Não parava de dizer a mim mesma que não era uma entrevista, apenas uma conversa amigável, embora "amigável" era puxar os limites um pouco longe de mais.

Toquei à campainha e pensei durante quanto tempo teria de esperar até desistir da ideia. Em vez disso, dois segundos depois, a porta abriu-se e ali estava ela.

- Entra, Janie. Queres que leve o teu casaco?

Tinha pegado num casaquinho antigo antes de sair de casa para o caso de ter frio, o que se provou ser desnecessário. A Gabrielle ou estava a ser simpática ou a marcar uma posição. De qualquer forma, as boas-vindas dela não estavam a ajudar.

- Obrigada - disse eu, dando-lhe o casaquinho. Segui atrás dela pelo corredor até à sala de estar.

Era difícil ver a Gabrielle com ar elegante e com estilo quando apenas uns dias antes tinha visto a irmã gémea dela desgrenhada e sozinha. O contraste era gritante entre o alojamento obscuro e imundo da Zara e aquela sala de estar glamorosa que exalava riqueza e bom gosto.

- Recebi o teu postal - disse ela, olhando-me com expectativa.

Foi então que me apercebi que não tinha pensado como iria iniciar a conversa. Tinha-me concentrado em passar pela porta e agora que ali estava não sabia bem o que dizer.

- Obrigada por me receberes - comecei, fazendo uma pausa ao me aperceber que estava a ser demasiado formal.

O que precisava era de aliviar a tensão entre nós. Ela olhava para mim expectante e dei por mim a rezar por uma dica sobre como quebrar o gelo, que ameaçava paralisar-me e deixar-me sem palavras.

- Adoro a tua escolha de quadros - acabei por dizer. - Não apenas os quadros em si, mas a forma como os expuseste. Tens um talento artístico, é nítido. Também pintas quadros teus?

Ela sorriu e abanou a cabeça. Isto não ia ser fácil.

- Vives neste apartamento há muito tempo? É muito confortável, deves ter demorando imenso tempo para que ficasse assim.

- Vamos concentrar-nos na razão porque estás aqui, pode ser? - disse ela olhando fixamente para mim.

- Claro. Na última vez que estive aqui foste tão prestável que estava a pensar se havia mais alguma coisa que me podias dizer sobre a Zara. Sobre o passado dela.

- Não precisas de me dar graxa. Não fui prestável nessa altura e provavelmente não o vou ser agora.

- A polícia tem-te contactado?

- Não.

- Nada desde que o Sr. Peters lhes prestou informações?

- O Sr. Peters?

As palavras tinham-me saído da minha boca. Não queria de maneira nenhuma que ela soubesse que tinha falado com o Sr. Peters. Talvez não fosse tarde demais para voltar atrás.

- Tenho a impressão que foi esse o nome que mencionaram nas notícias... - disse. - Havia um homem que tinha apresentado uma nova pista. Provavelmente enganei-me no nome, pode ter sido Powell ou Purcell. Dizes que a polícia não te informou sobre isso?

- Porque o haviam de fazer? Fui clara quando disse que não me interessava saber se a Zara estava viva ou morta. Não faz qualquer diferença para mim.

- Como consegues dizer isso?

O meu coração disparou e a qualquer momento os meus soluços iam começar, como vingança. Estava grata por ela não me ter oferecido chá, embora a sua falta de hospitalidade não me tivesse passado despercebida.

- Facilmente - disse com uma voz estável e objetiva. - Todas as ligações que pudessem ter existido entre nós foram destruídas há muito tempo atrás. Ela vive a vida dela e eu vivo a minha. Nunca me perdoou, sabes.

- Perdoou? Pelo quê? O que fizeste?

- Salvei-lhe a vida.

Não tinha palavras, por isso mantive-me em silêncio.

- Quando a Zara tinha 14 anos tentou matar-se.

Ela fez uma pausa ou para fazer efeito ou porque se estava a lembrar o quanto aquilo tinha sido perturbador. Eu preferia que fosse a segunda hipótese.

- Deveria tê-lo adivinhado, suponho, - continuou ela - mas nessa altura estava mais preocupada com cabelos e maquilhagem.

- O que poderia tê-la feito assim tão infeliz aos 14 anos? Não te apercebeste de nada? Não é suposto haver uma ligação especial entre gémeos idênticos?

- É mentira, pelo menos no nosso caso. Éramos irmãs como as outras, algumas coisas tínhamos em comum, outras não.

Saber que a Zara tinha chegado a estar tão em baixo, ainda me fez ficar mais ansiosa sobre o seu atual estado de espírito. Passou-me uma imagem terrível pela mente de chegar ao armazém ocupado e ver a Zara deitada e inconsciente. Por um momento tive o impulso de sair dali imediatamente e correr até Brightport para me certificar de que ela estava bem.

- O que aconteceu? - perguntei, respirando fundo para acalmar o pânico que crescia dentro de mim.

- Chamava-se Samuel. Era jamaicano. Os pais dele vieram para Inglaterra depois da guerra. O pai tinha lutado ao lado dos britânicos e adorava a ideia de trazer a família para a Pátria Mãe. Desconheciam era o ódio que iriam encontrar. Foi o primeiro namorado da Zara. Conheceram-se num café ou num sítio assim. Não sei os pormenores, para ser sincera.

- Ele matou-se, foi isso que aconteceu?

- Não, pelo contrário. Os nossos pais descobriram e proibiram-na de o ver. Disseram que iria apenas trazer sofrimento a ambos.

- Eles tinham apenas 14 anos, por amor de Deus. Com certeza que era apenas uma amizade, não iriam fugir e casar-se. De qualquer forma, a tua mãe é francesa, de certeza que sabe a importância de ser aceite.

- Tudo o que sei é que os meus pais tinham a decisão tomada e por algum tempo houve discussões intermináveis. Eu passava quase todas as noites no meu quarto com o rádio no máximo.

- Falaste com a Zara sobre o Samuel? Chegaste a conhecê-lo?

- Encontrei-o umas duas vezes na cidade quando estavam juntos. Parecia ser amoroso.

- O que aconteceu? Ela concordou em deixar de o ver?

- A decisão ficou fora das mãos dela. O Samuel foi vítima de um ataque violento. Alguns rapazes da zona baterem-lhe e ele ficou internado no hospital. Cortaram-lhe a cara com uma garrafa partida. Foi horrível.

- Oh, meu Deus, coitada da Zara, coitado do Samuel.

- Foi terrível para a família dele, claro, e ficaram preocupados com a irmã mais nova do Samuel, por isso, voltaram para a Jamaica. Foi muito difícil para a Zara, ela deixou de falar durante semanas depois do ataque. Deixou de ir à escola. E então, um dia, cheguei a casa depois da escola e decidi tentar convencê-la a sair do quarto para ir dar um passeio. Não saía de casa há séculos. Suponho que tive pena dela, estava super infeliz o tempo todo. Bati na porta do quarto e, como não respondeu, abri-a e foi assim que a encontrei.

Enquanto contava a história, não havia qualquer emoção nem voz nem no rosto. Era como se estivesse a descrever uma cena de um filme de entretenimento.

- Estava deitada na cama - continuou. - Tinha posto um xaile por cima da cara e estava tão quieta que até pensei que estava morta. Havia um frasco de comprimidos vazio na mesinha de cabeceira. Entrei em pânico e abanei-a com força. Depois vi que estava a respirar pois o peito subia e descia. Comecei a gritar-lhe "Acorda, por amor de Deus, acorda", mas não respondia. Os nossos pais tinham saído e não tínhamos telefone em casa. Sabia que tinha de a deixar ali para ir à cabine telefónica. Estava aterrorizada de ela morrer se a deixasse porque sabia que ia ficar com as culpas. Corri para a cabine telefónica e chamei uma ambulância. Chegaram poucos minutos depois, levaram-na para o hospital e lavaram-lhe o estômago. Disseram que tinha sido uma sorte de a ter encontrado quando a encontrei.

- Porque é que ela haveria de te odiar por lhe teres salvado a vida?

- Porque queria morrer.

Esforçava-me para processar toda a informação, mas estava agradecida por ficar a saber aquela história terrível da vida da Zara depois de a ter visto viva, mesmo que não estivesse bem.

- Depois disso mudámos de casa, viemos para aqui - continuou. - Os nossos pais disseram que precisávamos todos de começar uma vida nova. Foi por causa da estupidez da Zara que tive de deixar as minhas amigas para trás. Os nossos pais estavam obcecados com a Zara, o que é que ela estava a fazer, como é que se estava a sentir... Eu bem que podia ser invisível, eles nem reparavam.

- Então, a tentativa de suicído foi antes de se mudarem para Tamarisk Bay, mesmo antes de eu a conhecer?

Ela anuiu.

- Depois, assim que terminámos a escola, tivemos de nos mudar novamente. Ninguém me pediu a opinião. Pelo menos agora posso decidir onde vivo e com quem me relaciono.

Olhou para mim furiosamente e isso foi a minha deixa para me ir embora.

As imagens da coitada da Zara deitada em estado comatoso na cama enquanto a Gabrielle tentava salvar-lhe a vida fizeram-me dores de cabeça e o estômago agitar-se. Aqueles dias em que tentara abanar a Zara da sua tristeza faziam todo o sentido agora. Havia demasiadas semelhanças entre a perda do Samuel, quando ele se foi embora, e a perda do Joel, quando ele morreu tragicamente. Tinha de tirar a Zara do armazém ocupado e levá-la para um sítio melhor onde pudesse tê-la debaixo de olho. Sabia o que precisava de fazer, mas não fazia ideia de como ia fazê-lo.

CAPÍTULO 27

Ouvi Poirot rir baixinho, a meu lado, e perguntei-lhe, num sussurro:

- Como sabia?

"A primeira investigação de Poirot" - Agatha Christie [edição Livros do Brasil, tradução de Fernanda Pinto Rodrigues, N.T.]

A primeira semana do Greg na construtora Mowbray correu bem. Todas as noites chegava a casa cheio de entusiasmo por causa do que tinha aprendido e com muitas anedotas divertidas. Deu-se bem com toda a equipa e podia perceber que eles estavam contantes por o ter lá. Ouvi-lo tagarelar ao jantar era o antídoto perfeito para todos os pensamentos ansiosos que passavam pela minha mente. Quando começara à procura da Zara pensara que encontrá-la era o meu maior desafio. Em vez disso, agora que a tinha encontrado, era evidente que tinha um conjunto de outros puzzles para resolver. Era como se estivesse perdida num labirinto.

Parecia que ler tinha ficado fora de moda, pois era mais um dia sossegado na biblioteca itinerante. Um dia sossegado era a última coisa que queria. Depois de tudo o que a Gabrielle me dissera sobre a tentativa de suicídio da Zara tinha ficado mais ansiosa que nunca. Não podia voltar ao armazém ocupado sem um plano concreto. Até lá, o que precisava era de distração e ocupação, mas as horas pareciam que se arrastavam. Então, a porta abriu-se e entrou uma mulher.

Assim que a vi, adivinhei logo quem era.

- Posso deixar estes folhetos aqui, querida? - perguntou. - Podem ficar aqui neste lado do balcão.

Não precisava de ver os folhetos para saber que era Crystal, a clarividente local, cujos cartazes estavam afixados nos quadros informativos da cidade.

- Hum, lamento, mas não. Não é suposto termos anúncios na biblioteca a não ser que sejam discursos, lições, esse tipo de coisas.

- Bem, é isso que faço. Discurso, mas não dou lições, querida, oh não. Não julgo as pessoas, deixo isso para os espíritos. Eles encontram maneira de demonstrar quando não estão contentes.

Perguntei-me se o xaile esfarrapado à volta dos ombros e os brincos pendentes faziam parte da charada, ou se era a forma normal dela de vestir.

- Certo, ok, mas lamento, não pode deixar os folhetos aqui na mesma. Pode tentar na banca dos jornais, aquela na esquina entre a High Street e a Waterstone Avenue. O dono é o Sr. Peters, tenho a certeza que ficará contente por a ajudar.

De repente apercebi-me de que a Crystal e o Sr. Peters dariam um excelente casal, ambos apaixonados pelo mundo espiritual e fascinados pela vida após a morte.

- Posso ficar com um para mim, se puder ser?

Tempos de desespero precisavam de medidas desesperadas. Tinha sido maluca o suficiente para ir ao cemitério com o estranho Sr. Peters, portanto, pagar meia-hora de leitura das mãos ou o que quer que fosse que ela fizesse talvez não fosse uma má ideia.

- Não vou prever qual é o sexo - disse ela, apontando com a cabeça em direção à minha barriga de grávida. - Tenho cuidado com as futuras mães. O parto é algo precioso, não se deve mexer com isso.

- Certo, ok.

- Mas posso ajudá-la com a sua busca.

Talvez a Crystal fosse melhor do que eu inicialmente tinha pensado.

- O que a leva a pensar que ando numa busca?

- Oh, estamos todos numa busca, querida. A vida é isso, procurar respostas, amor, perdão. Só quando chegamos à vida seguinte é que finalmente tudo passa a fazer sentido. Apenas ajudo as pessoas a fazerem o caminho. Bem, eu não, percebe, são os espíritos, eles falam comigo.

- Estou a ver, sim - embora não estivesse, mas estava curiosa por saber o que o Joel pudesse dizer do outro lado.

- Então, vejo-a mais tarde, querida? Quer fazer uma marcação agora? À tarde é melhor. Que tal amanhã?

- Er, sim, ok, porque não? Três da tarde?

Não tinha nada a perder, exceto o dinheiro que mudaria de mãos.

Antes de sair da casa do meu pai, contei-lhe sobre a Crystal. Ele não conseguia parar de rir e fez-me prometer que eu ia diretamente para lá para lhe contar o resultado.

- Será melhor do que um capítulo de um dos teus livros policiais - disse ele.

O local onde a Crystal trabalhava era afinal uma caravana estacionada atrás de um das muitas lojas tipo bazar em Tidehaven Old Town. Quaisquer ideias sobre como seria o interior da caravana de uma clarividente rapidamente foram dissipadas quando ela abriu a porta e me disse para entrar. Não era uma aconchegante mistura de polidas peças de decoração em porcelana florida e peças de latão brilhantes. Em vez disso, as paredes estavam cheias de mofo e o candeeiro estava tão cheio de gordura que quase não lançava qualquer luz.

A Crystal disse-me para me sentar em frente dela numa cadeira de plástico azul que não teria ficado deslocada numa lixeira, ficando instalada numa poltrona puída na qual a sua figura redonda se encaixava perfeitamente. Entre nós as duas encontrava-se uma pequena mesa de madeira com uma toalha de renda, amarelada com manchas de nicotina, ou velhice, ou ambas. Um ligeiro cheiro a fumo de cigarros pairava no ar, parcialmente disfarçados por alguns paus de incenso que tinham acabado de ser queimados.

- Está pronta, querida?

- Er, sim, acho que sim.

- Pode pagar-me, então. Gosto de tratar do dinheiro primeiro.

- Sim, claro.

Dei-lhe a soma requerida, que ela meteu dentro de um grande bolso da frente do seu avental florido. Puxou o xaile à volta dos ombros, inclinou a cabeça e começou a cantarolar num murmúrio. Acho que fazia parte da charada, mas tive de morder o lábio para não me rir. Passado uns instantes, pegou num baralho de cartas que estava em cima da mesa e deu-mo.

- Baralhe-as, por favor.

Olhei para as cartas, que eram maiores que as cartas normais de jogo, e pensei no que fazer. Nunca tinha sido boa a baralhar e tive visões de cartas espalhadas por toda a caravana.

- Lamento, não sei fazer isso.

- Então, corte-as apenas, assim.

Pegou nas cartas e dividiu-as em montes algumas vezes e depois deu-mas novamente. Repeti o procedimento e voltei a colocá-las na mesa.

- Corte o baralho e escolha uma carta - disse ela.

Levantei algumas cartas e escolhi uma, dando-lha.

- A Torre, sim, faz sentido.

- Faz? - perguntei, sentindo-me cada vez mais tola.

- Escolha outra.

Repeti o procedimento mais umas quantas vezes até estarem quatro cartas sobre a mesa.

- A Torre, que representa a mudança, portanto, sem surpresas aí. Precisa de prestar atenção à sua saúde, levar as coisas com calma, agora que está à espera de bebé. A Lua, isso diz me que sente que as coisas estão um pouco confusas. Teve uma discussão acesa com o seu marido? Não diga nada, não preciso de saber. Tudo o que lhe digo é para escolher as suas batalhas e estar preparada para perder algumas. Agora, aqui está uma interessante, o Enforcado.

- Oh, maravilha, agora vai prever uma punição capital, é?

Lançou-me um olhar penetrante com intenção de me pôr no lugar.

- O Enforcado significa que está numa encruzilhada. Precisa de aprender a deixar as coisas andarem, ver até onde o destino a leva. Não pode estar sempre no controlo da situação. Na verdade, acho que nenhum de nós alguma vez está no controlo da situação.

- Certo, ok, e quanto a esta última, que parece um diabo? Se é alguma coisa ruim, prefiro não saber.

- Está nas suas mãos.

- O quê?

- O Diabo não é nada a temer. Mostra que não deve perder a esperança, que não deve acreditar nas aparências, para aprofundar e encontrar a verdade de uma situação.

- Portanto, para resumir, disse-me que talvez tenha uma discussão com o meu marido, para levar as coisas com calma, de me lembrar que não posso controlar tudo e para não perder a esperança. Quase nem é adivinhação, deve dizer o mesmo a toda a gente.

- Não é preciso ser indelicada, querida, só estou a transmitir o que as cartas dizem.

- Mais nada? Nada sobre um estranho alto e misterioso ou uma grande porção de dinheiro?

- Não aprecio sarcasmo, não sou uma fraude. Tenho deitado as cartas desde que sou pequena, tal como a minha mãe antes de mim. Está-me no sangue, e no sangue da minha família há gerações.

- Bem, ok, mas esperava mais pelo dinheiro que paguei. Parece-me uma forma fácil de ganhar alguns cobres, em vez de ir trabalhar.

- Gostaria que se fosse embora agora.

Tinha ficado chateada comigo. Claramente que a sensibilidade dela era mais frágil do que pensara. Levantou-se e passou por mim para se dirigir à porta. Quando a abriu, vi uma jovem a descer o beco em direção à caravana.

- Parece que a sua próxima cliente já chegou. Talvez ela baralhe melhor as cartas do que eu.

Sorri quando passei pela jovem.

- Boa sorte – disse-lhe.

Fiquei tentada a dizer muito mais, mas achei que a Crystal dava aos seus clientes exatamente o que eles procuravam: conversa e um pouquinho de esperança de que amanhã o dia seria melhor.

CAPÍTULO 28

No MEIO DA CURIOSIDADE e da agitação gerais, mostrou três tirinhas de papel.

- Uma carta escrita pelo próprio punho do assassino, mes amis!

"A primeira investigação de Poirot" - Agatha Christie [edição Livros do Brasil, tradução de Fernanda Pinto Rodrigues, N.T.]

Agora que sabia mais sobre o passado da Zara, achava que a podia persuadir a falar comigo e, esperava, de vir comigo para um porto seguro, pelo menos por algum tempo.

Assim que me foi possível, apanhei o autocarro para Brightport e segui pelas ruas até ao beco. Voltar àquele sítio sombrio, cheio de garrafas partidas e caixotes do lixo a transbordar de detritos, era deprimente. Sabia que dentro do armazém ocupado iria ser igualmente desmoralizante, mas fechei as mãos em punhos e recordei-me porque estava ali. Enchi-me de determinação e empurrei a porta para a escuridão.

Desde a minha última visita tinha havido mudanças pois apenas se encontravam ali três colchões velhos. Assim que os meus olhos se habituaram à penumbra, vi a Zara deitada de costas para mim. O rapaz louro estava sentado dedilhando as cordas da guitarra com os olhos fechados, como em transe. O terceiro colchão não estava ocupado, apenas tinha dois cobertores atirados lá para cima.

Aproximei-me da Zara devagar, pensando se estaria a dormir, mas quando me ajoelhei para lhe tocar no ombro ela virou-se e sentou-se.

- Janie - disse, afastando o cabelo da cara. Parecia que não tinha uma boa noite de sono há bastante tempo. - Disse-te para não voltares. A voz estava arrastada, possivelmente devido a drogas ou álcool ou uma mistura dos dois.

- Preciso de falar contigo, mas não aqui. O ar não é adequado para o bebé - disse eu dando uma pancadinha na barriga de grávida. - Vens lá fora para caminhares comigo um pouco? Podíamos ir beber um café algures. Pago eu.

Suspirou como se não tivesse energia para discutir. Levantou-se e pegou num casaco cinzento e num gorro de lã. Pensei na Zara elegante que conhecia e perguntei-me se alguma vez ela voltaria a ser essa pessoa.

Saímos para o beco em silêncio. Estava desesperadamente a tentar não dizer a coisa errada, o que poderia levá-la a fechar-se novamente, mas não tinha a certeza de qual seria a coisa certa. Parou em frente ao primeiro café onde tínhamos ido e abriu a porta. Um cheiro a fritos e fumo de cigarro foi ao nosso encontro. Rezei em silêncio para que os odores não me levassem a vomitar por meia-hora na casa de banho.

Ela devia vir aqui regularmente pois o indivíduo corpulento que estava atrás do balcão serviu-lhe uma caneca de chá sem lhe perguntar nada e deu-lha.

- O que vai ser para si, querida? - perguntou-me.

- Café simples, por favor.

Ela sentou-se numa mesa de canto e eu sentei-me à frente dela. Deitou duas colheres de açúcar para a caneca e mexeu por alguns segundos, olhando sempre para baixo.

- Como vão as coisas? - perguntei.

Encolheu os ombros, bebeu um pouco de chá e finalmente olhou para mim.

- O que queres de mim? - perguntou ela.

- Nada, só quero que estejas bem.

- Precisas de perceber que a vida que eu tinha acabou. Esta é a vida que escolhi, a que mereço.

- Porque é que mereces ser infeliz? És vítima de um acidente terrível, tal como o coitado do Joel, mas a culpa não é tua.

- Sim, a culpa é minha, exatamente.

Bebeu mais um pouco e olhou diretamente para mim, como a desafiar-me a responder. Pensei se ela acharia que merecia ser punida de alguma forma por tentar suicidar-se. Desejei ter alguma experiência em apoio psicológico ou algo que me pudesse orientar para me dar algumas pistas sobre o que dizer a seguir.

- O Charlie teve de ir ao veterinário - acabei por dizer.

Olhou para mim, mas era como se eu estivesse a falar noutra língua ou a falar sobre um outro mundo.

- O cão do meu pai, o Charlie - continuei. - O doido do animal decidiu tropeçar numa vespa adormecida, coitado. Fez um grande alarido, a coxear por todo o lado. Mas agora está bem.

Continuava a não reagir, por isso tentei de novo.

- Lembras-te o quanto lhe invejavas o pêlo? Disseste-me que as raparigas pagariam uma semana de salário por aquelas madeixas cor de noz em tons de dourado. Qualquer cabeleireira mataria para conseguir aquele efeito, costumavas dizer. Disse ao Charlie que a Tia Zara tinha ficado um pouco doida.

Tudo o que dizia parecia piorar a situação. Talvez fizesse mais sentido concentrar-me na verdade.

- Zara, falei com a tua irmã.

- Porquê?

- Pensei que ela me pudesse dar dicas sobre como te ajudar.

- Janie, podes fazer algo por mim?

- Tudo.

- Vai-te embora e não voltes. Não fales novamente com a minha irmã. Faz de conta que nunca me conheceste.

- Não posso fazer isso, lamento.

- Tens uma nova vida à tua frente. A minha vida está corrompida, é escura e apenas te trará pesar.

- É tarde demais, já estou envolvida. Não posso ir-me embora e esquecer que te conheci. Fomos boas amigas, somos boas amigas. És como uma irmã que nunca tive.

- Tem cuidado com o que desejas - ripostou.

Continuava a não chegar a lado nenhum.

- Foste à campa do Joel, não foste? - perguntei.

Olhou para mim e depois voltou a olhar para a mesa. A porta do café abriu-se e, quando o cliente entrou, trouxe com ele uma rajada de vento frio que me fez estremecer.

- A morte do Joel foi culpa minha.

Quando falou, pegou no punho do casaco velho que tinha vestido, continuando a evitar o meu olhar.

- O que queres dizer? Tu não conduzes – disse eu, tentando absorver as palavras dela.

- Eu estava lá.

- Ele foi atropelado por um carro, ninguém estava lá. Nada do que dizes faz sentido.

- Eu estava lá nessa noite. Eu fui atrás dele, nós tínhamos discutido.

Levantou-se, meteu a mão dentro do saco de algodão que tinha pendurado nas costas da cadeira e tirou de lá umas moedas.

- Como disse, tu não te queres envolver nas minhas confusões, vai levar-te a sítios que vais preferir não conhecer - disse ela.

Coloquei a minha mão sobre a dela e suavemente afastei-a, e depois fui até ao balcão para pagar. Uma vez lá fora, com o vento frio vindo de nordeste, ficou evidente que a Zara não se conseguia aquecer com o fino casaco de algodão que tinha vestido.

- O que aconteceu ao casaco quente que tinhas quando nos encontrámos na última vez?

- Dei-o à Dee, precisava dele mais do que eu - respondeu e começou a andar à minha frente.

- Vai mais devagar, havia uma razão porque me chamavas "pequenina", lembras-te?

- Quero que te vás embora agora, Janie - disse enquanto virava a esquina para entrar no beco.

Pensar que ela regressaria à penumbra daquele armazém esquálido e à miséria da vida que tinha escolhido pesou-me com tristeza.

- Eu volto, não te vou deixar, não assim.

Precisava de apoio. Este era um problema demasiado grande para lidar sozinha e concordava sobre o que diziam sobre os problemas partilhados.

O meu pai estava a despedir-se do último paciente do dia quando cheguei.

- Olá, querida, não te esperava hoje. Está tudo bem?

- Preciso da tua ajuda - disse enquanto entrava na cozinha.

Enchi um copo com água e sentei-me na pequena mesa de fórmica que sempre tinha sido o ponto fulcral das nossas conversas.

- Fui ver a Zara novamente e ela encontra-se numa situação muito má.

- O armazém ocupado?

- Sim, mas na cabeça também. Ela disse-me coisas que... Não sei no que acreditar para ser sincera. Pai, vens comigo falar com ela, ajudar-me a dar-lhe a volta?

- Sabes que te vou ajudar, mas continuo a não estar convencido que deverias fazer isto sem envolver a polícia.

- Não posso dizer nada à polícia, ainda não. O que se passa é que a Zara acredita que é culpada da morte do Joel.

- Oh, Janie.

- Não, não vês? Não pode ser, ela nem sequer conduz. Por alguma razão ela culpa-se a si própria e não consigo fazer com que me ouça. Pensei que se tu estivesses lá podias ser uma influência tranquilizadora. Pode ficar mais receptiva a ouvir. Precisamos de a convencer a deixar aquele sítio, a voltar a viver comigo e com o Greg, pelo menos por um tempo.

- Falaste com o Greg sobre isto?

- Não posso, ainda não. Mas vou falar com ele, prometo.

O meu pai tinha estado de pé encostado à bancada da cozinha e agora deslocava-se para se sentar uma das cadeiras à minha frente. O Charlie tinha estado deitado aos meus pés a observar todos os movimentos do meu pai e agora mudava de posição para se sentar ao lado dele, com a cabeça encostada a ele.

- O Charlie está a informar-me que está na hora do nosso passeio da tarde. Vens connosco?

- Adorava, mas tenho de regressar. Quero chegar a casa antes do Greg, caso contrário vai ficar preocupado. Pensas nisso? Não suporto a ideia de a deixar naquele sítio.

- Sim, querida, vou pensar nisso. Dou-te a minha resposta quando vieres cá na quinta-feira.

Fui à loja da esquina a caminho de casa para comprar provisões para o jantar e, quando estava a entrar na nossa rua, vi alguém a afastar-se da nossa casa. Embora apenas visse a pessoa de costas, pareceu-me que havia algo de familiar, mas não conseguia precisar o quê. Abri a porta da frente e vi um envelope no chão. Não tinha selo, portanto, tinha sido entregue em mão, e estava quase certa de que o envelope era parecido com o que tinha recebido umas semanas antes.

Levei as compras para a cozinha e prestei mais atenção ao envelope. Fui buscar o outro à gaveta da mesinha de cabeceira e pus os dois lado a lado. Claramente eram idênticos e ambos tinham sido escritos pela mão da mesma pessoa. Qualquer detetive, incluindo o Poirot, investigaria a letra manuscrita e tentaria encontrar uma correspondência com um possível suspeito. Mas eu não tinha suspeitos, apenas suspeitas. E não era um detetive, real ou ficcional.

Esperava encontrar outro recorte de jornal quando abri o envelope que tinha acabado de receber, mas em vez disso era uma carta manuscrita.

Sei algo sobre a sua amiga que tenho a certeza que a polícia gostaria de saber. Talvez quisesse fazer-me uma oferta para manter a minha boca fechada. Não pretendo uma fortuna, portanto, tenho a certeza que podemos chegar a um acordo. Irei contactá-la novamente quando tiver tido tempo para pensar sobre isso.

A carta não tinha assinatura nem data. Parecia que alguém sabia algo sobre a Zara que a podia meter em sarilhos. Além disso, esta pessoa andava a seguir-me ou, pelo menos, sabia sobre a minha amizade com a Zara. Li novamente a carta, sentindo-me cada vez mais desconfortável com o que insinuava.

Nessa altura, ouvi a chave do Greg na porta da frente e, portanto, meti os dois envelopes dentro do bolso do casaco e comecei a arrumar as compras.

- Olá, querido - gritei. - Chegaste cedo. Está tudo bem?

- Ya, tudo bem. Só estou cansado. Como está a minha miúda? - Ao entrar na cozinha, atirou com a marmita para o lava-louça. - Abraço?

- Sim, por favor - disse eu.

- Tens o casaco vestido. Pensei que não ias a casa do teu pai hoje.

- Não, precisava de algumas coisas da loja da esquina, deixei para o último minuto. Jantar de sábado, pode ser?

- É terça-feira.

- Eu sei, mas pensei que ovos e batatas fritas era mesmo o que estava a calhar para um rapaz em crescimento.

- Eu ou o Feijão?

- Os dois.

Só muito mais tarde, depois de comermos, arrumarmos tudo e vermos as notícias principais, é que pude pensar novamente sobre os envelopes. Quanto mais pensava nisso, mais parecia que quem tinha enviado as cartas sabia algo sobre o acidente do Joel, ou pensava que sabia. Punha-me doente imaginar que alguém quisesse fazer dinheiro com a desgraça de outra pessoa e, quando estava deitada na cama nessa noite, ensaiei várias conversas com esse indivíduo maligno. Se a chantagem era o que estava no centro disto e eu pudesse prová-lo, então ele teria o devido castigo com uma pena de prisão. Mas adivinhação e provas concretas eram duas coisas diferentes.

Iria contar ao meu pai sobre as cartas. Os olhos podiam não estar a funcionar, mas ao longo dos anos aprendera que o meu pai não precisava da visão para perceber o que se estava a passar.

CAPÍTULO 29

- POIROT, JÁ FORMOU uma opinião acerca deste crime? - perguntei, preocupado.

- Já... isto é, creio saber como foi cometido.

- Ah!

- Infelizmente, não tenho nenhuma prova além da minha dedução, a não ser...

"A primeira investigação de Poirot" - Agatha Christie [edição Livros do Brasil, tradução de Fernanda Pinto Rodrigues, N.T.]

Chovia a cântaros na terça-feira de manhã e eu estava tentada a ficar enrolada debaixo dos lençóis quentinhos. Depois lembrei-me da Zara e todos os pensamentos egoístas desapareceram.

Quando cheguei a casa do meu pai, ele estava perto da porta de entrada com o casaco vestido e o Charlie sentado ao lado dele em alerta.

- Vão passear? É um bocado tarde para isso, não é? - perguntei.

- Não, isso foi há duas horas. Ficámos encharcados. Agora já estamos secos e prontos à tua espera. Vamos ver a Zara, não vamos?

- Já te disse recentemente o quanto gosto de ti?

- Talvez, mas é sempre bom ouvir.

- Obrigada, pai, a sério, significa muito. Sei que não é confortável para ti, mas tenho a certeza que farás diferença.

- Vamos lá então. Hoje só tenho um paciente às três da tarde, portanto, temos imenso tempo.

Embora o meu pai conseguisse andar com confiança pela cidade, raramente apanhava o autocarro e, se o apanhasse, queria ter a certeza que pelo menos estava com ele. O Charlie fez um bom trabalho, mas foi um desafio negociar a entrada e a tarifa do autocarro para um cão.

O autocarro chegou a horas e estava quase vazio, o que foi surpreendente dado o clima, mas também um alívio. Sentámo-nos na parte da frente e certificámo-nos que as longas pernas do Charlie não bloqueavam o caminho para a parte de trás. O meu pai estava calado e pensei que se sentia apreensivo.

- Vamos tentar fazer com que ela fale. Tenho a certeza que contigo lá ela estará mais descontraída - disse eu. - Ela sempre gostou de ti. Nos últimos dois anos da escola ela passou mais tempo na nossa casa do que na casa dela.

- Sim, lembro-me de toda aquela música a abafar o meu rádio - disse ele, sorrindo. - Vamos um passo de cada vez, mas não esperes muito. Ela já passou por muito e tenho a certeza que as emoções dela estão a tentar acompanhar os acontecimentos.

O meu pai tinha razão, eu sempre tivera grandes expectativas e depois tinha de lidar com a desilusão quando as coisas não corriam como esperava. Por seu lado, o Greg e o meu pai raramente tinham ideias pré-concebidas. Talvez fosse uma coisas de homens.

À medida que nos aproximávamos do armazém ocupado tivemos de ter cuidado onde púnhamos os pés para evitar o lixo e os detritos em geral, certificando-nos de que o Charlie não pisava o vidro partido espalhado pelas sarjetas.

- Ok, é aqui, chegámos. Entramos os dois juntos ou entro eu primeiro e digo-lhe que estás aqui? - perguntei.

- Vamos entrar os dois juntos, talvez o Charlie facilite a situação.

Empurrei a porta e entrámos para a penumbra. O fedor a fumo estagnado e odor corporal era mais forte que nunca e os meus olhos levaram algum tempo a habituarem-se à escuridão. Os três colchões ainda estavam lá, com os cobertores rasgados atirados num monte a um canto.

- Olá outra vez.

A voz vinha do fundo do armazém. Ao olhar para lá apercebi-me de que era o rapaz louro que tinha conhecido nas minhas visitas anteriores.

- Se vieram ver a Zara, perderam a viagem - disse ele. - Ela não está cá.

Mesmo à fraca luz conseguia ver que o Charlie estava ansioso por explorar os cheiros a mofo e provavelmente queria ter a oportunidade de farejar restos de comida. Em vez disso, estava-se a portar muito bem, ficando ao lado do meu pai e olhando para ele.

- Sabes onde poderá ter ido? - perguntou o meu pai.

- É o meu pai. Conhece a Zara desde que nos conhecemos na escola - disse eu.

- Desculpem, não posso ajudar. Não sei onde ela está.

Queria sentar-me no chão e chorar, mas havia duas razões fortes para não o fazer: primeiro devido à sujidade e segundo devido à grande probabilidade de não me conseguir levantar novamente. O Feijão estava a limitar cada vez mais os meus movimentos, ou então eu estava a comer demasiadas bolachas. De qualquer forma, as lágrimas correrem-me pela cara. Tinha encontrado a Zara para a perder novamente e tudo isto estava a começar a ser demais para mim.

- A Zara falou contigo desde que veio para aqui? - perguntou o meu pai.

- Não nos intrometemos na vida uns dos outros, apenas partilhamos um espaço para viver. A propósito, sou o Luke. Sei que ela tem andado triste. Quando não está a dormir, passa a maior parte do tempo a chorar.

- Quem mais vive aqui convosco? Há um terceiro colchão - perguntei.

- Está vazio agora. Era da Dee, mas ela mudou-se.

Lembrei-me da Zara dizer que tinha dado o sobretudo a alguém chamada Dee e perguntei-me se tinha ido à procura dela.

- Suponho que não saibas para onde terá ido a Dee...

- A família da Dee tem dinheiro, mas expulsaram-na de casa quando descobriram que ela se drogava. Passou um mau bocado por causa disso, pior do que o resto de nós.

- O resto de nós?

- Ya, todos experimentámos um pouco disto e daquilo, mas a Dee foi apanhada por um fulano que lhe deu drogas duras.

- LSD?

- Penso que sim, ya.

- Ela está a tentar dar a volta à vida dela. A Zara foi uma boa amiga para ela. Talvez a Dee tenha regressado a casa. Tudo é possível. Posso cumprimentar o seu cão?

O meu pai fez um gesto com a mão a indicar ao Charlie para se aproximar do Luke e este agachou-se e deu-lhe festinhas.

- E tu, rapaz? - perguntou o meu pai.

- Estou bem. Estou a tentar perceber o sentido da vida.

- Isso pode levar bastante tempo. Como vives, onde arranjas o dinheiro para comprar comida?

- Toco isto - disse ele, dedilhando a guitarra. - Cá me arranjo, tenho o suficiente.

- Esperamos que fiques bem - disse o meu pai.

- Há quanto tempo é cego? - perguntou o Luke.

- Oh, já há alguns anos.

- É duro não conseguir ver o céu?

- Consigo vê-lo através das minhas memórias.

- Há coisas que vi que gostaria de não ter visto.

- Foi um prazer conhecer-te, rapaz - disse o meu pai, estendendo a mão.

O Luke levantou-se e apertou a mão do meu pai.

- Igualmente - respondeu. - Se a Zara voltar, digo-lhe que vieram cá. Percebo porque é que ela fala de vocês os dois, são boas pessoas.

Saímos do armazém ocupado e fomos em silêncio até à paragem do autocarro.

- E agora? - perguntei ao meu pai quando estávamos no autocarro.

- Não faço ideia - respondeu ele. - Talvez seja preciso que seja ela a dar o próximo passo?

- Mas isso significa não fazer nada.

- Às vezes é tudo o que podes fazer.

- Se pudesse saber mais sobre a Dee, talvez tivesse uma pista.

- Ouviste o Luke, ele não sabe para onde foi a Dee. Se ela voltou para a família dela para tentar resolver as coisas, a última coisa a fazer é interferir.

- A única forma de conseguir encontrar a Zara é fazer exatamente isso: interferir.

O autocarro fez a curva um pouco depressa demais e eu e o meu pai fomos atirados para a frente. O Charlie ladrou uma vez como que a repreender o condutor.

- Estás bem? - perguntei quando nos endireitámos nos assentos novamente.

- Estou bem. Não precisas de te preocupar comigo. E tu? Não magoaste o teu bebé, pois não?

- Não, o Feijão é resistente. Sai ao avô.

- Gosto de ouvir isso.

- Avô ou avozinho? O que preferes?

- Vamos deixar o Feijão decidir, sim? Bolas, que ideia! A minha Janiezinha, como mãe.

- Er, sim, estranho, não é? Achas que vou ser uma boa mãe?

- Vais ser perfeita. E não te esqueças que aquele teu marido vai ser um ótimo pai.

- Não achas que a Zara vai ser parva o suficiente para tomar drogas duras, pois não?

- Não sei, querida, mas seja o que for que ela decida fazer tens de aceitar que a decisão é dela. Cada um é responsável pelas decisões que toma.

Quando chegámos a casa do meu pai lembrei-me dos envelopes. Tirei-os do bolso do casaco e coloquei-os em cima da mesa da cozinha.

- Lembras-te de te falar sobre um envelope que apareceu lá em casa com um recorte de jornal?

- Sim, porquê?

- Bem, recebi outro.

Li a carta em voz alta ao meu pai enquanto ele bebia o chá.

- Algum desgraçado a tentar fazer dinheiro com o sofrimento dos outros. É algo sórdido e o produto de uma mente doente - disse ele.

Suspirei um pouco alto demais. Não queria que o meu pai se preocupasse comigo, mas a cada dia que passava sentia que estava a perder o controlo da situação. Queria viajar na máquina do tempo TARDIS da série televisiva Dr Who de volta ao tempo da escola, quando tudo era possível e a nossa maior preocupação era escolher que sapatos calçar.

- Não percas o foco - disse-me o meu pai, lendo os meus pensamentos. - Diz-me o que já descobriste até agora.

- O Joel foi atropelado por uma pessoa desconhecida. A Zara diz que é responsável. Mas sabes o que o Poirot diz? Que o primeiro instinto do criminoso é desviar as atenções sobre ele mesmo, ou ela mesma, neste caso. Embora, se tivesse sido a Zara, dificilmente iria admiti-lo agora, depois de todo este tempo. Não há hipótese de a Zara ser criminosa, disto pelo menos tenho a certeza.

- Ok, continua o teu resumo.

- O Greg viu o Joel e a Zara a correrem juntos, felizes e apaixonados.

- Mais alguma coisa?

- A Zara foge da nossa casa e, no dia em que se vai embora, o Sr. Peters vê-a no cemitério a colocar uma nota por trás da campa, que eu encontrei. O Sr. Peters só informou a polícia sobre isso meses mais tarde.

- Porque achas que isso aconteceu? - perguntou o meu pai.

- Porque ele não sabia que havia pessoas à procura dela?

- Talvez.

- O quê? Achas que há outra razão? Achas que o Sr. Peters sabe mais do que diz?

- Talvez.

- Vá lá, diz-me o que estás a pensar. Tu é que és o ex-detetive, lembras-te? Eu sou só uma estagiária.

- Bem, pode ser que o Sr. Peters tenha visto mais do que deixa entender. Talvez, apenas talvez, esteja a tentar encontrar uma forma de fazer um pouco de dinheiro à parte. Não se faz muito dinheiro a gerir uma banca de jornais. O casal que a geria antes foi à falência, não foi?

- Oh, bolas, pai. E o Owen? Preciso de o ter em conta em qualquer lado.

- Estou surpreendido que tenhas tempo para ires trabalhar. Não estás a desleixar o trabalho da biblioteca, pois não? Tiveste sorte em conseguir aquele emprego, precisas de o manter.

- O Owen estava apaixonado pela Zara. Ainda está, tenho a certeza. Ele odiava o Joel e sabemos que tem mau feitio. Talvez tenha tido alguma coisa a ver com o acidente? O pai dele disse que a última vez que os tinha visitado tinha sido há três meses. Foi nessa altura que a Zara desapareceu.

O meu pai abanou a cabeça com um ar que denunciava mais do que uma simples preocupação.

- Tive outra ideia - disse eu, concluindo que talvez tivesse conseguido mais do que pensava.

- Que ideia?

- Petula. E se o pai dela tivesse descoberto o que o Joel fez e talvez quisesse dar-lhe uma lição por ter tratado a filha de forma tão deplorável? As coisas podiam ter-se descontrolado.

- Ok, esta é a altura em que tens mesmo de falar com a polícia. A sério, Janie. Está a ficar demasiado perigoso para o meu gosto e o Greg teria um ataque se soubesse metade do que andas a fazer. Promete-me que vais levar esses envelopes e o seu conteúdo à polícia e deixá-los resolver o assunto.

- Prometo.

Não precisava de fazer figas atrás das costas quando concordei com isso. Disse que levava as cartas, mas não tinha qualquer intenção de lhes contar sobre o armazém ocupado. Tinha de proteger a Zara o tempo suficiente para descobrir a verdade.

CAPÍTULO 30

E, INESPERADAMENTE, PERGUNTOU-ME: - Percebe alguma coisa de impressões digitais, meu amigo?

- Não - respondi, surpreendido. - Sei que não há duas impressões digitais iguais, mas a minha ciência chega aí e pára.

- Exactamente.

"A primeira investigação de Poirot" - Agatha Christie [edição Livros do Brasil, tradução de Fernanda Pinto Rodrigues, N.T.]

O abelhudo do Detetive Sargento Bright fez-me esperar 15 minutos antes de me levar para a mesma sala sufocante onde tínhamos estado na outra vez. Mais uma vez, levou consigo um cinzeiro sujo e um pacote de cigarros. Não pude deixar de sorrir quando vi que também tinha um copo de água na mão. Colocou-o à minha frente e eu agradeci com um aceno de cabeça.

- Pelo que percebi, tem algo a dizer-nos sobre a Zara Carpenter?

- Bem, sim, mais ou menos - disse e coloquei as duas cartas à sua frente. - Recebi esta há umas semanas e esta no outro dia.

- Sabe que a retenção de provas é crime?

- Não estou a retê-las, elas estão aí à sua frente.

- Demorou o seu tempo a trazê-las até nós. Porquê?

- Bem, não lhes dei muita importância. Pelo menos não ao início, pensei que fosse uma brincadeira de algumas crianças. Depois, quando recebi a segunda, comecei a pensar que talvez fosse mais do que parecia.

- Estou a ver - disse ele, tirando os óculos e aproximando-se mais das cartas.

Fiz um gesto para pegar numa delas.

- Não lhes mexa! - disse ele, numa voz que mais parecia um sargento-mor do exército.

- Só ia chamar a atenção para o facto de a letra ser a mesma em ambos. Está a ver? E é a mesma letra da carta que está dentro deste envelope.

Apontei, tendo o cuidado de não tocar em nada.

- Impressões digitais, está a ver? Pode-se obter muita informação através das impressões digitais - ripostou.

- Eu já lhes toquei, abri-as e mostrei-as ao meu pai.

- Ao seu pai? Como é que ele está envolvido?

- Ele não está envolvido, é apenas o meu pai. Ele foi polícia, portanto, sabe tudo sobre provas e isso. Na verdade, foi ele que me disse para trazer as cartas aqui para vocês verem.

- Bem, ele fez a coisa certa. Foi polícia, foi o que disse? Na região?

- Sim, mas isso foi há muitos anos, antes do seu tempo.

- Não conseguiu aguentar, foi?

- Era um detetive brilhante, na verdade - disse, sentindo a minha voz a escalar ao me lançar na sua defesa. - Teve um acidente, ficou cego. Isso faz com que o trabalho de polícia seja difícil, como pode imaginar.

- Lamento sabê-lo. Agora, vamos concentrar-nos no assunto entre mãos, sim?

Tirou um par de luvas finas de plástico do bolso do casaco e calçou-as. Depois, abriu cuidadosamente o primeiro envelope e tirou o recorte de jornal, esticando-no em cima da mesa.

- É sobre a Zara.

Não disse nada e continuou, abrindo o segundo envelope e mantendo-se em silêncio enquanto lia a carta.

- Como é que essa pessoa sabe sobre a minha amizade com a Zara? É evidente que me estão a tentar assustar - disse eu.

Ele não respondeu e colocou novamente os conteúdos nos

respetivos envelopes, retirando as luvas de seguida.

- Tenho uma teoria - disse eu.

O detetive encolheu os ombros.

- O Einstein também tinha - disse ele sarcasticamente.

- Chantagem.

- Essa é uma acusação séria.

- É um crime sério.

- Precisamos de provas.

- Tem aí, mesmo à sua frente.

- Isto não prova nada exceto que alguém decidiu rir-se à sua custa e empatar-lhe a vida. Siga o meu conselho, Miss...

- Sr.ª

- O meu conselho é que deixe isto para os profissionais. Não se meta em assuntos que não percebe bem. Vá para casa ter com o seu marido e deixe-nos fazer as nossas investigações.

- É isso mesmo, vocês não fazem. O que fizeram desde que receberam a nova pista?

- Não tem nada a ver com isso, pois não? Acho que terminámos. Queria ficar com as suas impressões digitais, se não se importar, e as do seu pai, se ele concordar, para vos eliminar.

- Acha que podem ajudar?

- Desculpe?

- As cartas podem ajudar a encontrar a Zara?

- Não tenho liberdade para discutir o caso consigo, mas agradeço ter trazido estas provas. E agora, Miss, desejo-lhe um bom dia.

Levantou-se, empurrou a cadeira para trás e ficou a olhar para mim, expectante.

- Vai-me dizer o que aconteceu, se descobrirem quem as enviou?

- O Sargento na receção irá registar as suas impressões digitais e, se não se importar, diga ao seu pai para vir à esquadra assim que puder.

- Certo, ok - disse eu, enquanto ele me levava para fora da sala e me entregava ao Sargento na receção.

Registar as minhas impressões digitais deu-me uma ponta de entusiasmo, antes de me lembrar que isto não era um jogo nem uma cena de teatro, era real e assustador. A Zara podia estar em perigo e eu não podia ficar sossegada até saber que ela estava em segurança.

O melhor que tinha a fazer agora era esperar que a Zara aparecesse novamente no armazém ocupado. Tinha de falar com ela para perceber porque é que ela achava que era culpada pela morte do Joel. Porém, estava tudo a demorar demasiado tempo. O Hercule Poirot já teria resolvido o caso há muito tempo.

Perguntei-me se deveria dizer à Zara que sabia sobre a sua tentativa de suicídio. Também pensava na cena violenta do Owen. A Zara era a única pessoa que podia dizer-me a verdade sobre o dia em que o Owen lhe bateu, mas não a queria assustar. A esta altura, estava a assustar-me a mim própria com a ideia do que poderia ter acontecido.

Na sexta-feira, a biblioteca itinerante estava tão movimentada que quase nem tive tempo para pensar. Quando já estava a preparar-me para fechar, tive um cliente de última hora.

- Olá. És a Janie, não és? A avó disse-me que a tinhas substituído. Diz que fazes um trabalho excelente.

- Obrigada. Deves ser a Libby. A Phyllis fala muito de ti, és a sua neta favorita.

- Sim, bem, sou a única neta.

- E estás a viver em Devon?

- Cornwall, perto de Falmouth. Pelo menos estava. Decidi voltar para aqui. Tenho muitas saudades da minha avó e o meu emprego lá é aborrecido. Preciso de um novo desafio.

- És jornalista, não és?

- Sim, tenho trabalhado num jornaleco local onde o mais entusiasmante que acontece é quando alguém da região apanha um peixe que ganha um prémio. Pensei que pudessem acontecer mais coisas por aqui. Consegui um trabalho no Tidehaven Observer. Nunca se sabe, talvez tenha a oportunidade de reportar um assassínio interessante.

Esperava que estivesse a brincar, mas deixei passar sem comentários.

- Bem, foi um prazer conhecer-te. Tenho a certeza de que a tua avó ficará contente por te ter por perto. Ela é muito especial - disse eu.

- Eu sei, tenho sorte em a ter como avó. Ela gosta muito de ti, sabes? Está sempre a falar do teu potencial inexplorado. É demasiado tarde para escolher um livro?

O facto de ter conhecido a Libby podia dar-me a oportunidade de anunciar todas as discrepâncias relativas à morte do Joel e ao desaparecimento da Zara, mas não podia arriscar. A polícia iria provavelmente acusar-me de interferir num caso criminal e depois havia o problema de informar as pessoas de que tinha encontrado a Zara. Tinha de manter a minha descoberta em segredo até conseguir ter a certeza se a Zara se encontrava em perigo ou não. E, de momento, a verdade parecia muito elusiva.

O Greg sugerira irmos até ao pub no sábado à noite. Alguns dos seus colegas de dardos iam lá estar e supus que queriam discutir táticas antes do próximo jogo. Ao pensar numa saída à noite lembrei-me de ter visto uma liquidação numa das lojas de roupa em Brightport na última vez que lá tinha estado. Assim, planeei juntar uma ida às compras com um visita rápida ao armazém ocupado na esperança de que a Zara pudesse ter regressado ou pelo menos que o Luke tivesse tido notícias dela.

Estava uma manhã bonita de sol e o centro de Brightport estava cheio de pessoas contentes com o céu azul, apesar de o dia ter começado um pouco frio. Saí do autocarro em Town Hall Square com intenção de ir até ao armazém ocupado antes de ir à loja de roupa. Uma multidão estava reunida à volta de um jovem músico e, quando me cheguei à frente, vi o Luke sentado num pequeno banco desdobrável a tocar guitarra. Tinha um boné no chão à sua frente e as pessoas já tinham mostrado que gostavam da música ao encherem-no até a meio. Ele acabou de tocar, houve imensos aplausos e foram atiradas mais moedas. Remexi na minha mala à procura da carteira, dei uns passos em frente e coloquei o dinheiro no boné. Foi então que vi alguém de relance.

Assim que me virei para ver melhor, ela também se virou e começou a afastar-se.

- Zara, espera! - gritei.

Algumas pessoas olharam para mim, mas ela não se virou e, apesar de eu andar bastante rápido, não conseguia acompanhar-lhe o passo.

- Zara, para!

Talvez tenha sido por causa da urgência na minha voz, ou talvez tenha tido pena da coitada da amiga grávida, ela parou de andar e esperou que os admiradores do Luke passassem por ela.

- Como estás? Tens estado com a Dee? O Luke disse que talvez pudesses ter estado com ela.

Apontei para um banco, incentivando-a a se sentar ao meu lado. Sentámo-nos ao lado uma da outra enquanto ela olhava para longe, concentrando-se no horizonte.

- Sim, a Dee é uma boa amiga. Passou um mau bocado, mas tenho a certeza de que o pior já passou.

- Espero que eu também seja uma boa amiga...

- Sim, claro, não quis dizer... é só que a Dee tem estado a largar as drogas, fez as pazes com os pais e eles têm sido espetaculares. Fiquei com ela, ajudei-a a ultrapassar as coisas, pelo menos gosto de pensar que ajudei.

- Tenho a certeza que ajudaste, sabes exatamente o que é estar num sítio mau. Percebes melhor do que a maioria.

Vestia um vestido de algodão indiano colorido e alegre, com um xaile de lã cor de vinho à volta dos ombros.

- Adoro esse vestido, traz à superfície o melhor de ti.

- Foi um presente da Dee. As boas notícias é que ela está de volta aos eixos. Largou complemente as drogas e até começou a falar em voltar a estudar.

- É por tua causa. Parece que passou por muito, mas tu também passaste. Deixas-me ajudar-te, tal como ajudaste a Dee?

- Já fizeste muito por mim. Tu e Greg. Aturaram-me durante um ano. Não deve ter sido fácil.

- O que fez com que te fosses embora naquele dia, Zara? Aconteceu alguma coisa? Alguém te ameaçou ou te assustou?

Ela olhou para mim e abanou a cabeça.

- Já tinha sido um fardo para vocês durante um ano inteiro, não era justo.

- Foi essa a única razão? Não estavas mesmo assustada com alguma coisa, com alguém?

- Passou-se um ano e sentia-me exatamente na mesma. A dor não tinha melhorado. Recordava cada minuto e nada mudava, era tudo preto. Sabia que tinha de sair das vossas vidas.

- Zara, podes contar-me o que aconteceu naquela noite, na noite do acidente do Joel? É que... bem, descobri algumas coisas. Há outras pessoas que talvez tenham querido fazer mal ao Joel.

- Mais ninguém estava lá - disse ela, com uma certa hesitação na voz.

- Conta-me o que aconteceu.

Respirou fundo e depois começou a falar e à medida que falava todo o corpo parecia descontrair-se, como se ficasse aliviado por poder partilhar as memórias terríveis.

- Sabes que o Joel tinha começado a correr. Bem, às vezes ele ia ao fim da tarde, quando estava quase a escurecer e, quando regressava, havia um cheiro nele que não tinha nada a ver com suor. Era um cheiro que eu conhecia muito bem, um perfume. Então, nesse dia segui-o. Mantive-me nas sombras, ele não sabia que eu estava lá. Tinha razão, claro.

- Razão em relação ao quê? O que viste?

- Não o quê, quem. A minha irmã. O Joel e a Gabrielle a abraçarem-se e a beijarem-se, foi o que vi.

- A tua irmã? Mas certamente que ela não seria....

- Oh, a minha irmã seria e foi capaz, com todos os rapazes de quem gostei.

- Mas o Joel adorava-te. Não te teria traído... e com a tua irmã?...

- Teria e fê-lo. Eu sabia, pelo menos suspeitava. Esperei que o encontro terminasse. Ela foi-se embora e quando tinha desaparecido de vista aproximei-me dele e confrontei-o. Tivemos uma discussão violenta. Gritou comigo, disse-me que não tinha o direito de o seguir, que eu não era dona dele, que ele fazia o que queria e não havia nada que eu pudesse fazer em relação a isso.

- Deve ter sido horrível.

- Depois comecei a implorar-lhe, disse-lhe que o amava, que ele me tinha magoado e que eu o perdoava desde que me prometesse que nunca mais a via.

- O que é que ele disse?

- Riu-se de mim. Depois agarrou-me e beijou-me fortemente e durante muito tempo nos lábios. Não havia amor naquele beijo. Foi o nosso último beijo.

- Oh, Zara, coitada de ti. Que aconteceu a seguir?

- Não sei, é isso. Deixei-o ali a rir-se, ouvia-o a rir-se enquanto fugia dali. Ainda o consigo ouvir, durante a noite, na minha cabeça, às vezes sinto que estou a enlouquecer.

Pegou na ponta do xaile e fez uma bola com o pano. Tinha a voz a tremer e a respiração pesada.

- A culpa não foi tua, não vês? Ele deve ter simplesmente corrido para a frente do carro, não te podes culpar por isso.

Tentei pegar-lhe nas mãos para a confortar, mas ela afastou-as e levantou-se.

- Se tivesse ficado com ele, não teria acontecido. Ou se não tivesse ido lá de todo, se não tivéssemos discutido... A culpa é minha, Janie, eu matei-o.

CAPÍTULO 31

- NÃO O DIGA! Oh, não o diga! Não é verdade! Não sei o que me meteu na cabeça uma ideia tão louca, tão horrível!

- Tenho razão, não tenho? - perguntou Poirot.

- Tem. Deve ser bruxo para ter adivinhado... Mas não pode ser, é demasiado monstruoso, é impossível...

"A primeira investigação de Poirot" - Agatha Christie [edição Livros do Brasil, tradução de Fernanda Pinto Rodrigues, N.T.]

Tinha toda a informação que precisava e havia apenas mais uma pessoa com quem tinha de falar. Reparei que estava um táxi estacionado em frente ao apartamento da Gabrielle quando lá cheguei. Toquei à campainha e ouvi-a dizer:

- Vou já descer.

Ia tocar novamente para dizer que era eu quando a porta se abriu e ali estava ela, vestindo um casaco verde esmeralda com um saco multi-colorido.

- Oh, és tu - disse ela.

- Sim, quero perguntar-te mais umas coisas sobre a Zara.

- Não posso parar. Aquele é o meu táxi e ele não vai querer ficar à espera.

- Vais por muito tempo?

Apontei com a cabeça para o saco, que ela deu ao taxista.

- Uns dias, talvez mais tempo, não está determinado.

- Gostava de falar contigo quando estiveres de volta.

- Não há nada que te possa dizer que ainda não tenha dito. Para ser sincera, estás a ficar muito cansativa. A Zara vai aparecer se e quando quiser. Eu tenho a minha vida para viver e ela tem a dela. Agora, tenho de ir.

- Certo, ok, bem... - disse eu e depois ela entrou no táxi.

Em mais do que uma ocasião durante a procura pela Zara quis ter uma câmara comigo. Não conhecia as implicações, mas sabia que uma fotografia do saco da Gabrielle na mala do táxi iria despertar o interesse da polícia. O saco de viagem era idêntico ao da Zara, àquele do dia em que o Joel tinha morrido, o mesmo que tinha estado em cima da cadeira durante todo o tempo em que ela vivera connosco. O mesmo saco que o Sr. Peters tinha dito que a Zara tinha com ela no dia em que a vira no cemitério, no dia em que desaparecera.

Abri a porta do carro e sentei-me no banco de trás, ao lado da Gabrielle.

- O que pensas que estás a fazer?

- Vou contigo. Vou ficar contigo até me dares respostas, até me dizeres toda a verdade.

- Quando é que vais parar de meter o teu nariz onde não és chamada? Não és da polícia, és apenas uma bibliotecária patética. Volta para os teus livros, Janie, e deixa-me em paz.

O taxista estava à espera que lhe dissessem para arrancar, com ou sem a passageira adicional.

- Não vou a lado nenhum, ou melhor, vou onde tu fores - disse eu. - Onde é isso? O taxista está à espera que lhe digas.

- Estação ferroviária de Tidehaven, por favor.

A voz da Gabrielle tremia de irritação.

- Onde vamos a partir daí?

Mantinha a minha voz firme e segura, mas começava a interrogar-me o que aconteceria quando a Gabrielle entrasse num comboio. Não podia segui-la para fora de Tidehaven ou regressaria para me divorciar.

- Não tenho mais nada para te dizer. Podes continuar a fazer perguntas, mas não te vou dizer mais nada - disse ela.

- Porque é que tens o saco da Zara?

- O quê?

- O saco da Zara, a mala de viagem que deste ao taxista para pôr na mala do carro. Sei que é da Zara porque fui eu quem pôs as coisas dela lá dentro na noite em que o Joel morreu, na noite em que ela veio viver connosco.

- Não é da Zara, é meu.

- Não percebo.

- Somos gémeas e a nossa mãe adorava comprar-nos presentes iguais. Uma total falta de originalidade.

- Ambas têm um saco de viagem em tecido estampado?

- Não és lá muito esperta, pois não? Não admira que não consigas encontrar a Zara.

- É aí que te enganas.

- Ah, sim?

- Sim, eu já a encontrei. Sei onde ela está há já algum tempo.

- Onde está ela? Sou irmã dela, tenho o direito de saber.

- Não tens direito a nada. Não tenho intenção de te dizer onde ela está.

- Disseste à polícia?

- Não.

- Podes ser acusada de retenção de provas. Talvez eu diga à polícia. Tenho a certeza de que vão gostar de saber.

- Sim, faz isso. Tenho a certeza que eles vão adorar saber o que tens para lhes dizer. Na verdade, podíamos ir juntas à esquadra da polícia. Posso dizer-lhes o que sei sobre o que realmente aconteceu na noite em que Joel morreu e tu dizes o resto.

- O que é que sabes? Não estavas lá.

- Não, mas a tua irmã estava, não estava? Ela seguiu o Joel e vi-vos a beijarem-se. Descobriu sobre vocês os dois e o vosso caso sórdido.

- Coitada da minha irmã. O primeiro namorado leva uma sova de porrada e o último é atropelado. É bastante engraçado se pensares nisso.

- Engraçado? Achas engraçado o que ela passou?

Tinha tentado manter o nível da minha voz e ter calma, mas agora estava tão enfurecida que só queria abaná-la. Reparei no taxista a olhar ansiosamente pelo espelho retrovisor com ar de quem não podia esperar até chegar à estação e ver-se finalmente livre de nós. Fizemos o resto da viagem em silêncio. Deixei a Gabrielle pagar assim que chegámos e mantive-me perto dela à medida que passávamos pela entrada até ao átrio da estação ferroviária.

- Achas que ela é boa e honesta? – disse ela por fim. - Coitada da Zara, sempre a vítima. Bem, a verdade é que ela é manipuladora, controladora e egoísta.

- Egoísta? O que é que ela alguma vez fez que tenha sido egoísta?

- Sabia o que eu sentia pelo Joel. Eu e ele podíamos ter tido uma boa hipótese. Éramos os dois iguais, motivados e implacáveis. Ele sabia o que queria e eu também. Mas a Zara, oh, não, ela não estava preparada para o deixar. Queria-o só para ela, mesmo que nunca tivessem sido realmente felizes. Ela sempre foi doida por homens como o Joel.

- Mas tu roubaste-o, não foi?

- Ela provavelmente ameaçou-o, disse-lhe que se mataria se ele terminasse tudo. Fosse o que fosse, ele foi na cantiga.

- Não percebo, o que pensas que aconteceu?

- Não penso, sei. Eu vi-os.

- O que viste?

- Viu-o a beijá-la. Ele prometeu-me que terminava tudo com ela, mas mentiu-me.

Estávamos ao lado da bilheteira. As pessoas andavam à nossa volta, mas felizmente ninguém estava perto o suficiente para ouvir.

- O que fizeste, Gabrielle?

- Porque achas que fiz alguma coisa?

Olhou para mim furiosamente, com a boca numa linha direita e a testa enrugada da tensão.

- Não podes fugir disto. Vai-te assombrar para o resto da vida.

Começou a afastar-se e eu segui-a até a um banco vago perto dos torniquetes de entrada para as plataformas.

- Só queria assustá-lo, fazê-lo saber que os tinha visto juntos, ensinar-lhe uma lição. Estava muito zangada.

A voz estava mais calma agora, hesitante, quase infantil.

- Foste tu? Atropelaste-o?

- Estava furiosa. Devo ter pressionado demasiado o acelerador.

Olhava para além de mim enquanto falava, como se estivesse de volta àquele momento, atrás do volante e em direção ao homem que declarava amar.

- Que estúpida, tu é que não és lá muito esperta - disse eu. - Não havia amor naquele beijo, ele estava a atormentar a tua irmã, nunca a amou.

Olhou para mim fixamente sem pestanejar e em choque. Depois, respirou fundo e toda a sua altivez caiu por terra, deixando-a com um ar patético.

- Podias tê-lo salvado - disse eu. - Em vez disso, ficaste demasiado preocupada em salvar a tua própria pele. Deixaste-o a morrer.

As pessoas passavam por nós apressadas a caminho das plataformas, mas nenhuma de nós se mexeu.

- Deve ter-te visto a acelerar na sua direção.

O desperdício terrível e a injustiça do que me estava a ser contado deixou-me a fervilhar.

- Vejo a cara dele. Quando fecho os olhos consigo ver o ar incrédulo dele. Não se mexeu, ficou ali parado.

Enquanto olhava para o seu rosto, via toda a beleza da Zara.

- Foste tu quem o Sr. Peters viu no cemitério naquele dia, quem pôs a nota por trás da campa? Ele pensou que eras a Zara.

- Como sabes sobre a nota?

- Encontrei-a. Ainda a tenho. Vou dá-la à polícia. Sabes que vais ter de confessar, não sabes?

- Ninguém sabe, só tu. Podes deixar-me ir embora, não sou uma assassina. Não tinha intenção de fazer aquilo.

Fez um gesto para me pegar na mão, para me implorar, mas eu afastei-me dela.

- No cemitério, porque é que tinhas a mala de viagem contigo? Pensei que tinha sido a Zara que o Sr. Peters tinha visto por causa desse saco.

Apontei para o saco de tecido estampado que estava ao lado dela.

- Como esperas que me lembre qual o saco que tinha comigo?

Podia ver agora que ela era suficientemente diabólica para transformar qualquer cenário a seu favor.

- Diz-me uma coisa: porque ficaste em Tamarisk Bay? Podias ter ido para um sítio longínquo. Podias ter ficado impune.

- Precisava de ficar perto dele. Eu amava-o, sabes.

A cabeça dela estava inclinada para a frente e a voz baixa e vacilante. Ao olhar para ela, as últimas peças do meu puzzle inacabado foram ao sítio.

- Foste tu quem escreveu as cartas, não foste? Tentaste acusar a tua irmã. Roubaste-lhe o namorado, atropelaste-o, deixaste-o a morrer e depois tentaste incriminá-la por isso. És diabólica. Não mereces ter uma irmã.

- Não podes provar nada disso.

O tom cáustico estava de volta. Qualquer arrependimento que pudesse ter sentido foi sol de pouca dura e agora estava novamente a implorar pela vida.

- O que quer que digas à polícia, eu vou negar. Será a tua palavra contra a minha.

- E as impressões digitais? - perguntei. - As tuas impressões digitais vão estar por todo o lado naquelas cartas. Será tudo o que a polícia precisa para provar que planeaste incriminar a tua irmã. És a única pessoa que sabe a verdade sobre o que aconteceu naquela noite e isso porque foste tu que o fizeste, tu assassinaste o Joel.

Queria ter umas algemas para a prender ali mesmo, mas ela não fez qualquer tentativa para se mexer dali. Não disse mais nada e no fim das contas penso que ficou aliviada por a verdade finalmente ter sido revelada.

Chamei o mesmo taxista e pedi-lhe para nos levar até à esquadra da polícia. Ficou relutante ao início. Tenho a certeza que detestava ter de lidar com as passageiras mais estranhas que teve naquele dia.

Ao entregá-la ao desdenhoso Detetive Sargento Bright, permiti a mim mesma um momento para me sentir presunçosa. Teria sido simpático ele ter reconhecido o meu mérito, mas não estava à espera disso. Por aquilo que sabia sobre o Poirot, uma diferença substancial entre nós é que eu não tinha qualquer pretensão de saltar de alegria por o crime ter sido resolvido. Descobrir a verdade tinha sido a coisa certa a fazer, mas não me tinha dado nenhum prazer saber que tanta maldade se podia esconder no coração de alguém.

Enquanto tratavam do processo da Gabrielle, pedi para falar com o DS Bright em privado e regressámos para a pequena sala sufocante onde tínhamos estado antes.

- Há algo que sempre me intrigou - disse eu, pensado que estaria a falar com uma parede de pedra.

- Sabe que não posso falar sobre o caso. Agradecemos tudo o que fez, mas ficamos por aí.

- Só não percebo porque é que anunciou a nova pista.

- Que nova pista?

- Bem, só tinha uma, certo? O Sr. Peters, o indivíduo que disse ter visto a Zara no dia em que ela saiu da nossa casa. No cemitério. Embora, afinal, não tenha sido ela, mas a irmã.

- Não tenho liberdade para lhe explicar os mecanismos da força policial. Porém, suponho que um favor paga-se com outro. A informação dada pelo Sr. Peters não era significativa de todo. A Miss Carpenter saiu da vossa casa nesse dia e, se seguiu caminho via cemitério, bem, isso não nos dava qualquer indicação para onde poderia ter ido depois.

- Então, porque é que apareceu nas notícias? Devia ter achado importante para informar a comunicação social...

- Foi uma decisão tática. As investigações sobre o paradeiro da Miss Carpenter tinham chegado a um beco sem saída. É incomum alguém desaparecer daquela maneira, sem qualquer indicação de que planeava ir-se embora. Isso, juntamente com as circunstâncias da morte do namorado, trouxe-nos um ponto de interrogação e fez-nos acreditar que havia algo mais para além do óbvio.

- E sempre que eu vinha aqui tentava-me convencer de que estava a fazer um bicho de sete cabeças, que era perfeitamente normal ela desaparecer assim de repente.

Não respondeu à minha acusação e, em vez disso, continuou:

- Quando o Sr. Peters nos deu a informação, nós passámo-la à comunicação social na esperança de que a notícia televisiva levasse a Zara Carpenter a aparecer.

- Fala como se ela tivesse culpa de alguma coisa. Ela é a vítima neste caso. A Gabrielle não só atropelou o namorado dela, como tentou incriminá-la por isso.

- A vítima foi o Joel Stewart. Percebemos que havia mais qualquer coisa sobre a sua morte quando encontrámos a nota.

- Que nota?

- A que estava escondida por trás da campa do Sr. Stewart.

- Encontraram essa nota? Mas como?

- Quando o Sr. Peters nos disse que tinha visto a Miss Carpenter no cemitério, recolhemos as impressões digitais na área. Encontrámos a nota, o que nos deu a indicação de que a morte do Sr. Stewart não tinha sido um mero acidente rodoviário.

- Porque deixaram lá a nota? Não era uma prova?

- Pensámos que o criminoso podia pensar duas vezes e voltar para a campa para ir buscá-la. E depois, a senhora apareceu.

- Sabia que a tinha levado?

- Mantínhamos a campa sob vigilância. Homicídio é um crime sério, Sr.ª Juke.

- Então, fui usada? Sabiam que eu tinha mais probabilidades de encontrar a Zara do que vocês.

- Tenho de admitir que nos ajudou bastante. Tínhamos esperança de que as notícias trouxessem à luz alguém, ou alguma coisa. Apenas não sabíamos bem como, quando nem quem.

- Sabiam sobre a antipatia entre a Zara e a irmã?

- Adivinhámos. Quando uma irmã muito querida desaparece, não é normal que haja o nível de desinteresse que a Miss Gabrielle Carpenter mostrava sempre que falávamos com ela.

- Pensaram que eu teria mais probabilidades de conseguir uma confissão do que a poderosa força policial de Tidehaven?

- Como disse antes, estamos muito agradecidos por tudo o que fez. Tem um dom para descobrir a verdade. Talvez tenha herdado do seu pai? Disse que ele foi detetive, não disse? Ou talvez seja desses seus livros? Claro que ela terá de repetir a confissão para nós, não há nada que a impeça de alterar a história. Foi extremamente útil, Sr.ª Juke, mas agora é connosco. A sua participação no caso acabou.

- Sabe que a Gabrielle escreveu as duas cartas, as que eu lhe dei. Nunca se tratou de chantagem, apenas queria fazer uma acusação, de semear dúvida. A própria irmã, dá para acreditar?

- Ficaria surpreendida com o que as pessoas são capazes de fazer. Vemos o pior do ser humano nesta profissão. Repito o meu conselho: limite-se ao seu emprego. Os livros não a desiludem, não a põem em situações perigosas e não lhe dão insónias.

Não sabia se deveria ficar irritada com tudo o que o DS Bright me dissera ou orgulhosa por ter conseguido deslindar o caso, um caso que tinha desorientado a polícia, independentemente do que ele dissesse. As suas palavras sobre o lado negro da natureza humana recordavam-me que a vida real podia ser tão sombria como algumas das histórias que passava o tempo a ler. Talvez mesmo mais sombria.

Tinha feito tudo o que podia e fosse qual fosse a punição a ser dada à Gabrielle estava fora das minhas mãos. A minha intenção era cuidar da minha amiga e fora isso que fizera, portanto, podia ficar descansada. Mas, antes disso, havia pessoas com quem precisava de falar e outras a quem tinha de pedir desculpas.

CAPÍTULO 32

Coisas acerca das quais lêramos centos de vezes - mas coisas que costumavam acontecer aos outros e não a nós.
"A primeira investigação de Poirot" - Agatha Christie [edição Livros do Brasil, tradução de Fernanda Pinto Rodrigues, N.T.]

Queria contar ao meu pai o resultado dos acontecimentos do dia e precisava de dizer a verdade ao Greg. Mas antes, tinha de contar a verdade sobre a morte do Joel à Zara para ela parar de se culpar a si própria.

Desta vez fui encontrá-la em Brightport sentada com o Luke num banco à beira-mar. Eu vinha da Town Hall Square e não os esperava encontrar ali. Estavam distraídos a conversar um com o outro quando me aproximei.

- Olá novamente, posso juntar-me a vocês?

- Estávamos mesmo a falar de ti - disse a Zara.

- Nada muito mau, espero.

- Estava a tentar convencer a Zara a dar-te uma hipótese porque estás no lado dela e ela tem sorte em ter uma amiga que se preocupa - disse o Luke, pegando-lhe na mão.

Ela estava mais alegre e não era apenas por causa da roupa. Reparei que estava menos pálida e tinha um brilho nos olhos. Talvez se sentisse melhor depois de ter tirado um peso de cima dos ombros algumas horas antes.

- Desculpa ter feito a tua vida difícil, Janie. Estou agradecida por tudo o que fizeste, mesmo a sério.

Era como se tivesse ultrapassado alguns dos seus medos e mágoas e, embora ainda não tivesse saído do túnel, pelo menos já conseguia ver uma luz ao fundo.

- Tenho novidades. Vai ser difícil para ti, mas agora sei o que aconteceu ao Joel naquela noite.

- Sabes?

Parte de mim queria poupá-la a mais tristeza, mas em breve ela iria saber pela polícia e era melhor saber por mim antes do que por alguém impessoal.

- Lamento imenso, é pior do que podíamos supor. Disseste-me que a Gabrielle tinha lá estado nessa noite.

- Sim, eu vi-os juntos e ela depois foi-se embora.

- Bem, é isso. Ela não se foi embora. Viu-vos juntos. Parece que o Joel lhe tinha prometido que ia terminar tudo contigo, dizer a verdade, e ir viver com ela. Não era passageiro, pelo menos não no ponto de vista dela. Portanto, quando o viu a beijar-te, passou-se.

- Não me digas, não quero saber.

Enterrou a cabeça no ombro do Luke. Ele acariciou-lhe o cabelo e disse-lhe baixinho:

- Tens de ouvir, Zara, precisas de saber a verdade sobre aquela noite para que possas andar para a frente com a tua vida. Caso contrário, o não saberes vai assombrar-te para o resto da vida.

Contei-lhes tudo o que a Gabrielle me tinha dito da forma mais suave possível. Enquanto falava, a Zara manteve a cabeça no ombro do Luke.

- O que lhe vai acontecer? - perguntou o Luke.

Abanei a cabeça.

- É com a polícia agora. Como confessou, isso vai-lhe ser favorável. Não foi premeditado. Suponho que é o que os franceses chamam um crime passional.

- Todo este tempo pensei que era culpa minha, que se não o tivesse seguido naquela noite então o acidente não teria acontecido. Tinha ciúmes da Gabrielle, mas agora vejo que o que ela sentia por ele tinha mais a ver com posse do que com amor. Se o tivesse realmente amado nunca teria sido capaz de fazer algo tão terrível. Talvez ela tenha razão, ela e o Joel eram do mesmo tipo. Se ele não me tivesse traído com a minha irmã, teria sido com outra pessoa.

Não disse nada sobre a Petula. A Zara já tinha demasiadas más notícias para processar, não precisava de saber que o namorado se tinha aproveitado de uma jovem inocente.

- E os meus pais, vão ter se saber?

A Zara sentou-se e vi o rosto cheio de lágrimas e os olhos vermelhos.

- A polícia precisa de os informar. A Gabrielle talvez precise do apoio deles. Haverá um julgamento, claro, e nós termos de dizer o que sabemos. Mas vou estar ao teu lado o tempo todo.

- Ela disse-te, não disse? - perguntou a Zara.

Fiquei à espera que ela explicasse o que queria dizer.

- A Gabrielle contou-te da minha tentativa de suicídio.

Anui e deixei-a continuar.

- Os meus pais nunca me perdoaram. Todas as religiões acreditam na sacralidade da vida, mas para os católicos isso está no topo da lista de pecados. Pensei que a confissão sincera pudesse levar ao perdão, mas penso que a minha mãe nunca viu isso dessa maneira. Achas que ela vai ficar menos zangada com uma assassina?

- Perdoas a tua irmã, então? - perguntei.

- Não, mas tenho pena dela. Destruiu três vidas: a do Joel, a dela e a minha.

- Ela só destrói a tua vida se tu deixares - disse o Luke, apertando-lhe a mão. - Tens oportunidade de começar de novo.

- Se eu fosse tu, agarrava essa oportunidade com ambas as mãos - disse eu. - Pensa apenas em todas as serenatas que vais ter e nem precisas de atirar uma moeda para o chapéu.

Abracei-os aos dois e, antes de me ir embora, virei-me para trás para dizer adeus e eles nem sequer me viram. Estavam virados um para o outro a sorrirem. Era perfeito.

Tudo o que me faltava fazer era dizer o que tinha acontecido aos dois homens mais importantes da minha vida. Decidi fazer batota e dizer-lhes ao mesmo tempo, na esperança de que o meu pai me defendesse caso o Greg se chateasse comigo.

Quando cheguei a casa, tudo o que queria era mergulhar num banho de imersão, mas isso teria de esperar.

- Greg, importas-te se não sairmos esta noite? O meu pai tem um problema com a torneira da cozinha. Disse-lhe que darias uma vista de olhos - disse-lhe assim que ele entrou em casa.

- Posso passar por lá amanhã, se quiseres.

- Não, é urgente. Nem consegue fazer chá. Disse-lhe que íamos lá esta noite.

- Queria muito sair contigo esta noite.

- Bem, vais sair comigo esta noite, mas vamos até a casa do meu pai. Eu cozinho enquanto arranjas a torneira.

- Oh, bolas, Janie, eu não percebo nada de canalização. Precisas de alguém que saiba o que está a fazer. Vou pedir ao Alex do trabalho para lá ir.

- Não, o meu pai não gosta que vão lá estranhos.

- Ele não é um estranho, eu conheço-o. De qualquer forma, ele tem pacientes a irem lá a casa dele todos os dias e ele não os conhece.

- Não sejas chato, vá lá. Há séculos que não jantamos todos juntos. Vai ser divertido.

Quando chegámos a casa do meu pai e o Greg viu-o a encher a chaleira por uma torneira a funcionar perfeitamente, soube que tinha de dizer a verdade rapidamente.

- O que se passa? Philip, a sua filha trouxe-me aqui sob falsos pretextos. Sabe do que se trata?

- Sentem-se, os dois - disse eu. - Preciso de vos dizer umas coisas. Greg, preciso que te mantenhas calmo e que ouças sem interromper.

Beberam o chá enquanto eu contava tudo o que tinha acontecido nos últimos dias. Não contei nada sobre o Sr. Peters, o Owen ou a Crystal pois afinal nada disso era importante agora que sabia a verdade.

Quando terminei, o Greg abanou a cabeça e ficou calado.

- O que é que estás a pensar? Estás chateado comigo?

- Estou a pensar que espero que o Feijão não seja gémeos.

- É sinistro, não é? Como disse o DS Bright, há pessoas horríveis por aí.

- Como é que alguém pode fazer isso à própria irmã? Não consigo suportar a ideia.

- Faz-me sentir agradecida por ser filha única - disse eu, indo abraçar o meu pai por trás. - E ainda mais agradecida por ter o melhor dos pais que nunca se cansa de me ouvir e de me dar os melhores conselhos sobre o negócio.

- Logo a seguir à Agatha? - perguntou o meu pai.

- A sua filha é obstinada, impetuosa e desobediente - disse o Greg, olhando para mim.

- Ainda bem que tem um marido maravilhoso que a mantem na linha - disse o meu pai.

- Bem dito, Philip. Sim, ela tem sorte em me ter - disse o Greg, afastando-se de mim quando lhe ia espetar o dedo nas costelas. - E, claro, o sentimento é mútuo. Agora que o caso do desaparecimento da Zara Carpenter está bem e verdadeiramente resolvido, a minha mulher pode concentrar-se em se preparar para ser mãe. Acomodar-se-á à vida familiar e eu chegarei a casa com belos jantares caseiros à minha espera todas as noites. Os chinelos aquecidos perto da lareira, as roupas devidamente passadas a ferro, o almoço preparado todos os dias e a chávena de chá à minha espera todas as manhãs.

- Estás a pensar divorciar-te de mim e casares com outra pessoa, então?

- Mas o Greg tem razão, Janie - disse o meu pai. - Está na hora de guardares o teu caderno detetivesco e ires buscar as agulhas de tricô. A maternidade é algo precioso e queres estar bem descansada e preparada quando o bebé chegar.

- Ok, vocês ganharam. Vou portar-me bem, pelo menos por um tempo.

Deixei passar uns dias antes de ligar à Libby, que me agradeceu bastante pelo furo jornalístico. Foi muito profissional e, depois da entrevista, prometeu-me que me mostrava o artigo antes de ser publicado. Claro que tivemos de ter cuidado para que o quer que fosse publicado não prejudicasse o caso criminal.

O foco dela era a história pessoal por trás da tragédia e o editor mostrou o seu contentamento promovendo-a. Já não se ia limitar a escrever sobre casamentos e festas locais, ele prometeu-lhe que seria a primeira no local de todas as histórias com relevância noticiosa.

- Fazemos uma boa equipa, nós as duas - brincou quando foi à biblioteca itinerante para me contar as novidades.

- Uma boa equipa?

- Sim, tu descobres as boas histórias e eu faço a reportagem.

- Não deixes o Greg ouvir-te dizer isso.

- Tens um dom natural, sabes intrometer-te.

- Intrometer-me nos assuntos dos outros, queres dizer?

- A Zara está agradecida que o tenhas feito.

- Talvez.

O meu pai, o Greg e a Zara tinham-me elogiado por ter resolvido o crime, mas em parte sentia que tinha tido sorte, que tinha tropeçado na verdade em vez se a ter descoberto. Em *"A primeira investigação de Poirot"* o Hastings desafia a Miss Howard perguntando-lhe: *acha que se estivesse relacionada com um crime - um assassínio, digamos - seria capaz de identificar logo o assassino?* Ela tinha a certeza que sim: *senti-lo-ia nas pontas dos dedos, se ele se aproximasse de mim,* tinha-lhe dito.

Bem, por muito que achasse a Gabrielle antipática, nunca pensei por um momento que ela fosse capaz de atropelar o coitado do Joel. Por muito desonesto e mentiroso que fosse, não merecia morrer daquela maneira.

Na quarta-feira de manhã a biblioteca itinerante estava muito sossegada e fiz muito pouco. Não queria ler, nem queria pensar muito e tinha esperança de que não tivesse de falar com clientes. Estava contente a limpar e a arrumar e, quando estava quase a terminar a prateleira dos livros de ficção, ouvi a porta a abrir-se.

- Bom dia - disse ele, aproximando-se do balcão com passadas determinadas.

- Bom dia, Sr. Furness. Em que posso ser útil? Gosta de livros de não ficção, certo? Lamento dizer que não temos novidades de momento. Se tiver um pedido, posso anotar e enviá-lo para a biblioteca central. São muito prestáveis lá.

- Não estou à procura de um livro - disse, colocando um exemplar do jornal local em cima do balcão. - É a senhora, não é? - perguntou, apontando para o artigo da Libby sobre a Zara.

- Er, sim.

- Esteve bem, fez um trabalho melhor do que a polícia.

- Estava apenas a ajudar uma amiga.

O seu olhar fixo estava a deixar-me desconfortável. Esperei, com esperança de que se encaminhasse para as prateleiras dos livros.

- A senha do depósito de bagagens - disse ele.

- Perdão?

- A senha do depósito de bagagens que tem na sua caixa de perdidos e achados. É minha.

- Pensei... quando lhe perguntei antes....

- Menti.

Retirei a caixa debaixo do balcão e peguei no envelope que continha a senha.

- Aqui tem - disse eu, dando-lha.

Abanou a cabeça e voltou a colocar o envelope dentro da caixa.

- Vai precisar dela.

- Porque é que iria precisar dela?

- Se me ajudar, vai precisar. Vai ajudar-me?

Tinha um ar impassível, mas uma voz hesitante. Percorri os ficheiros temáticos na minha cabeça: Feijão, Greg, Zara. Encontrar a Zara provou que podia ser mais do que apenas uma boa mãe e esposa. Janie Juke, resolvendo mistérios. Gostava de como soava.

- Sim, vou ajudá-lo - disse-lhe.

OBRIGADA

Um agradecimento especial para a minha tradutora maravilhosa, Ana Catarina Palma Neves, que trabalhou arduamente para levar esta história ao público de língua portuguesa.

Na pesquisa deste livro contactei The Keep, que tem o maravilhoso arquivo "East Sussex Records". Ajudaram-me nos pormenores sobre a biblioteca itinerante da Janie para garantir que fosse o mais preciso possível. A polícia de Sussex confirmou que a história do pai da Janie, o Philip, fazia sentido.

A maioria dos autores concorda que escrever pode ser solitário. Portanto, sinto-me muito afortunada por ter o incentivo e o apoio de pessoas maravilhosas. A Janie podia ter definhado algures no caminho se não fosse por causa delas. Os meus brilhantes amigos escritores, o Chris e a Sarah, e o meu irmão David, continuam a proporcionar-me não apenas críticas valiosas, mas também inspiração para continuar. Sinceros agradecimentos também para a minha família e amigos, demasiado numerosos para nomear individualmente. Estou grata a todos vocês.

E, nas palavras de uma das minhas músicas preferidas, o meu amor e agradecimento vai para o meu marido Al, *que é o vento debaixo das minhas asas ["the wind beneath my wings"]*.

Como leitor, a suas palavras fazem toda a diferença

Críticas honestas sobre os meus livros ajudam outros leitores a encontrá-los. Como autora independente, não tenho o apoio de uma editora ou de uma equipa de publicitários. Não posso fazer publicidade da forma tradicional, mas tenho a vantagem de ter um grupo de leitores dedicados. Se gostou deste livro, ficaria agradecida se despendesse cinco minutos para escrever um comentário (tão breve quanto quiser) no Goodreads ou no seu site preferido de livros, fóruns de discussão, blogs e redes sociais.

Obrigada!

www.isabellamuir.com

SOBRE A
AUTORA

Isabella Muir tem um fascínio sobre o passado e gosta de descobrir como era a vida das famílias durante as décadas entre 1930 e 1970. É autora de duas séries de policiais, ambas passadas em Sussex na icónica época entre 1960 e o início da década de 1970, bem como de novelas passadas na altura da Segunda Guerra Mundial. A pesquisa sobre os aspetos da vida familiar nas décadas passadas foi a rampa de lançamento perfeita para os seus trabalhos de ficção. Isabella redescobriu o seu amor pela escrita de ficção durante os felizes dois anos em que frequentou e terminou o Mestrado em Escrita Profissional. Desde então, já publicou sete romances, seis novelas e duas coletâneas de contos.

A primeira série dos Crimes e Mistérios em Sussex gira à volta da jovem bibliotecária e detetive amadora Janie Juke. Passado na década de 1960, na fictícia cidade à beira-mar de Tamarisk Bay, ficamos a conhecer Janie, que é responsável pela biblioteca itinerante. É uma leitora ávida de Agatha Christie, particularmente dos livros com o Hercule Poirot, e usa tudo o que aprende com a Rainha do Crime para resolver crimes e mistérios. Além de quatro romances, a série conta com seis novelas que exploram algumas histórias passadas com outros habitantes de Tamarisk Bay.

O cenário onde se desenrolam os mistérios de Janie Juke tem por base a área onde Isabella nasceu e viveu a maior parte da sua vida. Quando pensa em Tamarisk Bay, ela imagina a sua terra natal de St Leonards-on-Sea e arredores, em East Sussex.

A segunda série dos Crimes e Mistérios em Sussex, que inclui os livros, *Crossing the Line* e *After the Storm*, tem como protagonista o detetive italiano reformado Giuseppe Bianchi.

O romance *The Forgotten Children*, trata a temática emotiva das crianças que foram enviadas para a Austrália. Mais uma vez, o foco é a vida familiar da década de 1960, quando a política das crianças emigrantes ainda estava em vigor.

Isabella escreve regularmente no seu site: **www.isabellamuir.com** onde pode descarregar histórias sem custos e comprar os livros diretamente à autora.

TÍTULOS EM INGLÊS DA MESMA AUTORA

LIVROS EM PORTUGUÊS DA MESMA AUTORA
O SACO DE VIAGEM
PERDIDOS E ACHADOS

OS MISTÉRIOS DE GIUSEPPE BIANCHI
Com o detetive italiano, e reformado, Giuseppe Bianchi como
protagonista
CROSSING THE LINE *
AFTER THE STORM *

OS MISTÉRIOS DE JANIE JUKE
Com a jovem bibliotecária e detetive amadora Janie Juke como
protagonista
LIVRO 1: THE TAPESTRY BAG *

LIVRO 2: LOST PROPERTY *
LIVRO 3: THE INVISIBLE CASE *
LIVRO 4: A NOTABLE OMISSION

THE SUSSEX CRIME MYSTERIES
A triologia de Janie Juke - coletânea

NOVELAS MISTÉRIOS EM SUSSEX
Com personagens dos romances de Janie Juke
DIVIDED WE FALL
MORE THAN ASHES
WAITING FOR SUNSHINE
THE HARVEST
CHOICES
NEVER ENOUGH

THE FORGOTTEN CHILDREN *
Uma história sobre a procura de uma mãe pelo seu filho

TWELVE AT CHRISTMAS
Uma antologia com doze contos de Natal

IVORY VELLUM
Uma antologia de contos

* Também disponível em auto-livro

www.isabellamuir.com

www.ingramcontent.com/pod-product-compliance
Lightning Source LLC
Chambersburg PA
CBHW031318280626
47169CB00019B/2130